Re:제로

Re: Life in a different world from zero

부터 시작하는 이세계 생활

「──내 소개를 할게. 내 이름은 나츠키 스바루!」

손가락을 세워 천장을 딱 가리키고 반대쪽 손을 허리에 대면서 포즈를 취한다.

누군가의 명확한 살의에, 나츠키 스바루는 살해당한 것이다.

누가 아군이고 누가 적인지, 스바루는 판단할 수 없었다.

솔직히 스바루는 용의 자를 모르겠다. 하지만 탑에서 함께 행동한 누군가임은 확실하다.

「1」.

소녀에서 눈을 떼고
말문이 막힌 스바루는
초조해하는 에키드나의 뒤를 봤다.
그 현실도피성 시선이
그것을 포착했다.

—통로 너머에 나타난 빨간 점이다.

「헉」

—그 순간, 상상을 초월하는
거대한 전갈의 독침이
빛이 되어 통로를 유린했다.

「율리우스에게 부탁을 받아서」

「그는 5층을 살펴보러 갔을 텐데, 아니지……?

부탁받았다고? 지금은……」

Re: Life in a different world from zero

The only ability I got in a different world "Returns by Death"
I die again and again to save her.

CONTENTS

Re:제로

Re: Life in a different world from zero

부터 시작하는 이세계 생활

23

나가츠키 탓페이 지음

오츠카 신이치로 일러스트

표지 · 본문 일러스트
오츠카 신이치로

제1장 『편의점을 나와 보니 신비한 세계였습니다』

1

나츠키 스바루는 태양계 세 번째 행성 지구에서 태어난, 지극히 평범한 중류 가정 출신의 남아였다.

약 17년의 인생을 간략하게 이야기하자면 앞 문장만으로 충분하며, 다소 보충한다면 '공립고등학교 3학년이자 등교 거부자' 쯤 된다.

진학과 취직. 인생의 기로에 선 순간, 인간은 결단에 내몰린다. 누구에게나 찾아드는 그것을 인생이라 부르지만, 그자는 기피하는 것에서 도망치는 재주가 남들보다 살짝 뛰어났다. 그 결과, 결석이 자꾸 늘기만 하다가 어느덧 어엿하게 부모님 울리는 등교 거부 아동이 되었고.

"끝끝내 이세계 소환으로 고등학교 중퇴 확저으후뷰."

"스바루?"

끙끙 앓으면서 상황 정리에 애쓰는 스바루의 얼굴이 뽀얀 두 손에 덥석 잡혔다. 쳐다보니 손을 잡은 사람은 눈앞에 있는 은발 미소녀다.

──솔직히 말해서, 어마어마한 미소녀였다.

달빛처럼 반짝이는 긴 은발, 보석을 박은 듯한 남보라색 눈동자. 긴 속눈썹이 살랑거리는 그 이목구비는 온 세상의 예술가가 붓을 꺾을 만큼 상식에서 벗어난 미(美)의 현현이었다.

그리고 그렇게 얼굴이 예쁜 소녀가 기가 막히게도 숨이 닿을 만한 지근거리에서 스바루의 얼굴을 잡고 "응──?" 하고 들여다보고 있었다. 엄청 좋은 냄새가 난다.

"스바루?"

"네, 네헤, 나츠키 스바루입니다."

은방울 같은 목소리가 한 번 더 부르자 스바루는 경직된 웃음과 함께 대답했다.

얼굴이든 목소리든 떨고 있었을지도 모른다. 그리고 웃는 얼굴도 밥맛이었을지도 모른다. 하지만 눈앞의 미소녀는 그런 스바루의 불안을 아랑곳하지 않으며 "응." 하고 작게 웅얼거렸다가 말을 이었다.

"스바루…… 맞지. 미안해. 어쩐지 좀 이상하게 보여서."

"이, 이상하다는 건, 그거 말이야? 눈매라거나, 그런 의미라든지?"

"으응, 그게 아니야. 눈매는 평소대로 엄──청 나쁘지만, 어디 머리 부딪힌 게 아닐까 해서."

"눈매는 평소대로 엄──청 나쁘다?!"

가벼운 농담으로 분위기를 누그러뜨리려 했더니 생각지도 못한 코멘트로 까였다. 그 사태에 스바루가 놀라자 미소녀는 "미안해." 하고 혀를 내밀었다. 귀엽다. 뭐지, 이 아이는.

엄청나게 호의적인 미소녀다. 그, '평소대로'라는 발언은 살짝 신경 쓰였지만——.

"——에밀리아, 아직 무사하다고 단정하기에는 일러. 역시 어딘가 이상한 느낌인 것이야."

"——응? 하지만 스바루의 눈매는 평소랑 같다고 보는데."

"스바루의 눈매가 극악한 건 이 와중에 아무래도 좋아. 그 점이 아닌 것이야."

"극악하다니 말이 참 심하네! 니네……좀 귀엽다고, 아니, 너희……."

스바루는 은발 미소녀와 그녀에게 말을 건 상대—— 화려한 드레스 복장과 만화에서 자주 본 롤 머리가 특징적인, 요정처럼 깜찍한 어린 소녀에게 언성을 높였다.

하지만 타고난 유들유들함도 처음 보는 두 미소녀 앞에서는 서서히 기세가 죽었다.

"아아, 젠장. 대체 뭐냐고, 이 상황은……."

이게 스바루의 상상과 같은 상황이라면 두 미소녀는 꽤 중요한 인물이다. 처음 만나는 마을 사람을 넘어, 그 이상의 포지션—— 아마도 큰 쪽이 히로인 후보고 작은 쪽이 시나리오 진행에 도움이 되는 마스코트 포지션일 것이다.

"어흠."

거기까지 생각했을 때, 스바루는 몸가짐을 바로 하고 첫인상을 우선하기로 마음먹었다.

헛기침한 뒤에 다시 두 사람을 돌아본 스바루는 한 발짝 뒤로 물러나고 말했다.

"——내 소개를 할게. 내 이름은 나츠키 스바루!"

손가락을 세워 천장을 딱 가리키고, 반대쪽 손을 허리에 대면서 포즈를 취한다.

"무지몽매하며 천하불멸의 떠돌이! 부족한 몸이지만, 부디 잘 부탁하오!"

"————."

자기소개문을 소리 높여 읊으니 두 사람이 얼떨떨한 표정을 지었다. 그리고 두 소녀는 십여 초간 길게 침묵하다가 얼굴을 마주 보았는데.

"어, 저기…… 그건, 아는데?"

"자기소개도 참 일찍 하는 것이야."

"어랍쇼—?!"

정작 들은 것은 기합을 넣은 자기소개가 무색한 감상이었다.

2

——일의 중대함이 본격적으로 확실해진 것은 그 조금 뒤였다.

자못 회심의 자기소개였는데 반응이 덤덤해서 갸우뚱하던 스바루. 그런 스바루에게 두 미소녀가 충격적인 이야기를 전했다.

"즉, 나랑 너희는 1년 넘게 알고 지낸 사이라고……?"

"……정말로, 아무것도 기억 못 하니? 이 탑도, 프리스텔라에서 있었던 일도…… 아니, 그 이전에 람과 렘도, 베아트리스도.
……나에, 대해서도?"

"으음, 그게, 네. 그런가 봅니다……."

그 자리에 정좌하고 웅크린 스바루의 답변에 미소녀가 눈을
크게 떴다. 그 눈은 심한 충격에 흔들리고 있어서 스바루는 강
렬한 죄책감을 맛보았다.

"기억이, 없어……? 설마, 그런 일이 있을 리가……."

그리고 스바루의 말에, 어쩌면 큰 소녀 이상으로 작은 소녀 쪽
이 동요하고 있었다.

넝쿨로 짠 침대에 앉은 스바루. 그 옆에 앉은 작은 소녀의 손이
살며시 소매를 손끝으로 잡았다. 가느다란 손가락이 떨리는 모
습을 보자 이 역시 스바루의 마음이 아팠다.

"_____."

다만 혼란에 빠진 두 사람을 배려해 주지 못할 만큼 스바루도
버거운 기분이었다.

──스바루는 처음에 자신이 '평범한 이세계 소환'을 당했다
고 여겼었다.

만화 및 애니메이션으로 친숙한 이세계 소환. 실제로 스바루
의 상상은 썩 빗나가지 않았다. 이곳은 스바루가 17년간 지낸
세계가 아니다.

그것은 희한한 의상과 인간 같지 않은 미모를 지닌 두 소녀의
존재를 봐도 분명하다. 그런데도 증거가 부족하다면 변호인 측
은 말만큼 큰 검정 도마뱀을 제출하겠다.

──따라서 이곳은 상식이 다른 세계, 다시 말해 이세계다.

다만 그 사실을 인식한 순간, 앞서 말한 두 사람과의 큰 엇갈림이 발각된 것이다.

"너희와는 이미 만났었는데, 나만이 그 사실을 잊고 있다……는 말이지."

'평범한 이세계 소환'과 조건이 크게 어긋나는 문제가 부각되어 스바루는 골머리를 썩였다.

솔직히 말해 자다가 봉창 두드리는 소리다. 스바루의 인식은 밤의 편의점에서 나온 직후부터 단절 없이 즉각 이세계 소환 직후로 이어졌다. 그 사이를 메울 사건은 전혀 기억에 없다.

그러나 눈앞의 두 사람이 거짓말한다고도, 그 이유가 있다고도 생각하기 어려웠다. 애초에 미소녀와 자신이라면 미소녀 쪽 의견을 믿어야 하지 않겠는가.

"그거야 농담이지만…… 이 팔을 보면 확실히 편의점 나온 직후의 몸은 아니란 말이지."

그렇게 투덜거리면서 스바루는 오른팔 소매를 걷고 주먹을 폈다 오므렸다.

기분 탓인지 살짝 더 다부지게 변한 팔. 손바닥에는 기억이 없는 굳은살. 그리고──.

"그로테스크하네……."

팔꿈치부터 손등에 걸쳐 검은 혈관 같은 반점의 무늬가 나 있다. 문신이라고 속이는 것도 불가능한 그 모습은 생물적인 징그러움을 띤 상태 이상이었다.

그 밖에도 몸 이곳저곳에 하얀 흉터. 다행이라고 할지 스바루는 그다지 자기 몸의 상처에 집착이 없다. 부모님에게 받은 몸을 훼손한다는 죄책감은 있지만, 부모님에게 품은 죄책감이야 쌓일 대로 쌓여서 새삼스러웠다. ──다만, 명백하게 에피소드가 부족하다.

그런 만큼 미소녀들이 한 설명의 신빙성은 높다고 이성은 판단했다.

"그럼 나는 편의점에서 이세계 소환되어서 미소녀들과 친해졌다, 기억 상실?"

어수선하고 바쁘기도 하다. 허용량을 초과하는 사태를 받아들이고자 소화하느라 애쓰던 중, 스바루는 소녀들의 표정을 알아챘다.

스바루 이상으로 침울해진 소녀들의 그 표정이 스바루의 마음에 불을 지폈다.

"아─ 그 왜 있잖아! 낙담하는 기분은 알겠지만 여기선 마음을 꽉 잡고 가야지!"

"────."

"내가 알기로, 이런 일시적인 건망증이라는 것은 어쩌다 무슨일 있으면 되돌아오고 그러는 법이야. 영화라면 두 시간 이내에 결판이 나서 통째로 원상복귀! 호들갑스럽게 걱정하지 않아도 OK야!"

"미안, 무슨 말을 하는지 좀 모르겠어."

"어라라, 그래……?"

빠르게 쏟아낸 스바루의 격려에 미소녀로부터 야박하신 답변. 그러나 어깨가 축 늘어진 스바루 앞에서 미소녀는 바로 "하지만." 하고 말을 이었다.

"스바루는 역시 스바루니까……. 응, 그 점은 안심했어."

"어. 그, 그래? 그렇게 말해 주면 나도 조금은 마음이 편해…… 어, 잠깐?!"

실실 풀린 표정의 스바루 앞에서 미소녀가 "에잇!" 하고 힘차게 자기 뺨을 때렸다. 두 손 사이에 끼우는 한 방. 미소녀는 그 행동으로 얼굴을 새빨갛게 물들이면서 말했다.

"좋아, 기운 넣었어. 이래선 안 되지. 스바루 쪽이 훨씬 더 곤란해하고 있을 텐데, 언제까지고 내가 곤란한 표정 짓고 있으면."

"귀여운 얼굴에 안 어울리게, 무지무지 씩씩하네, 이 아이……."

"자, 베아트리스도!"

빨간 얼굴로 기세등등한 미소녀의 선언에 스바루는 놀랐다. 미소녀는 스바루 옆에서 굳어 있는 어린 소녀에게도 말을 건넸다.

"놀란 것도, 슬픈 기분도 알겠지만…… 지금, 가장 힘든 게 누구인지 생각해야지. 우리가 어떻게든 해 주어야 하잖아?"

"베, 베티는……."

미소녀의 서슬에 기가 죽은 어린 소녀는 말문이 막혔다. 그 어린 당혹감을 미소녀는 차분히 지켜보았다. 그 눈에는 또렷한 신뢰가 있었다.

스바루가 모르는, 두 소녀 사이에서 맺어진 신뢰. 그것이.

"스바루는…… 지금, 곤란해하고 있는 것이야?"

"……아, 솔직히, 그렇지. 응, 도와줬으면 해. 두 손 들었어."

"_____."

한심하다고는 생각했지만 스바루는 솔직한 심정을 어린 소녀에게 토로했다. 그 말을 들은 어린 소녀의 눈, 기묘한 무늬가 떠오른 눈이 활짝 뜨였다.

그 광경이 스바루에게는 마치 나비가 날갯짓하는 순간으로도 보였다.

"──아아, 진짜, 참 내! 스바루는 정말로 손이 가는 계약자야!"

그 직후, 나비의 날갯짓이 회오리를 일으킨 것처럼 어린 소녀의 태도가 크게 바뀌었다. 소녀는 짧은 팔로 팔짱을 끼며 동그란 뺨을 부풀리고 툴툴 언성을 높였다.

"만날 만날 말썽만 부려서 베티는 보통 민폐가 아닌 것이야! 이런 짓은 이번만으로 그치지 않으면 베티도 슬슬 정나미가 떨어져!"

"오, 오오…… 저기, 그 말은, 즉?"

"솔직하게 도와 달라고 말했으니까, 이번만은 눈을 감아 줄 것이야. ──어차피 스바루는 베티가 없으면 외로워서 살아갈 수 없는 약골이라고."

"그렇게까지 말해?!"

엄청난 기세로 우쭐거린 어린 소녀의 태도에 황당해졌다. 같이 있지 않으면 외로워서 살아갈 수 없다니, 또 퍽이나 과장스러운 말을 들었다.

다만 어둡던 표정이 밝아진 것에는 안심했다. 『계약자』처럼 이래저래 들어 넘기지 못할 발언에 대한 딴죽은 일단 참고서.

　"＿＿＿＿."

솔직히 스바루는 아직 이 상황을 통째로 수용했다고 말하기 어렵다.

혼란은 여전하고 현실과는 마주 보지 못한 채라 설명을 사실이라고 고분고분 믿기도 어렵다.

하지만 그래도 눈앞에 있는 두 사람의 친애는 거짓이 아니라고 여기고 싶었기에.

"내 이름은 나츠키 스바루. 사방이 깜깜하지만 아마 너희의 친구야. 뻔뻔스러운 건 알지만, 너희에게 한 가지 부탁할 것이 있어."

스바루는 다시 일어서서 천장을 손가락으로 가리키고 이름을 밝혔다.

그다음 마지막으로 두 사람에게 손을 뻗고 윙크했다.

"——너희의 이름을, 가르쳐 줬으면 해."

　"＿＿＿＿."

그 말에 왠지 미소녀는 말문이 막히고 어린 소녀는 눈을 깜빡였다.

그러나 그 또한 한순간.

두 사람은 잠시 후, 천천히 저마다 웃음을 띠었다.

"내 이름은 에밀리아, 그냥 에밀리아야. 다시 잘 부탁해, 스바루."

"베티는 대정령 베아트리스, 스바루는 베티의 계약자야."

그리고 이름을 가르쳐 주었다.

3

자, 이러니저러니 해서 스바루는 일단 에밀리아와 베아트리스의 두 번째 첫 대면이라는 희귀한 이벤트를 완수했지만——.

"——이건, 무슨 장난질이야? 바루스."

아침 식사 자리라는 이름의 사정 설명회에서, 바늘방석에 앉은 기분을 맛보고 있었다.

자리에 동석한 것은 당연하지만 에밀리아와 베아트리스 두 명. 그리고 그 외의 다섯 남녀—— 남자가 한 명이고 여자가 네 명이라 남녀비가 치우친 멤버가 있었다.

사전에 에밀리아로부터 들은 이야기로는, 이들은 스바루와 동행해 이 탑—— 안에 있기에 탑이라는 실감도 없지만 이 탑을 공략하기 위해서 협력하는 동료들이라고 한다.

여러 가지로 버라이어티가 풍부한 멤버지만 한 가지 할 수 있는 말은 전원이 미형이라는 것. 스바루가 홀로 용모 평균치를 내리고 있어서 미안한 기분이었다.

그리고 미안한 것은 용모만이 아니다. 기억도 그렇다.

에밀리아와 베아트리스의 설명—— 말재주가 없는 에밀리아를 베아트리스가 보충하면서 이야기한 기억 문제. 그에 관한 반응은 가지각색이다.

그중에, 처음으로 움직인 것이 분홍색 머리—— 람이라고 소개받은 소녀였다.

"듣고 있어? 바루스."

"응, 듣고 있어. 의심하는 게 당연하지만 진짜야. 그리고 내 이름이 사람 눈을 멀게 하는 주문이 되었는데. ……네가, 그 침대에서 자고 있던 아이의 언니구나."

"_____."

그 답변에 람의 눈이 스윽 가늘어졌다.

화제로 올린 것은 스바루가 깨어난 녹색의 방——『녹색 방』이라는 직설적인 이름의 방에서 검은 도마뱀과 같이 요양하던 소녀였다.

밝은 파란색 머리카락에, 람과 똑 닮은 얼굴. ——잠자고 있는 그 소녀를 깨우는 것이 스바루 일행이 이 탑을 공략하는 목적 중 하나라고 한다.

"여동생을 깨우고 싶은 타이밍에 내가 이 꼴이 나서 미안하다. 근데 나도 솔직히 벅차서 말이야. 불만은, 기억이 돌아온 다음의 나한테 부탁한다."

"……그 말투로 기억이 없다는 소리에 설득력이 있다고 봐? 평소랑 완전히 똑같아."

"나의 바뀌지 않는 장점이 전해져서 기쁘네. ……뭐, 사람의 본성은 쉽게 바뀌지 않는다고 치고, 새로운 나와도 전과 같은 느낌으로 친하게 지내 줘."

그 답변에 더더욱 람이 의혹의 눈초리로 스바루를 보았다.

그 심정도 알겠지만 스바루도 구태여 다른 자기 자신을 연기할 수는 없다. 기억을 잃기 전 스바루와 구분이 가지 않는다면, 그건 그거대로 나쁜 이야기가 아닐 것이다.

"피차 쓸데없는 배려는 하지 말기로 하고…… 우오?!"

"스승님~?"

람에게 이야기하던 중, 스바루는 귀에 불어넣는 숨결에 펄쩍 뛰었다. 쳐다보니 숨을 불어넣은 것은 검은 비키니에 핫팬츠를 입은 미녀——.

"샤울라임다! 스승님이 가장 사랑하는 제자이자, 이 플레아데스 감시탑의 별지기요!"

"벼, 별지기……? 그리고, 스승님이라니 나 말이야?"

"네!"

미녀—— 샤울라가 태양에 필적할 만큼 밝은 웃음으로 자기를 소개했다. 그 티 없는 웃음은 그녀의 외견에서 받은 인상을 쉽사리 때려 부수었다.

노출이 많은 복장 때문에 어른스러운 미녀인 줄 알았더니, 격의 없는 태도는 흡사 어린아이였다. 아니면 놀아 줘서 좋아 죽는 강아지처럼 보인다.

"그나저나 질리지도 않네요, 스승님. 그런 식으로 몇 번 저를 잊을 거예요?"

"잠깐잠깐잠깐! 뭐야, 나 그렇게 기억 펑펑 날려 먹고 있어? 이세계 소환의 폐해?"

별일 아니라는 샤울라의 충격 발언에 스바루가 기겁했다.

기억 상실이라는 사실은 어떻게 수용했어도, 빈발했다면 또다른 대문제다. 이 세계 특유의 풍토병이나, 이세계 소환에 미흡함이 있었다고 의심해야 할 것이다.

"그런 건 살기 어렵다는 수준의 얘기가 아니라고. 나, 이걸로 기억 잃어버리는 거 몇 번째야?"

"지, 진정하는 것이야, 스바루. 샤울라 넌 이야기를 복잡하게 만들지 마."

"메롱―. 딱히 전 스승님을 곤란하게 하려는 게 아니거든요 뭐. 아, 하지만 그걸로 스승님이 제 생각으로 머리가 꽉 차면 기뻐요. 마성의 여자임다!"

스바루의 왼손을 잡고 안심시켜 주려는 베아트리스. 한편, 샤울라는 그런 베아트리스에게 혀나 내밀고 제대로 상대하려는 마음이 없다. 그것도, 아무래도 스바루에 품은 호감도가 높은 게 원인 같아서 그 태도는 나쁘게 느껴지지 않지만―.

"……그건 기억을 잃기 전의 내가 번 호감도이니 말이지."

샤울라가 '스승님'이라고 따르는 것도, 에밀리아와 베아트리스가 친근하게 이름을 부르는 것도, 양쪽 다 자신이 아닌 것이다. 꽤 성가신 자기 인식이었다.

"진짜, 오빠는 어엄청 말썽쟁이더라아."

"――그렇게 나를 달콤하게 바라보는 너는? 지금 모두에게 초기 호감도를 설정하고 있는 중이라서. 이 틈에 친해지면 전보다 거리가 줄어들 수도 있다고?"

"폽…… 친해지라니이."

다리를 바동바동 흔들며 스바루의 답변에 즐겁게 웃는 소녀.

베아트리스와 같은 또래로, 짙은 파란색 머리를 땋아 내린 목가적인 스타일임에도 그 귀여운 이목구비 속에서 동그란 눈이 장난스럽게 반짝이는 게 인상적인 소녀였다.

"메일리야아, 오빠. 추억이랑 같이 잘하는 재봉질 요령도 까먹지만 않았으면, 또 인형을 만들어 주면 좋겠어."

"호오, 내 특기를 알고 있다니 꽤 친한 사이인가 본데. 베아트리스랑 같은 여동생 역일까?"

"저 애는 스바루랑 베티를 죽이러 온 살인 청부업자야."

"웬 농담?!"

제법 헤비한 농담이었지만 왠지 아무도 그 말을 부정하지 않았다. 악당이 된 메일리마저도 희미하게 웃고 손을 살랑살랑 흔들 뿐이었다.

"아무튼 람에 샤울라, 메일리로 자기소개가 이어졌는데……."

메일리의 진실은 일단 치워 두고, 스바루는 남은 두 명에게로 시선을 돌렸다. 여우 목도리를 두른 미인과, 이건 또 수려하게 생긴 미청년이었다.

이 두 사람은 아직 스바루의 기억 상실에 대해 코멘트하지 않았지만, 스바루로서는 유일하게 성별이 같은 청년의 반응에 기대하고 싶었다. 솔직히 여자만 있어서 기를 펴지 못하겠다.

그러나 그런 스바루의 기대에——.

"———."

입가에 손을 짚고 침묵하는 청년의 모습에는 어딘가 귀기가 감돌고 있었다. 다 아는 분위기를 일부러 망치는 데 정평이 난 스바루마저 섣불리 말을 걸기 어려울 만큼.

어쩌면 이 인원에서 가장 충격을 받은 게 저 청년이 아닐까 싶을 정도로.

"……잠시 그에게 마음을 가라앉힐 시간을 주고 싶은걸. 상관없을까?"

그 청년을 대신해 두터운 복장에 목도리를 두른 미소녀가 말했다. 여자아이다운 외견과 반대로 왠지 남자 같은 어조——이른바 보이시 걸 같은 분위기의 발언이다.

"그렇……겠지. 느닷없는 얘기로 깜짝 놀라게 했으니……."

"내 견해라면 그것만도 아니겠지만……."

"아, 역시 말투가 남자답네."

"——지금은 아나스타시아라고 이름을 밝혀 둘까. 너의 충격적인 고백이 없으면, 원래는 내가 깜짝 놀랄 고백을 할 작정이었는데 말이야."

목도리를 쓰다듬으면서 미소녀—— 아나스타시아가 슬쩍 미소를 지었다. 그녀가 하려고 했던 고백의 내용도 궁금하지만, 지금의 스바루가 들어 봤자 놀라긴 했을지 미심쩍다.

아무튼 아나스타시아의 제안을 받아들여 청년에게 시간을 주기로 했다.

"그렇다면 아침 식사 준비를 마치지요. 에밀리아 님, 물 긷는 데 바루스를 빌려도 될까요?"

"어, 하지만 스바루는 아직도 기억도 애매하니 쉽게 해 주는 편이……."

"쉬어서 기억이 돌아오겠습니까? 그리고 기억이 어쨌든 간에 바루스의 입장은 로즈월 님의 사용인…… 사소한 건망증으로 놀 수 있다고 여기면 못 참습니다."

"신랄한 의견이구만, 람…… 람 씨?"

"……람이야. 건방지게도 그리 부르고 다녔었어."

스바루의 말에 일어나서 무릎을 털던 람이 시선에 날을 세웠다.

실제로 람의 제안은 바라던 바였다. 스바루도 과도하게 배려받는 건 불편하다. 게다가 청년의 동요를 보건대, 스바루는 이 자리에 없는 편이 나을 거란 느낌이 들었다.

"그럼, 나도 같이……."

"에밀리아 님, 물 긷는 정도로 응석을 받아 주면 도리어 해가 됩니다."

"그래도……."

"자자, 람의 말에도 일리가 있어. 기억이야 어쨌든 몸은 건강하고, 아무래도 나는 사용인이거나 잡무 담당이라는 포지션 같으니 물쯤이야 못 길어올 건 없지."

신랄한 람에게 물고 늘어지려던 에밀리아가 스바루의 중재에 눈을 내리깔았다.

"……스바루는 사용인이 아니라, 나의."

"나의, 뭔데? 호, 혹시, 저기, 그게, 여, 연인 비슷한 건……."

"아니, 그런 건 전혀 아닌데."

"그런 건 전혀 아니구나! 하긴, 그렇겠지……."

기대를 담아 콧김 씩씩대며 물어봤지만 에밀리아가 매정하게 격추했다.

실제로 에밀리아의 외견은 스바루 취향 일직선이지만, 너무나 차원이 달라서 손이 닿는다는 생각도 들지 않는다. 기억의 유무에 상관없이 상대받지도 못했을 것이다.

"아무튼 나는 됐으니까 그쪽을 부탁해. 너랑 베티만 믿을게."

"……응, 그렇지. 알았어. 애써서 얘기해 볼게."

목소리를 낮추고 청년 쪽을 맡기자 에밀리아는 차분하게 끄덕였다. 그리고 불현듯 스바루는 자신과 손을 잡고 있던 베아트리스의 떨떠름한 표정을 깨달았다.

소녀는 스바루의 시선에 "베티." 하고 조그맣게 중얼거렸다가 말을 건넸다.

"스바루, 그 호칭은 그만뒀으면 해."

"──응? 그래? 그럼, 베아트리스?"

"……일단 그거면 되는 것이야. 스바루의 부탁은 받아들였어."

베아트리스와 손을 놓고 대신에 에밀리아로부터 빈 양동이를 받았다.

"그럼, 잠깐 갔다 올 테니까 에밀리아쨩도 부탁해."

"──응."

한순간 에밀리아가 대답을 머뭇거리던 느낌이 들었지만 그 이유는 물을 수 없었다.

소녀들을 방에 남기고 스바루는 람과 함께 복도로 나왔다. 그렇게 에밀리아 쪽의 대화가 들리지 않을 거리까지 걸은 스바루가 깊은 한숨을 뱉었다.

"……많이도 지치셨네."

"그야 그렇지. 꽤 무리하고 있다고. 원래 남에게 신경 쓰는 성격이 아니거든."

스바루는 크게 어깨를 돌리면서 람의 말에 대꾸했다.

에밀리아와 베아트리스에게 털어놓았을 때부터 그렇지만, 역시 대놓고 낙담하면 스바루도 상처받는다. 이건 분위기를 읽느냐 마느냐 문제가 아니다.

"……아까 그건 어떻게 된 건지 물어봐도 괜찮을까?"

"기사 율리우스 말이야? 그건 잔혹한 소리인걸, 바루스."

"잔혹한 건가……."

람의 싸늘한 면박에 스바루는 자신과 청년 사이에 무슨 일이 있었는지 떨떠름한 표정을 지었다. 그런 사색에 잠겨 있었기 때문일까.

한 손에 양동이를 들고 걷는 스바루 옆에서 람이 발길을 멈추었는데도 눈치채는 게 늦은 것은.

"람?"

"──슬슬, 시답잖은 연기는 그만둬, 바루스."

비스듬히 뒤돌아본 스바루는 이름을 부르자마자 보인 람의 반응에 놀랐다. 그러자 람은 그 연홍빛 눈에 고요한 분노를 띠며 분홍색 머리를 쓸어 올렸다.

"이렇게 일부러 장소를 바꾸었잖아. 여자에게 너무 망신을 주지 마. 엉큼해."

"엉큼하다니."

"어차피 또 시답잖은 발상이 떠오른 거지? 표정 관리 할 줄 모르는 에밀리아 님은 몰라도 최소한 람에게는 뭘 꾸미고 있는지 밝혀 둬."

그러면 여차할 때에 대응하기 쉬우니까. 자신의 팔꿈치를 안은 람이 그런 뉘앙스를 담아 담담히 스바루에게 내뱉었다.

그 말에 스바루는 눈을 오락가락하면서 머리를 긁었다.

"어, 음, 저기 말이야. 람, 네 말은 그 왜. 이해 못하는 건 아니지만……."

"아니지만?"

"미안한데 이거 연기나 속임수, 무슨 계획 같은 게 아니라고. 나는 진짜로 기억이 싹 사라졌어. 그러니까 네 기대에는 부응해 줄 수 없어."

"고집스럽긴. 바루스가 혼자서 떠안는 건 늘 있는 일이지만 이번만은 그래서는 곤란해. 람도 렘 문제가 걸려 있어. 제대로 한 다리 끼겠어."

"아니, 그러니까……."

고집스러운 건 누구인지, 완강하게 스바루의 말을 부정하는 람에게 난처할 따름이다.

기억 상실이 믿을 수 없는 이야기인 거야 알겠지만 이토록 완고해서는 어쩔 수가 없다. 애초에 기억 상실 연기가 탑 공략에 무슨 보탬이 된다는 말인가.

"그건 람도 몰라. 하지만 바루스에게는 바루스 딴의 복안이 있겠지. 그러니까 그걸 몽땅 다 털어놔. 비밀은 꼭 지켜줄 테니까."

"둘만의 비밀이라는 말은 구미가 당기지만⋯⋯."

람의 근거가 희박한 주장에 스바루는 놀란 것을 넘어서서 살짝 기가 막혔다. 애초에 '스바루라면' 그럴 거냐니, 스바루를 얼마나 과대평가하는 거냐고──.

"우왓."

대답을 곤란해하던 스바루가 갑자기 멱살을 잡혀 자세가 무너졌다.

순간적으로 손을 떠난 양동이가 복도를 구르고, 스바루는 등이 벽에 떠밀렸다. 바로 눈앞에 있는 작은 몸집의 소녀가 한 행동이었다.

"너, 갑자기 무슨⋯⋯."

"말해. 적당히 하지 않으면, 람에게도 생각이 있어."

"──쯧, 이해를 못 하는 녀석이네! 그러니까 거짓말이 아니라고! 나는."

"──잔말 말고, 전부 얘기해!"

믿지 않는 람을 밀어내려던 다음 순간, 그 노성에 꿰뚫렸다.

몸이 굳은 스바루는 람을 밀어내려던 손에서 힘을 뺐다. 느닷없는 노성에 놀랐다. 이유는 그뿐만이 아니다. 그 이상의 이유가 있었다.

"전부, 얘기해 줘⋯⋯."

목소리는 심히 떨리고 있었다.

그 사실에 스바루는 기억이 없음에도 불구하고 충격을 받았다.

"……제발, 전부, 얘기해 줘."

"람……?"

"……제발."

소녀는 힘없이 스바루의 가슴에 이마를 대고서 떨리는 목소리를 냈다.

직전까지 보이던 기세를 완전히 잃은 목소리는 오직 비통한 것으로 전락하고 있었다.

울먹이는 소리는 아니다. 그만큼 나약하지는 않다. 서러워하고 있지는 않다. 그만큼 자신에게 관대하지 않다.

그저, 목소리에 깃든 갈 곳 없는 비분감이 스바루의 가슴을 강렬하게 찔렀다.

"바루스가 잊으면, 람은…… 렘은……."

──렘, 그것은 그녀의 여동생 이름이다.

『녹색 방』의 침대에 누운, 람을 쏙 빼닮은 『잠자는 공주』. 그녀들과 스바루 사이에 무슨 일이 있었고, 어떤 관계였는지 스바루는 상상도 할 수 없다.

하지만 람이 진심으로 스바루가 잊은 무언가에 매달리고 있었다는 것, 그것만은 알 수 있었다.

"……미안해."

스바루는 가슴에 이마를 붙인 채로 결코 표정을 보이지 않는 람에게 사과했다.

잊은 것을 사과했는지, 아무것도 대답할 수 없는 것을 사과했는지.

필시 양쪽 모두에 해당할 테고, 그 양쪽만이 다가 아닌 다른 감
정도 있었으리라.

"＿＿＿＿＿＿."

람은 그 이상 아무것도 말하지 않았다. 스바루도 아무것도 말
할 수 없었다.

그런, 어떻게 할 도리가 없는 두 사람의 모습을 구르는 양동이
만이 조용히 바라보고 있었다.

4

"——스바루는 잊힌다는 것이 얼마나 괴로운지 알고 있어.
그러니까 누군가를 잊었다는 말은 농담이라도 하지 않아."

방에 돌아가기 직전, 실내에서 들린 목소리에 스바루는 무심
코 숨을 죽였다.

그 모습은 보이지 않지만 지은 표정은 음색을 들으면 상상이
간다. 아름다운 얼굴에 힘을 주고, 눈에는 『나츠키 스바루』에
대한 신뢰가 서렸으리라.

결단코 '나츠키 스바루'에게 보내는 것이 아닌 신뢰를.

"……농담이라도 하지 않는다. 그러게. 웬일로, 에밀리아 님
말씀이 옳아."

같은 말을 들은 람이 옆에서 자조하듯이 중얼거렸다. 에밀리
아의 사용인이라는 신분임에도 불손한 발언이지만 직전의 대
화 때문에 그 부분을 꼬집기 뭐했다.

"시시한 헛소리야, 흘려들어. 아까 있었던 일도 에밀리아 님께 걱정만 끼칠 뿐이니까 입 다물고. 람의 명예를 위해서도. 만약 말했다간……."

"말했다간?"

"……정말로, 기억이 없구나."

말했다간 무서운 일을 당할 거라는 엄포를 놓고 싶었던 것일까. 어쩌면 스바루 쪽이 선수 쳐서 너스레를 떨어야 했을지도 모른다.

그러지 못한 스바루 앞에서 람의 눈에 감상이 스쳤다가 바로 지워졌다.

아무 말도 해 주지 않는 것은 람의 강함일까. 아니면 약함이었을까.

"──기다리시게 해서 죄송합니다. 돌아왔습니다."

그런 말과 함께 방에 돌아온 람에 이어서 스바루도 시침 뚝 뗀 표정으로 발을 디뎠다. 물 길으러 가기 전보다는 다소 분위기가 누그러졌을까. 이것도 에밀리아의 노력이 낳은 성과이리라.

그 사실을 증명하듯 귀환한 스바루에게 맨 처음 말을 건 사람은──.

"──아까는 추태를 보여서 미안하다. 다시 이야기를 나눌 수 있겠나?"

"오, 오오. 나야말로 놀라게 해서…… 아, 중간에 말 끊어서 미안하네. 경청하겠습니다."

"그렇게 딱딱하게 굴지 말아 줘. 네가 정중해지면 웬만큼 이상으로 진정이 안 되는군."

희미하게 웃음을 띤 보라색 머리 미청년── 율리우스가 그 자리에서 묵례했다.

조금 전, 스바루의 고백에 얼굴이 파랗게 질렸었지만 어떻게 마음을 붙잡은 모양이다. 다만 통로에서 들은 람의 말도 있다.

──율리우스에 대해 물은 스바루에게 람은 잔혹하다고 말했다. 그건 도대체, 무슨 의미였는가.

"다시 소개하지. 율리우스 유클리우스다. 여기 계시는 아나스타시아 님…… 이분의 기사를 맡고 있다. 너와는 친구…… 같은, 사이였지."

"그렇군. 잘 부탁한다……. 근데 왜 그 부분에서 자신감이 없어 보여?"

"안타깝게도 너와 나는 서로 인식에 다소 차이가 있었어도 이상하지 않아. 나는 친구라 여겼지만, 네가 어땠는지는……."

"말 그대로, 기억 너머에 있단 건가."

"──그렇게 되지."

완곡하지만 우아한 말주변에 스바루는 한쪽 눈을 감았다.

가혹하기 그지없던 여행길, 그 동행자 중에 유일하게 같은 성별이라면 관계는 그럭저럭 좋았으리라 짐작하지만.

"실제로 초면이라면 내가 시비 걸 타입이란 말이지……."

"걱정하지 않아도 끄떡없어. 스바루랑 율리우스는 엄─청 사이좋으니까."

스바루의 소감에 허리에 손을 짚은 에밀리아가 보증했다. 그리고 "그치?" 하고 주위에 동의를 구하자 메일리가 "맞아." 하고 웃으며 맞장구쳤다.

"정말로 사이좋으니까 걱정할 필요 없어. 그리고 기사 오빠에게 문제가 되는 건 그 정도가 아니고요."

"그 정도가 아니다? 그건……."

"──그건, 오늘 아침부터 상태가 이상한 아나스타시아 님과 관계있는 거야?"

의미심장한 메일리의 발언을, 람이 율리우스에게 묻는 모양새로 이어받았다. 그 질문을 들은 스바루는 율리우스와 아나스타시아 두 사람을 쳐다보았다.

람의 물음에 율리우스는 눈을 내리깔고, 아나스타시아는 엷게 미소 지었다.

"……추측이 맞아, 람 여사. 스바루의 고백에 문제를 더 얹는 모양새가 되고 말았지만."

"혼란에 혼란을 겹치는 건 본의가 아니야. 다만 불화란 뒤로 미루면 미룰수록 쌓이기 마련이지. 그러니 사구 공략의 여행길에서 돈독해진 관계를 믿고 얘기하겠어."

"……퍽 원대한 말투인 것이야."

"그렇게 겁낼 필요는 없어, 베아트리스. 나와 너는 작지 않은 인연으로 맺어진 자매 같은 존재가 아닌가. 짐작하는 대로 말이지."

아나스타시아의 말에 뺨을 굳힌 베아트리스가 스바루의 옷소매를 잡았다. 그 몸짓을 본 스바루도 자연스럽게 베아트리스의 손에 손을 포개었다.

"──너와 나츠키의 관계는 흐뭇하고도 이상적이군. 나도 아나와 그런 관계를 만드는 게 이상적이었지만, 지금은 그게 잘되지 않고 있어."

"아나스타시아 씨를 다른 사람인 것처럼 말하는구나. 역시 당신은⋯⋯."

"너희의 추측은 옳아. ──지금, 이 몸에 깃든 의지는 아나의 것이 아니야. 그 아이는 몸속에서 잠자고 있어. 그동안의 대리는 바로 나⋯⋯ 에키드나가 맡고 있지."

"에키드나⋯⋯?!"

아나스타시아가 자신의 가슴을 만지며 털어놓은 말에 에밀리아가 화들짝 놀랐다. 포개진 베아트리스의 손에도 힘이 담기고, 다들 적지 않게 충격을 받은 것을 알 수 있었다.

아나스타시아가, 자신은 아나스타시아가 아니라고 고백했다. 에키드나라고 자칭한 그녀의 고백, 그 사실은 스바루에게도 전해졌다. 단──.

"⋯⋯그, 그렇구나. 그건 뭐냐. 저기, 큰일⋯⋯인 거지?"

당연하지만 기억을 잃은 스바루에게는 전혀 감이 오지 않는 이야기였다.

애초에 아나스타시아에 대한 기억이 없는 상태에서, 그게 사실은 다른 사람이었다고 고백받아도 스바루로서는 어떻게 놀라야 하는지 실감이 없다.

물론 이것이 심각한 사태인 것은 다른 사람의 반응을 봐도 분명하다.

"그나저나 이야기를 듣기로, 잠든 채로 깨지 않는 렘이라는 애랑 다른 도시의 병에 걸린 사람들을 구하러 탑에 왔을 테지? 그런 상황인데⋯⋯."

"막상 탑에 도착해 공략을 시작한 단계에서 중요한 우리 쪽이 만신창이⋯⋯. 바루스는 얼마 되지도 않는 기억을 잃고, 아나스타시아 님의 의식은 심연 속."

"기, 기운 날 정보가 없어⋯⋯."

짤막하게 정리한 람의 결론에 스바루는 머리를 감싸 쥐고 싶은 심정이었다.

산적한 문제 중 하나라서 면목이 없지만, 일행은 운신에 제동이 많이 걸린 상황에 몰려 있다. 이토록 난제가 이어져서는 탑 공략은 도저히──.

"──다들, 고개만 숙이고 있어 봤자 별수 없어. 끙끙 고민하고 싶은 마음은 나도 똑같아. 하지만 우울해하기만 해선 안 돼."

불가능하다고 생각하던 순간에, 손뼉을 친 에밀리아가 모두의 얼굴을 내다보고 말했다.

"에밀리아짱⋯⋯."

"우리는 많은 사람들의 기대를 지고 이 탑까지 왔어. 지금 스바루랑 아나스타시아 씨에게 큰일이 생겨서 엄──청 어려운 와중이야. 그렇지만."

거기서 한 박자 띄운 에밀리아는 남보라색 눈에 올곧은 빛을 드리우면서 말을 이었다.

"걸음은 멈출 수 없어. ──포기하면 안 된다고, 항상 그렇게 배워 왔으니까."

군센 어조로 단언한 에밀리아의 시선이 순서대로 동료들의 얼굴을 보다가, 마지막으로 스바루에게 고정되었다. 아름다운 눈길에 사로잡힌 스바루는 호흡을 잊었다.

가슴이 뜨거워졌다. 그 시선에 깃든 기대, 그것을 저버릴 수 없다고 영혼이 부르짖었다.

"아얏! 잠깐, 스바루! 손에 너무 힘줬어! 아픈 것이야!"

"미, 미안, 실수했어! ……하지만, 에밀리아짱 말이 맞아."

가녀린 손이 으스러질 뻔한 베아트리스의 항의에 사과한 스바루가 머리를 흔들었다.

에밀리아의 말은 스바루의 가슴에 강렬하게 울렸다. 물론, 스바루도 상황이 이러니 막막한 기분은 있다. 하지만 스바루는 혼자가 아니었다.

기억은 없다. 추억도 사라졌다. 하지만 에밀리아와 다른 이들이 함께 있어 준다면――.

"내 기억이 홀랑 빠져나가서 모두에게 피해를 준 건 미안해. 하지만 그게 절망에 직결하는 건 아니야. 생각하기 나름이지. 어쩌면 지금의 나는 이 세계의 굴레에 얽매이지 않는 참신한 아이디어를 펑펑 쏟아낼지도 몰라. 위기를 기회로 바꾸는 거야."

"……그건 또, 꽤 긍정적인 의견인걸."

"하지만 스바루다운 의견이야."

열정에 내맡긴 발언에 쓴웃음 지은 아나스타시아―― 아니, 에키드나에게 베아트리스가 중얼거렸다. 스바루의 허세에 무겁던 실내 분위기가 슬쩍 누그러졌다.

단번에 많은 말을 꺼낸 스바루의 모습에 에밀리아는 자신의 가슴을 살며시 누르고 말했다.

"응, 그렇지. 스바루는 언제나 갖가지 힘든 상황을 뛰어넘었어. 그러니까 분명히 이것도 넘어설 테지."

"오오, 그 기개야! 뭘 노력할 수 있을지는 이후의 나에게 기대하겠지만, 기대받은 이상은 힘써볼게. 귀여운 여자아이가 응원해 주고 있으니까."

"고마워, 스바루. ──응, 다행이다. 역시 스바루는 스바루구나."

"────."

한숨과 함께 풍만한 가슴을 쓸어내리는 에밀리아. 그 중얼거림에 스바루는 허를 찔렸다.

──역시 스바루는 스바루.

에밀리아가 중얼거린 안도감 어린 한마디에 스바루는 안도했다. 이러는 게 맞았다고.

그녀가, 에밀리아가 아는 『나츠키 스바루』와의 오차를 조금씩 메워나갈 수 있다. 그러면 틀림없이 어색하고 뻣뻣한 관계도 원활해질 것이다.

스바루가 그런 감촉을 얻고 있으려니, 율리우스가 "나 원." 하고 어깨를 으쓱였다.

"기억의 유무에 상관없이 너의 용맹한지 무모한지 구별할 수 없는 면은 변함이 없군. 우리가 직면한 벽이 얼마나 강대한지 잊었기 때문에 나온 발상이라고 할 수 있을까.”

“오오? 거침없이 말하시잖아. 그 태도, 보아하니 그쪽이 당신의……아니지, 네 본색이라는 거냐, 율리우스 씨…… 율리우스라고 해야겠군.”

“……과연. 에밀리아 님의 말씀대로 사람의 됨됨이는 기억에 좌우되지 않나 보군.”

“나도 너랑 어떤 관계였는지 상상이 갔다. 앞으로 잘 부탁한다.”

살벌하다고 할 만큼 험악하지 않고, 우호적이라기에는 쌀쌀맞은 대화. 그러나 가슴에 와닿는 감각을 보아 스바루는 이게 율리우스와의 거리감이었으리라고 확신했다.

첫인상대로, 기억이 있었을 적부터 스바루와 율리우스의 궁합은 좋지 않다. 그것이 이 여행 중에 어떤 관계를 만들었는지는 차차 알 일이다.

“──기억쯤이야 사소한 문제인가. 그렇고말고. ……그게 맞아.”

율리우스가 앞머리를 만지며 중얼거린 말에 스바루도 의젓하게 끄덕였다.

어쨌든, 스바루의 기억과 아나스타시아＝에키드나의 고백으로 생긴 어색한 분위기, 그것은 어떻게 걷어낸 것 같았다.

“그렇긴 해도 내 마음고생은 절대적이라고. 나중에 에밀리아 짱에게 둘뿐인 자리에서 위로받겠어.”

“──응? 무릎베개할래?”

"앗, 아뇨, 죄송합니다. 그건 아직 좀, 이르다 싶은데."

으쓱한 마음에 넉살을 던져 봤지만 받아들일 태세를 준비 중이던 에밀리아 앞에서 꽁무니를 뺐다. 설마 하던 무릎베개까지 제안받았는데 반사적으로 사퇴한 행동을 영원히 저주할 것만 같다.

"아니 그래도, 취향의 초절 미소녀에게 갑자기 무릎베개받는 건 허들이 높아…… 아얏!"

"침 질질 흘리고 있어, 바루색마."

경멸의 눈초리를 보낸 람이 중얼대던 스바루의 따귀를 때렸다. 그대로 그녀는 시침 뚝 뗀 얼굴로 에밀리아를 돌아본 뒤, "괜찮으실까요." 하고 운을 떼며 말했다.

"중요한 이야기 중입니다만 뒷이야기는 식사를 하면서 하지요. 탑 안은 시간 감각이 애매합니다만 간격이 지나치게 어긋나는 것도 바람직하지 않기에."

"찬성! 저도 찬성해요! 밥! 밥!"

람의 제안을 듣자마자 흥미 없다는 표정이던 샤울라가 득달같이 반응했다. 그 환한 웃음에 그럴 때냐고 지적하려던 스바루의 배가 울었다.

그렇게 한 번 의식하니 자연스럽게 자신이 공복임을 깨닫고 말았다.

"……기억은 없어도 배는 고프다. 나츠키 스바루입니다."

"후훗. 람의 말대로 밥 먹자. 먹으면서도 이야기할 수 있으니까."

한심한 기분을 맛보면서 풀죽은 스바루의 자기 신고에 에밀리아가 작게 웃으며 손뼉을 쳤다.

　그렇게 되어서, 이세계 소환되고 첫 식사(기억 상으로) 준비가 시작되었다.

5

　"내 입장은, 아나와 행동을 함께하는 인공정령이다. 평소부터 그 아이가 몸에 떼지 않고 다니던 여우 목도리…… 그게 내 본체라고 할 수 있지."

　"그래……. 하지만 진짜야? 우리가 알고 있는 에키드나와는 다른 사람이라니."

　"사실이야. 그 점은 나츠키에게도…… 기억을 잃기 전의 그에게도 변명했지만 말이지."

　그렇게 말한 에키드나가 어깨를 으쓱이자 에밀리아는 귀여운 얼굴로 "응~." 하고 신음했다.

　일동은 빙 둘러앉아 아침 식사를 하면서 대화하는 중이었다. 아침에 발각된 문제 중 하나인, 에키드나의 사정에 관해 자세한 취조가 이루어지고 있었다.

　덧붙여 아침 식사 내용은 말린 고기가 중심인 소위 여행용 보존식. 솔직히 입맛에 맞지 않는다고 하지 않겠지만, 현대인의 입맛에 익숙해진 혀로는 왠지 모자란 것이 본심이다.

　그런 스바루의 미식 리포트야 어쨌든, 에밀리아의 반응에 에키드나가 쓴웃음을 지었다.

"나츠키도 그랬었지만, 역시 이름이 걸리나 보군."

"아, 기분 나쁘게 했으면 미안해. 아마, 스바루도 나랑 똑같이 전에 에키드나라는 이름의 아이에게 심술궂은 짓 당해서……."

"같은 이름의 에키드나가 덤터기를 썼나. 그건 또 사방에 폐 끼치는 에키드나가 다 있구만."

그 나쁜 에키드나 때문에 이쪽 에키드나와의 원활한 관계 구축이 막히고 있다면, 나쁜 에키드나는 쓸데없는 짓을 해 준 셈이다.

그런 스바루의 반응에 에밀리아도 "그렇네." 하고 수긍했다.

"진짜, 에키드나는 말썽쟁이야. ……또 만나면 한 소리 해 줄래."

"그건 뜬소문에 피해를 다수 받고 있는 나도 필히 부탁하고 싶은걸."

"응, 알았어. 하지만 에키드나라는 이름 외에도 놀란 게 있어. 설마, 아나스타시아 씨도 정령술사였다니."

"정확히는, 나와 아나는 정령과 술사의 관계를 맺고 있지 않아. 그래서 아나는 정령술사가 아니야. 나와는 나이 차이가 나는 친구라고 해야 할까."

"──응? 가족이 아니고?"

어리둥절한 에밀리아의 말에 에키드나가 한순간 눈을 크게 떴다. 그러다가 그녀는 생각에 잠긴 듯 손가락을 입술에 대더니, "가족, 가족이라……." 하고 확인하듯이 중얼거렸다.

"그 표현은 멋쩍은 감이 있군. ……응, 하지만 느낌이 와닿아."

"그럼, 그걸로 됐다고 봐. 계약했는지 아닌지는 중요하지 않은걸. 중요한 것은 서로를 소중히 여기고 있다는 점. 그렇지? 베아트리스."

"왜, 왜 베티에게…… 뭐, 좀 표현이 지나치게 부드럽지만 에밀리아의 생각이 틀리지는 않은 것이야."

베아트리스가 얼굴을 살며시 붉히면서 스바루를 힐긋 쳐다보았다.

베아트리스와 스바루가 파트너 관계라는 것은 『녹색 방』에서도 들은 이야기다. 그 강한 신뢰와 관계성이, 무지무지하게 가까운 거리감에서 느껴졌다.

아마 아나스타시아와 에키드나의 관계도 그랬으리라.

"그녀…… 에키드나에게 악의는 없고, 그 목적은 아나스타시아 님께 육체를 반납하는 것입니다. 그 의사 확인은 마쳤습니다. 저 역시 거짓말은 아니라고 판단합니다."

"탑에서 성공적으로 방법을 알아낼 수 있었으면 좋았겠지만, 예상치 못한 사태가 발생해서 말이야. 더는 숨기는 것도 어렵겠다는 생각에 털어놓은 거야. 사실 나츠키와 베아트리스는 이미 알고 있던 이야기였지만……."

"어, 그런 거야?"

율리우스의 보증과 에키드나의 추가 증언에 당사자인 스바루가 가장 놀랐다.

왜 외부인 같은 스바루가 그 사실을 알고 있었던가. 물론 지금의 스바루는 알 여지도 없었기에.

"부탁이니 그렇게 수상하다는 눈으로 보지 마라, 람……."

"비밀도 많으셔. 도대체 앞으로 얼마나 더 비밀이 있는지. 혹시 자기 기억도 어디 찬장에 박아 둔 바람에 찾지 못했을 뿐인 것 아니야?"

"독설이 너무 심하거든!"

어조야 담담했지만 그런 만큼 독하고 예리했다. 그런 람의 언어 공격에 쩔쩔매는 스바루를 베아트리스가 "기다려." 하고 두둔했다.

"스바루가 입 다물고 있던 건 쓸데없는 알력을 피하기 위해서였어. 그 증거로 베티에게는 제대로 털어놓은 것이야. 파트너인 베티에게는."

"어머나아, 그러면 다른 사람은 신뢰하지 않았다는 뜻이야아?"

"모처럼 발언하나 싶었는데, 소녀 대전을 일으킬 법한 폭탄 발언은 그만둬라……."

나서서 편을 든 베아트리스와 놀릴 자세인 메일리의 말에 스바루는 한숨을 쉬었다.

기억이 있던 스바루가 에키드나의 사정을 주위에 털어놓지 않은 진의는 불명이다. 하지만 추측건대, 베아트리스의 이야기가 가장 적절할 것이다.

"뭐, 궁극적으로 답은 알 수 없는 상태지만."

"──그, 기억을 잃은 책임을 추궁하는 것은 아니다만."

에키드나에 대한 질의응답이 진정되는 것을 가늠하던 율리우스가 화제를 끼워 넣었다. 식사를 마친 율리우스는 입가를 하얀 손수건으로 닦으면서 스바루 쪽을 보고 말했다.

"스바루, 다시금 네 이야기를 하고 싶어. 기억 이야기다."

"아니, 심정은 알겠지만 그리 쉽게 떠올릴 수 있는 게……."

"그게 아니야. 잃어버린 기억을 되찾는 방법에도 관계되지만…… 중요한 건 네가 기억을 잃은 경위. 그게 만약 탑의 어떤 간섭이라고 치면."

"다른 사람도 언제 바루스랑 같은 상황에 빠질지 모른다?"

뒷말을 받아낸 람의 결론에 율리우스가 "그런 거지." 하고 끄덕였다. 두 사람의 우려를 듣고서 스바루도 옳거니 수긍했다.

"확실히 그건 큰일이군. 내 일인데도 뭐하지만, 기억 상실이란 귀찮거든."

"정말로 자기 일인데 뭐한 표현인 것이야……."

"그렇긴 해도 나도 일어나면 기억이 없어졌다는 꼬락서니라, 자세한 사정은 모르겠단 말이지. ……에밀리아짱은, 어떤 경위로 나를?"

"그게…… 실은 스바루, 3층 서고에서 쓰러져 있었어."

3층이라고 또다시 짚이는 구석이 없는 단어가 나왔지만, 그 사실을 들은 이들의 표정에는 하나같이 놀람이 떠올랐다.

"3층이란, 이 탑을 구성하는 여러 계층 중 하나야. 지금 우리가 있는 곳이 4층이고, 최상층인 1층을 목표로 공략을 진행하고 있지. 3층은 이미 공략한 뒤…… 네 공헌으로 말이야."

그 놀람을 공유하지 못하는 스바루에게 율리우스가 친절하게 꼼꼼히 설명해 주었다. 마지막에 덧붙인 한마디는 기억이 부족한 스바루에 대한 립 서비스일까.

"이 상황 속에서 내 공헌이라니 상상도 안 가고……."

"그건 진짜야. 우리는 아리송아리송했는데, 스바루는 혼자서 금방 수수께끼를 풀어 가지고…… 엄—청 멋있었어."

"하하하, 고마워. ……아리송아리송이라니 요즘 못 듣는 말일세."

"―――."

칭찬받은 쑥스러움을 숨기려 뺨을 긁으면서 뱉은 말에 에밀리아가 침묵했다. 한순간 그 눈이 진한 감정에 일렁이는 것이 보였지만 그 정체는 알 수 없다.

어쨌든 수면을 흔드는 파문 같은 그것에는 따라잡지 못하고.

"그래서, 3층에서 쓰러져 있던 나를 그 녹색의 방으로 옮겼다고……. 참고로 그 방이 회복 룸이라는 말은 들었는데, 내 기억 상실은 그 방이 원인이라는 설은?"

"어! 그건, 생각해보지 못했는데……."

"제법 재밌는 착안점이지만 그건 생각하기 어려워. 그 경우, 너보다 오래 그 방에 들어가 있던 나에게 먼저 이변이 있어야 하잖아?"

스바루의 추측을 아무래도 『녹색 방』의 선객이었던 모양인 에키드나가 부정했다. 그녀는 자신의―― 아니, 빌린 소녀의 몸을 살며시 어루만지면서 말을 보탰다.

"물론 내가 떠안은 문제는 그 방과 무관해. 덧붙이자면……
그 방에 있던 나츠키의 지룡은 너를 잊고 있었을까?"

"지룡이라면…… 그, 커다란 도마뱀 말인가. 묘하게 나한테
스스럼없던데."

『녹색 방』에서 깨어났을 때, 에밀리아와 베아트리스와 마찬
가지로 스바루를 걱정하고 있었던 듯한 검은 도마뱀—— 지룡
이라고 불리는 그것은 아무래도 스바루가 기르는 용이었던 모
양이다.

"어쩐지 나를 따른다 싶더라. 느낌상 나를 잊고 있던 인상은
없었지……."

"그런 점을 봐도 나쁜 작용을 한 것은 그 방보다 『타이게타』의
서고일 가능성이 높아. 여하튼 『사자의 서』를 모은 사연 있는
서고니 말이야."

"잠깐잠깐잠깐. 타이게타? 그리고 『사자의 서』라고?"

연달아 주어진 정보에 스바루의 흥미와 관심이 이리저리 오락
가락했다. 그, 『타이게타』라는 말에는 기억이 있지만 그 이상
으로 관심이 가는 것은 『사자의 서』다.

"뭐야, 그 중2틱하게 가슴이 두근대는 용어는……."

"아직 확증은 없지만, 3층 서고에는 세계 각국의 사망자 이름
이 붙은 책이 꽂혀 있어. 적혀 있는 사망자의 생전 기억을 추체
험하는 『사자의 서』가."

"악취미 수준의 얘기가 아니잖아! 판타지한 것에도 한도가 있
잖아?!"

"강렬한 사념이 새겨지는 감각이더군. ……그다지, 여러 번 체감하고 싶은 것이 아니야."

그렇게 눈을 내리깐 율리우스의 말에는 체험한 당사자만이 말할 수 있는 무게가 느껴졌다.

죽은 사람의 생전 기억을 추체험한다. 그 행위를 가능케 하는 『사자의 서』를 모은 서고. 상상하기만 해도 터무니없는 장소지만 거기서 스바루가 쓰러졌다는 말은──.

"나도 책을 읽고서 쓰러졌다? 설마 그 때문에 뇌가 펑크 나서 기억 상실이라거나?"

"없다고는 단언할 수 없겠지. 그쪽에 대해 『현자』의 견해는 어떻지?"

"……어라? 혹시, 방금 그건 저한테 물어본 건가요?"

스바루의 추측에 에키드나가 끄덕이면서 의미심장한 눈길을 샤울라에게 보냈다. 그 눈길의 의미도 그렇거니와 『현자』라는 호칭도 그녀에게 전혀 어울리지 않았다.

어쩌면 가장 『현자』와 거리가 먼 인상인 샤울라가 책상다리로 앉아서 머리를 흔들었다.

"몇 번 물어도 제 대답은 똑같아요. 저는 탑의 규칙 외에는 아무것도 모릅니다. 스승님이 탑에서 무엇을 하고 있었는지, 노 터치에 노 관계죠."

"……새삼스럽지만 나는 왜 샤울라에게 스승님이라고 불리는 거야?"

"안심해. 그건 기억이 없어지기 전의 스바루도 똑같이 대답했어. 편리하니까 아무 말도 하지 않고 이용하고 있을 뿐. ……최악이야."

"말도 안 되는 결론을 말도 안 되게 내리셔도 말이죠!"

샤울라의 호감도가 MAX인 이유는 불명이라고 듣자 스바루의 곤혹감도 MAX에 이르렀다. 본래, 글래머 미녀가 엉기는 건 나쁜 기분이 들지 않겠지만 그 호의의 발생 원인을 알 수 없으니 수상하다는 기분만 앞섰다.

게다가 샤울라의 호의와 친근감에는 절묘한 위화감이 있다. 에밀리아와 베아트리스가 스바루에게 보내는, 한결같은 믿음과 사랑과는 근본부터 다른 위화감을.

이것이, 기억이 없기에 발생한 폐해인지 지금의 스바루는 알 수 없지만——.

"아무튼 갑자기 기억이 사라지는 지병이 있는 건 아니야. 외적 요인이라는 의미라면 그 서고가 제일 수상해. 확인하러 가는 것도 한 가지 수단이겠어."

"동감이다. 안 그래도 난제가 겹친 상황에서 우리의 골머리를 썩이는 문제는 적은 게 가장 좋지. 그리고 솔직히 이런 상황이 되고 보니 잘 알았다."

"뭘 알았는데?"

"——네가 얼마나 많은 것을 메꾸어 주고 있었는지를."

율리우스의 말에 스바루는 허를 찔렸다가, 얼굴을 실룩거렸다.

그것은 쑥스러움을 숨기려는 의도가 아니라 본심에서 나온 쓴

웃음이었다. 정말이지 과대평가가 심하다. 나츠키 스바루를 의지하다니 막장도 이런 막장이 없다.

설상가상. ──자신의 기억 상실이 그들에게 마음고생을 시킨 것을 감안하면 진심으로 미안한 기분이다.

"어쨌든 간에, 아침밥을 다 먹으면 현지 답사를 하러 가자. 내가 떨어뜨린 기억이 바닥에 쏟아졌으면 다시 주워 담아야 하니까."

"아유, 그렇게 이상한 표현을 하긴. 진짜로 스바루라니까."

"그 '스바루라니까' 라는 표현, 칭찬이 아니지?!"

일부러 가벼운 투로 꺼낸 스바루의 말을 에밀리아가 살짝 미소 짓고 받아주었다. 그 말에 자리의 분위기가 약간 부드러워졌음을 느꼈다.

──이러면 되는 거라고, 스바루는 자기 자신에게 타이르며 주먹을 움켜쥐었다.

6

이래저래 해서 아침 식사를 마치고 일행은 『타이게타』라는 서고로 갔다.

가는 길에 에밀리아와 베아트리스가 스바루의 두 손을 잡고 놔주지 않는 장면 등이 있었지만 기억을 잃어버린 전력이 있기에 부득이한 대응이었다.

"하지만 어린 여자애랑 손을 잡고 있다는 거랑, 미소녀와 손을 잡고 있다는 것 사이에는 가슴이 서늘해지는 차이가 있는데, 애초에 두 사람이 지켜주는 내가 꼴사납지 않아?"

"스바루가 꼴사납지 않으면 스바루가 아닌 것이야."

"그거 무슨 평가가 그래?!"

그런 평가를 받는 동안 일행은 다른 방의 대계단을 이용해 위층으로 올라갔다. 거기서 기다리던 광경을 목격한 스바루는 감탄의 한숨을 흘렸다.

"여기가 『타이게타』…… 들었던 대로 온 사방에 책이네."

보이는 곳 전부에 있는 서가와, 그 서가에 꽉 찬 책의 양, 그야말로 정보의 바다였다.

스바루도 꽤 애서가(라이트노벨 및 만화)였지만, 이만한 책에 둘러싸인 경험은 없다. 원래 세계의 국회 도서관 등이라면 지지 않을지도 모르지만 권수를 겨루는 것도 난센스다. ──이 서고와는 목적이 다르니까.

"이 전부가 『사자의 서』…… 한 권 한 권이 한 사람의 인생이라면, 그야말로 정신이 까마득해지는 양이잖아. 제목은…… 아차, 못 읽겠다."

가까운 책장의 책등을 바라본 순간, 스바루는 문자를 읽을 수 없다는 사실을 깨달았다.

책등에 있는 것은 아마도 제목일 테지만 스바루의 눈에는 지렁이가 꿈틀대는 무늬로만 보였다. 안타깝게도 문자 번역 기능은 없는 모양이다.

"그렇게 생각하면, 에밀리아짱이랑 말이 통하는 게 신기하군……. 이세계 소환에서 흔한 신비 파워가 작용하는 느낌?"

"신비 파워?"

"아니, 이쪽 얘기야. 참고로 에밀리아짱, 나는 글자를 읽고 쓰쓸 줄 알았어?"

어정쩡한 발음과 함께 갸우뚱하던 에밀리아가 스바루의 질문에 고운 눈썹을 찡그렸다.

"응, 저기, 처음에는 못했지만 공부해서 할 수 있게 됐어. 그러니까 만약 지금, 스바루가 제목을 읽을 수 없다면……."

"공부한 성과가 싹 날아갔단 말인가. ……역시, 소환 뒤의 기억이 없는 거구나."

"즉, 바루스가 이 서고에서 아무짝에도 쓸모가 없는 짐짝이라고 판명됐다는 거지."

"그 마무리에는 너무나 애정이 없어……."

진저리치며 어깨를 축 늘어뜨리자 람은 "핫!" 하는 콧방귀와 함께 매정한 대응.

그렇지만 그녀의 말은 옳다. 이세계에서 쌓은 공부 성과가 기억과 함께 안개로 사라진 이상, 스바루는 이 서고의 책을 활용할 수 없다.

"다시 말해, 파티 멤버의 지위라는 면에서 사망했다……. 내 책, 어디 없을까?"

"농담이라도 그런 말 하지 마. ……하지만 무엇부터 손을 대야 할까."

사회적인 죽음을 언급한 스바루의 이마를 에밀리아가 하얀 손가락으로 찔렀다. 그 감촉과 말에 반성을 촉구당한 스바루는 읽을 수 없는 제목을 훑어보면서 말했다.

"먼저, 무엇을 찾느냐는 것부터가 되는데…… 닥치는 대로 『사자의 서』를 건드린다는 것은 율리우스가 봤을 때 찬성할 수 없는 거지?"

"남에게 기꺼이 권장할 수는 없는 체험이야. 그리고 아까는 미처 설명하지 못했지만 손에 잡히는 대로 생전의 기억을 추체험할 수는 없어. 아마도 생전의 상대를 알고 있을 때에만 『사자의 서』가 기능할 거야."

"알고 있는 고인 한정인가. 그렇다면 나는 한 권도 읽지 못하잖아……."

기억이 있고 없고까지 책이 판정해 줄지는 불명이지만, 적어도 문자의 읽고 쓰기 이전 문제로 스바루는 도전자 자격에서 제외된 모양이다. 애초에 이만큼 방대한 장서량이다. 기억이 있었다고 해도 목적한 인물의 책을 찾느라 얼마나 걸릴지.

"검색 기능도 없을 것 같고, 빗나간 책을 바닥에 쌓아 두는 정도밖에 못하나?"

"그것도 어떨까. 내 추측이지만 책을 그렇게 다루는 건 서고에 대한 불경에 해당할 느낌이 들어. 그 경우, 탑의 금지 사항에 저촉하게 되지 않을까."

"금지 사항?"

"아, 미안해. 아직 제대로 설명해 주지 못해서."

에키드나가 말한 단어에 갸우뚱하는 스바루. 거기서 에밀리아가 손가락을 세우고 끼어들었다.

"이 탑 말인데, 하면 안 되는 약속이 몇 가지 있어. 『시험』을 끝내지 않고 탑을 나가면 안 된다든가, 서고에서 나쁜 짓 하면 안 된다든가, 그런 약속."

"그렇군. 그래서, 바닥에 책을 쌓는 건 서고에서 나쁜 짓 한 거라는 판정에 걸릴지도 모른다는 뜻인가. ……참고로 묻는데, 규칙 위반하면 어떻게 돼?"

"저요, 저요, 저요—! 거기서 제가 나옵니다!"

스바루의 의문에 샤울라가 힘차게 거수했다. 그녀는 자신의 묶은 머리를 이리저리 흔들면서 그 풍만한 가슴 앞에 주먹과 손바닥을 맞대고 말했다.

"누군가가 규칙 위반하면, 별지기인 제가 삐삑 하고 느껴요! 그리고 피도 눈물도 없는 킬링 머신이 되어 도전자 전원을 싹둑 썰어 버리죠!"

"피도 눈물도 없는 킬링 머신…… 네가?"

스바루는 농담이라 쳐도 부실한 발언에 어깨를 으쓱이고 코웃음 쳤다.

이 발랄하고 시끄러운 샤울라가 피도 눈물도 없는 살인 기계로 변모한다고는 생각하기 어렵다. 애당초 그 가녀린 팔로 얼마나 할 수 있다는 건지.

"그것도 마법이 있는 판타지 세계라면 과신할 수는 없는 생각인가? 이 세계의 파워 밸런스를 도통 모르겠으니……."

좌우지간 어기면 안 되는 규칙을 건드리는 사태를 피하려면

닥치는 대로 책을 뽑아내는 작전도 불가능할 것 같다. 본격적으로 스바루가 무용지물이라고 확정되었다.

그러므로 자연스러운 흐름으로 일행의 결론이 정리되고──.

"스바루, 어제랑 똑같은 일이 생기면 곤란하니까 우리가 조사하는 동안 얌전하게 있어 줘."

"으극…… 알았어. 아무것도 할 수 없어서 답답하지만 여기서는 믿고 얌전히 기다리지."

"정말 얌전히 기다릴 수 있어? 맘대로 움직이지 않을 거야?"

"엄청 다짐받네! 걱정 마! 약속해도 좋다고!"

"그럼, 역시 얌전히 있지 않을 마음인 게……."

"그게 웬 소리?!"

어째선지 얌전히 기다리는 것에는 전혀 신뢰성이 없는 나츠키 스바루.

도움을 청하듯이 주위를 쳐다보니 율리우스와 에키드나는 몰라도 베아트리스와 람 역시 도움의 손길은 줄 수 없다는 듯이 에밀리아 편이었다.

아무튼 그런 식으로 『타이게타』의 서고 수색 및 조사가 시작되었다. 스바루는 계단 옆에 쭈그려 앉아 희소식을 기다리는 역할이었다.

"왠지, 시험 날에 꾀병 부리고 쉬고 있는 것 같은 죄책감이 드는걸……."

"그 비유는 하나도 못 알아먹겠지만, 별로 맞지 않는 느낌이 드는데에."

부지런한 다른 사람들의 등을 바라보는 스바루 옆에서 책장에 기댄 메일리가 중얼거렸다. 스바루는 땋은 머리 끝부분을 만지작거리는 메일리를 올려다보고 갸웃했다.

"어라, 너는 다른 사람들 안 도와?"

"응. 왜냐면 나는 오빠랑 언니의 제대로 된 동료가 아닌걸."

"제대로 된 동료가 아니다?"

"말했잖아? 살인 청부업자…… 실패했으니 전 살인 청부업자겠네에. 애초에 도우미라는 심보로 탑에 끌려왔을 뿐운. 그 도우미 역할도 끝났고오."

"그건 즉, 가석방 조건 같은 건가? ……원래가 어땠는지는 몰라도 살인 청부업자를 한편에 들여 대모험이라니 꽤 과감한 판단을 했군그래."

"——진짜 그렇지이. 정신이 나갔다고 봐아."

입가에 손을 짚은 메일리가 키득키득 웃고 대화를 일단 끊었다. 그 태도에 스바루는 어깨를 으쓱이고 이번에는 시선을 반대쪽으로 돌렸다.

거기에는 메일리와 마찬가지로, 다른 사람들을 도우려 하지 않는 샤울라가 있었다.

"메일리의 사정은 알았지만, 너는? 왜 놀아?"

"큭큭큭, 저는 읽고 쓸 줄 몰라요. 그러니까 띨하고 빡하고 맹하죠."

"네 어디가 『현자』야? 그 부분만 언어 번역 버그 난 거냐…… 어, 야!"

대놓고 무용지물이라 공언한 샤울라, 그런 그녀가 스바루 옆에 다가붙어 팔을 가슴에 끌어당기려는 것을 당황하며 풀어냈다. 부드러운 감촉, 얼굴이 화끈해졌다.

"아잉~ 스승님도 참 아술 맞아~."

"시, 심술은 뭔 심술이야, 그만둬. 여자애가 상스럽게……. 그런 건 좋아하는 남자 상대로…… 아니, 좋아하는 남자도 갑자기 그런 짓 하면 식겁하니까 하지 마."

"뿌—뿌—임다. 또 여자의 품격 얘기예요? 스승님, 진짜 변함없네요."

팔이 풀려 버린 샤울라가 입술을 삐죽이며 불만을 표명했다. 그러나 그녀의 말을 들은 스바루는 살짝 숨을 집어삼키고 눈을 내리깔았다.

그리고——.

"……너도, 나는 변함이 없다고 생각해?"

변함이 없다고, 그렇게 스바루를 평한 샤울라에게 물었다.

깨어난 뒤로 몇 시간, 수도 없이 들은 말이다. 변하지 않았다. 그런 말을 듣는 것은 스바루에게 구원이기도 하며 동시에 저주 같기도 했다.

마치 기억이 없는 『나츠키 스바루』와의 틀린 그림 찾기를 하는 것 같아서.

"으—음, 잘 모르겠어요."

그러나 그런 스바루의 고민에 갸우뚱한 샤울라의 답변은 싱거웠다. 샤울라의 대꾸에 스바루는 기대가 엇나갔다고 어깨가 축 늘어질 뻔했다.

"너…… 아니, 너에게 물은 내가 바보였나."

"음~ 변했건 변하지 않았건, 스승님은 스승님이니 아무래도 좋지 않아요? 스승님은 맘대로 자유롭게 해 주시면 저야 거기 따라갈 뿐인걸요."

"──그 결과로 일이 이상하게 되어도 말이냐?"

"뭐! 그랬다가 일이 이상해져도 제가 어거지로 타개하죠. 스승님은 까먹은 거 같은데, 그게 스승님이랑 제 관계니까요."

"───────."

거듭되는 거리낌 없는 말에는 표리라곤 털끝만큼도 느껴지지 않았다. 그렇기에 그런 샤울라의 본심을 얻어맞은 스바루는 무심코 눈을 크게 떴다.

그리고 샤울라에게 표정을 보여 주지 않도록 얼굴을 반대쪽으로 돌렸다.

"오빠?"

반대쪽으로 돌리니 메일리가 얼굴을 봤기에, 힘차게 반대쪽으로 얼굴을 다시 돌렸다.

"스승님, 왜 그러세요~?"

"카악! 진짜!"

결국 도망칠 곳을 잃은 스바루는 부둥켜안은 무릎 사이에 얼굴을 파묻어 표정을 숨겼다. 이걸로 지금의 이 얼굴을 샤울라에게도 메일리에게도 보여주지 않아도 된다.

그런 스바루의 모습에 두 사람이 얼굴을 마주 보는 느낌이 들지만 고개는 들 수 없다.

　두 사람은 모를 것이다. ──아니, 알게 하고 싶지 않다.

　그런 머리 텅텅 비고 생각 없는, 거리낌 없는 말에 구원받은 기분이 들다니.

　기억을 잃은 것을 과도하게 부담스러워하지 말라고, 말보다 더 명확하게 태도로 나타내 준 느낌이 들었다.

　"오빠는 참 이상해애."

　"스승님이 이상한 건 원래 그래요. 하지만 그런 점도 사랑합니다."

　머리 위로 나누는 소녀들의 대화에 스바루는 무릎에 파묻은 채로 아무 말도 하지 못했다.

　그저, 아주 약간뿐이지만 마음을 재촉하던 절박감이 누그러진 느낌이었다.

　──스바루가 어떻게든 고개를 들 수 있던 건, 다른 사람들이 서고에서 아무것도 못 건졌다고 시무룩하게 돌아오기 몇 분 전이었다.

7

　딱딱한 마루를 밟으며 스바루는 전력으로 복도를 내달렸다.

　바람처럼 달릴 수는 없다. 그러나 기대보다 빠르게 달릴 수 있는 몸이 복도 끝에 도달, 그대로 벽에 손을 밀어붙이고, 한 박자 쉬고, 스바루는 찢어지는 기합을 담아서──.

"──합!"

온몸을 뒤틀어 손바닥에서 에너지를 방출하는 이미지로 힘을 뿜었다. 단단한 반동이 오른손에 올라와 스바루는 깊이 숨을 내쉬고 끄덕였다.

"이거, 역시 아무것도 못 받았군……."

눈앞의, 손바닥을 댔던 벽에는 아무 변화도 없고 오히려 저리기만 할 뿐인 손을 내려다보고 중얼거렸다.

복도의 전력 질주, 도약, 벽에 대한 공격으로 몇 가지 패턴을 시험해 봤지만, 그 어느 것에도 상식과 동떨어진 파워는 느끼지 못했다. 굳이 말하자면 생각보다 체력이 붙어 있다. 고관절도 부드러워서 유연성이 늘어난 느낌이다. ──하지만, 그 정도뿐이다.

그것이 온몸의 흉터와 마찬가지로 이 기억에 없는 1년간을 스바루가 보낸 증거일 것이다.

부모의 기대에도 부응하지 못한 평범한 인물이, 그만한 노력 끝에 쟁취할 정도의 실력. 거기에는 이른바 『신』으로부터 하사받은 특별한 힘의 은혜는 느껴지지 않았다.

"일단, 변신 포즈까지 시험해 봤지만."

울트라의 전사이거나, 가면의 라이더거나, 또는 프리프리하고 큐어큐어하게 해보거나, 세일러복 미소녀 워리어풍도 시도했지만 성과는 없었다.

이세계에 소환 or 전생한 존재의 정석, 신에게 받은 특별한 치트 능력── 아쉽게도 스바루는 그것을 받지 않은 모양이다.

"스테이터스 창이라고 말했더니 에밀리아짱이 어리둥절해했고 말이지……."

아무래도 게임 같은 세계의 정석인 스테이터스 창도, 레벨의 개념도 존재하지 않는 모양이라 모조리 다 다른 사람들을 갸우뚱하게 만드는 결과로 끝났다.

물리 방면으로 발전 가능성이 없다면 마법 방면으로 기대를 걸어 보고 싶었지만——.

"마법이라면, 스바루는 영원히 쓸 수 없게 됐어."

"영원히?! 왜?! 금단의 주문에라도 손을 댄 거야?!"

"쓰면 안 된다고 듣던 초급 마법을 과하게 써서 게이트가 망가진 것이야. 그걸로, 스바루는 두 번 다시 마법을 쓸 수 없어졌어."

"초급 마법으로 망가뜨렸구나?! 창피해!"

파트너인 베아트리스로부터 마법사로서 불능이라는 낙인이 찍힌 뒤였다.

마법사 생명과 맞바꾸어 대마법을 썼다는 게 아니라, 초급 마법으로 밸브를 망가뜨렸다고 들어서 기억을 잃기 전의 자신에게 크게 화를 냈다.

기억의 유무와 무관하게, 나츠키 스바루의 이세계 생활은 밑바닥 스타트이지 않은가.

"인복이 있다는 게 그나마 구제인가."

타고난 자신의 몸과 상담하면서 가슴속을 차지하는 불안의 씨앗을 의식했다.

에밀리아와 다른 사람들 앞에서는 허세를 부리고 있었지만 이렇게 침착하게 상황을 내려다보면, 그 즉시 스바루는 지반이 불확실하다는 사실을 깨닫고 만다.

기억이 없어진 것. 그것은 이미 의심할 여지가 없을 것이다.

믿을 만한 증거가 많아도 너무 많고, 솔직히 지금은 '믿고 싶은' 마음이 강했다. 그것을 믿을 수 없는데 어떻게 지금도 이 자리에 머물러 있을 수 있단 말인가.

여기에 있고 싶다. 지금은 여기밖에 없다. 그렇기에 그러기 위한 힘을 원했다.

"결국 기억도 못하는 인연에 매달릴 수밖에 없다는 말이군. 울겠다."

받기만 할 뿐, 소비하기만 할 뿐인 나츠키 스바루는 이세계에서도 변함이 없다.

다른 사람들이 진지하게 스바루를 걱정해 준다는 게 전해질수록 스바루는 자기 것이 아닌 입장에 덕을 보는 자기 자신이 저주스러웠다.

"＿＿＿＿＿."

복도에 서 있는 스바루는 혼자였다. 다른 모두는 현재 4층의 거점―― 식사를 했던 방 안에서 한창 대화 중이다. 의제는 스바루의 처우와 탑의 공략에 관해서.

의제의 초점은 스바루의 기억을 되찾는 것을 우선하느냐 마느냐. 물론 스바루로서도 최종적으로는 기억을 되찾고 싶지만.

"내 기억을 지운 게 탑의 『시험』이라는 것과 관계가 있을 가능성이 있으니까."

『사자의 서』와 기억 상실의 관련성은 알 수 없어도, 탑에서 발생한 어떤 이상이 스바루의 기억에 간섭했음은 틀림없을 것이다. 그 경우 가장 가능성이 큰 것이 『사자의 서』이며, 그다음이 3층을 공략한 사실—— 스바루가 수수께끼를 풀어 3층을 공략한 일에 대한 반동일 것이다.

"이 방면의 기밀으로 난관 하나를 돌파할 때마다 한 명씩 희생당한다는 것도 곧잘 있는 이야기고, 치트 캐릭터가 혼자서 여러 과제를 무쌍하는 건 분위기가 살지 않으니 그것 대책이라거나……?"

자기 입으로 말하면서도 만화밖에 모르는 발상이라고 생각하지만, 그런 생각밖에 떠오르지 않으니 처량하다.

그렇기 때문에 다른 사람들의 대화 자리를 벗어나 이렇게 홀로 자기가 모르는 힘이 깨어날 가능성에 기대하는 판국이었다.

"2층의 파수꾼이라……."

3층 공략을 마친 일행이 직면한 것은, 2층에서 기다린다는 흉악한 파수꾼. 심플한 싸움 실력을 시험하는 그 적이 아무래도 심상치 않은 강적이라고 한다.

스바루도 중학교 시절에는 검도를 했었기에 무술에 아예 깜깜한 것은 아니다. 하지만 무술과 싸움은 명확하게 다르다. 스바루에게도 그 점을 착각하지 않을 상식 정도는 있었다.

"쯧, 그렇다면……."

입술을 뒤튼 스바루가 허리 뒤—— 거기에 차고 있던 채찍을 뽑아서 날래게 휘둘러 끝부분을 벽에 쳐 보았다. 회수한다. 강렬하게 자기 발을 때렸다.

"끄오오……! 이, 이런 건 몸이 기억하는 법 아니냐……! 혹시 구색만 갖추고 처음부터 쓰지 못했던 건가……?"

스바루는 아픈 맛을 본 정강이를 쓰다듬고 눈물을 글썽이면서 채찍을 노려보았다.

애초에 메인 무기가 채찍인 것도 무슨 생각인지. 검이나 총이 아니고, 채찍을 선택한 점에서 남과 다른 것이 멋있다고 착각한 낌새가 있다.

"그렇다 해도 잘 써먹었다면…… 없어진 것은 기억만이 아니라, 경험도?"

설령 기억이 없어져도, 자전거를 타는 법은 잊지 않는다고 어디서 들은 적이 있다. 그렇다면 왜 스바루의 몸은 채찍을 다루는 방법을 기억하지 못하는 것인가.

기억을 잃어 함께 있었을 사람들에게 걱정을 끼치고, 쌓아 올린 것도 잃어버려 무능해진 끝에 몸에 새겨진 흉터라는 역사만 남기고 껍데기만 갖추고 있다.

이래서는 마치 종이 모형 아닌가.

"하."

스바루는 짧게 숨을 내뱉고 일어섰다.

내심 떠오른 '종이 모형'이라는 네 글자가 공연히 크게 웃고 싶어질 만큼 실없었다.

새삼스럽게 뭐냐. ──나츠키 스바루가 '종이 모형'이 아니었던 적이 언제 있었다고.

"아, 때려치우자, 때려치워! 바보 같아. 자기가 자기 의욕을 다운시켜서 어쩔 건데……."

스바루는 자신의 볼에 주먹을 대고 한숨을 쉬면서 채찍을 말았다. 어떻게 마는지도 잘 몰라서 악전고투하다가 꾸깃꾸깃한 상태로 간신히 허리에 다시 찼다.

손바닥에 남은 굳은살은 이 채찍을 써먹느라 고심한 증거일까.

"이럴 때를 위해서, 그동안 뭘 햇는지 일기라도 써서 남겨 둬라, 못 써먹겠네."

스바루는 기억이 없어지기 전의 자신을 부조리하게 욕하고 천천히 걷기 시작했다.

치트 능력은 확인할 수 없었지만 어떻게 보면 확인하지 못했다는 사실도 수확이다. 이로써 존재하지 않는 것을 의지하지 않아도 된다. 이건 지나치게 부정적인 생각일까.

"어차차, 이쪽이 아니지."

슬슬 대화도 끝났을 무렵이겠지 싶어서 거점으로 돌아가려던 스바루가 길을 한 번 잘못 들었다.

정면에 있는 것은 탑 아래의 계층으로 가는 나선 계단이었다. 6층부터 있는 탑에서, 5층부터 4층은 높이 수십 미터의 나선 계단으로 연결되었다고 한다. 실제로 눈앞의 나선 계단 높이를 보면 그 정도는 될 법했다.

"나선 계단이라면 빙글빙글 돌면서 올라가야 하니까 실제로는 높이 이상으로 힘들겠지. 그나저나 별난 구조……도 아닌가, 이세계라면."

『녹색 방』은, 안에 있기만 해도 치료해 주는 신기한 방이다. 그런 판타지가 존재하는 세계관에서 건축 양식에 트집을 잡는 것도 뻘한 이야기다.

하물며 원래 세계의 피라미드도 형태와 설계 사상에선 조금 맛이 갔다.

"원래 세계와의 공통점을 찾는 짓은 전의 나도 했었으려나."

'전의 나'라는 표현이 스스로도 우스웠다.

기억을 잃기 전후로 무슨 톱니바퀴가 뒤틀린 기분이다. 본래라면 자신에게 이전도 이후도 없다. 과거든 현재든, 자기 자신은 계속 이어지며 존재한다.

그렇기에, 여기에서도 나츠키 스바루는──.

"──오?"

별안간, 감상을 털어내듯 고개를 저은 스바루는 기운이 픽 빠지는 소리를 흘렸다.

그것은 정말로 별것 아닌 한숨이었다.

생각지도 못한 사건에 직면해 얼떨결에 흘러나온 것이었다.

그 이상도 이하도 아니다.

"──────."

그 이상도 이하도 아닌 숨을 내쉬고── 천지가 뒤집힌다.

"아?"

발이, 지면에서 떨어져 있었다. ──아니, 떨어진 것은 발만이 아니다. 몸 전부다.

몸째로 지면에서 떨어지고 공중에 내던져져서, 완전히 천지를 놓치고 부유감에 휩싸였다.

"잠, 까안."

　씽씽 맹렬한 바람이 부는 소리가 고막을 뚫고 갔다.

　모르겠다. 아무것도 모르겠다. 지금, 나츠키 스바루는 떨어지고 있었다. 떨어지고 있다. 팽그르르 하늘을 돌면서 거꾸로 떨어진다.

"잠, 깐, 잠깐잠깐, 잠깐━━."

　시야가 회전하고 팔다리가 공중을 허우적댄다. 던져진 뒤의 시간 경과가 애매해지며, 비로소 스바루는 자기 몸에 일어난 사태를 이해했다.

　떨어지고 있다. 추락하고 있다. 어디서. 까마득히 높은 곳에서, 까마득히 낮은 곳으로.

　나선 계단을 헛디뎌 입을 크게 벌린 거대한 어둠 속에 삼켜진다. 필사적으로 사방에 시력을 집중하니 흥미로울 데 없는 탑의 벽이 아래에서 위로 고속으로 미끄러진다.

　아니다. 경치가 지나가는 게 아니다. 스바루가 떨어지면서, 떨어지고 있기에 시야가 위에서 아래로 지나가고 그대로 구역질이 치민다. 신 위산이 공중에 쏟아졌다.

"━━억."

　호흡이 뒤늦어 위액에 목이 막혔다. 콧속에 찡하는 아픔이 번지고 내장이 모조리 제자리에서 벗어나는 듯한 감각. 스바루는 자기 자신을 상실했다.

기억 다음에는 자기 자신을 잃다니, 그 사실이 어쩐지 우스꽝스워서.

"흐헤."

신맛이 섞인 웃음이 흘러나온 것과 동시에, 나츠키 스바루는 실신했다.

실신하고 의식이 끊겼다가, 이어서──.

딱딱한 충격이──.

8

"──스바루! 저기, 애, 스바루, 괜찮니?"

깨어나서 처음에 들린 것은 은방울 같은 음성이었다.

팔을 만지는 가는 손가락의 감촉과 지척에서 느껴지는 숨결. 그 감각을 의지하며 스바루의 의식은 천천히 부상해 무거운 눈꺼풀을 떴다.

──바로 눈앞에, 무섭도록 아름다운 달의 요정의 얼굴이 있었다.

"그게 아니라, 에밀리아짱……?"

"아아, 스바루, 다행이다. 눈을 떴구나. 엄─청 걱정했었다고."

스바루의 부름에 달의 요정── 에밀리아가 안심한 것처럼 가슴을 쓸어내렸다. 스바루는 그 모습에 눈을 동그랗게 뜨고서 주변을 빙 둘러보았다.

녹색의 넝쿨에 뒤덮인 방, 그 넝쿨로 짠 침대 위에 누운 자신. 안도의 표정을 지은 에밀리아와 그 옆에 서 있는 롤 머리의 어린 소녀.

　"에밀리아, 그렇게 자상한 태도라면 스바루는 반성하지 않는 것이야. 더 엄하게 말해 줘야 우리의 걱정이 전해질걸."

　"그렇겠지. 자, 베아트리스도 이렇게 말하잖아? 스바루가 안 보인다고 크게 당황하다가, 쓰러진 모습을 발견하고 울려 그랬었으니까……."

　"하지 않아도 될 부분까지 말할 필요 없는 것이야!"

　베아트리스가 얼굴을 붉히고 악의 없는 에밀리아의 발언에 툴 툴 화냈다.

　그 대화를 보면서 스바루는 그저 크게 갸우뚱했다.

　"어? 뭐야, 꿈?"

　"──?"

　스바루의 그 발언에, 에밀리아와 베아트리스도 동시에 갸우 뚱했다.

제2장 『너는 누구냐』

1

　고개를 갸우뚱하는 에밀리아와 베아트리스를 앞두고 스바루의 의식은 혼란스럽기 그지없었다.

　"_____."

　익숙해졌다고는 하지 않겠지만 낯익은 실내 장식의 방 안이다.

　벽과 바닥, 천장까지도 녹색의 식물로 뒤덮였고, 스바루 본인부터 넝쿨로 짠 침대 위에서 몸을 일으킨 상태였다. 등 뒤에는 거대한 도마뱀, 근처 침대에 잠자고 있는 소녀.

　어디를 어떻게 봐도 착각할 여지가 없는, 플레아데스 감시탑의 『녹색 방』이다.

　"그런데…… 어라? 나는, 왜 또 여기에?"

　스바루는 머리에 손을 짚고 의식이 각성하기 직전의 사건을 기억하려 했다.

　아마, 에밀리아 일행과 떨어져서 치트 능력의 유무를 확인하고 있었을 터다. 결국 변함없이 무능하다는 결론을 가지고 돌아가 그녀들을 사뭇 낙담시키리라 생각했었는데——.

"그 뒤, 방에 돌아가려다가…… 뭐였더라?"

그 뒤의 기억이 도통 또렷하지 않다. 정신이 드니 침대 위라는 인상이다.

그렇게 스바루가 애매한 기억을 더듬거리고 있을 때.

"저기, 스바루, 괜찮아?"

"으히약! 에밀리아짱, 가깝다고!"

에밀리아가 무방비하게 휙 얼굴을 들이대자 당황한 스바루가 침대 반대쪽으로 굴러떨어졌다. 그 과잉 반응에 에밀리아는 눈이 동그래졌다.

"그렇게 놀라지 않아도…… 아유, 놀란 건 이쪽이란 말이야."

"노, 놀라게 했다는 건……."

"알면서 왜 그래. 모습이 안 보인다 싶어서 찾았더니, 쓰러진 모습을 발견한 것이야. 그런데 걱정하지 않는 편이 이상하지."

"진짜로? 나, 또 쓰러졌어?"

팔짱을 끼고 기가 막힌다는 표정을 지은 베아트리스의 설명에 스바루도 놀라서 일어섰다. 몸을 더듬더듬 만지고 이상이 없는지 확인하려 들지만, 공교롭게도 만져서 알 만한 이상은 없었다.

애초에 기억 상실도 외상은 없었기에 상처 유무는 근거가 되지 않지만.

"그런데 단기간에 두 번이나 자빠지는 건 꽤 위험한 느낌이란 말이지……. 불과 몇 시간이라고는 해도 그 기억이 날아가지 않아서 다행이라고 여겨야 하나?"

"스바루, 그렇게 중얼중얼 하기 전에 우리에게 할 말이 있을 것이야."

"할 말……."

펼친 두 손을 바라보고 있으려니, 베아트리스가 그런 말을 던 졌다. 그 말에 고개를 든 스바루는 에밀리아와 베아트리스의 모습을 보고, 뒤늦게 알아챘다.

"그, 렇구나. 저기, 미안. 걱정하게 해서 미안해. 또 도움을 받았네."

"그러면 돼."

"후훗, 천만에요. 그런데 진짜로 아무렇지도 않아? 안심해도 괜찮겠니?"

"괜찮아, 괜찮아. 이렇게 하이페이스여서는 에밀리아짱도 마음을 놓을 수 없을 테고."

단기간에 두 번이나 도움받았다고 스바루는 에밀리아에게 고개를 숙였다. 그러나 스바루의 대답에 에밀리아가 고운 눈썹을 찌푸렸다.

그러다가 그녀는 아름다운 남보라색 눈을 당혹감으로 일렁이며 말했다.

"응, 저기, 그래서 말인데…… 스바루, 아까부터 왜 그래?"

"왜 그러냐는 건 자못 막연한 의문인걸. 뭐 때문에 나온 의문이야?"

"그야, 아까부터 나를 에밀리아짱이라잖아. 어쩐지 스바루에게 그런 식으로 불리는 건 엄—청 이상한 기분이 들어서."

말하면서 에밀리아는 긴 은발에 손가락을 얽고 쭈뼛쭈뼛 스바루를 쳐다보았다. 그 눈초리에 스바루는 가슴이 쥐어뜯기는 쓸쓸함을 느껴 무심코 목을 꿀꺽거렸다.

무방비하고 친근하며, 스바루의 취향에 정중앙 스트라이크인 외견의 소녀── 그러나 그녀의 지금 태도와 스바루의 감상 사이에는 깊은 도랑이 있었다.

왜냐면, 그런 태도는 마치──.

"스바루의 장난은 어제오늘 시작된 게 아닌 것이야. 그런 것보다, 이야기해 봐. 어째서, 밤 동안에 멋대로 『타이게타』에 들어가서, 심지어 쓰러져 있었던 것이야?"

"──뭐? 잠깐잠깐잠깐, 어, 뭐야, 나는 또 타이게타에서 쓰러져 있었어?"

"……또?"

분홍색 볼을 부풀린 베아트리스. 그녀의 말에 스바루는 대경실색했다.

"그, 그 방은 진심으로 무서운 곳이구나……. 아니 근데 나는 그런 곳에 또 뭐하러 간 거야. 가뜩이나 수상한 장소인데 겁이 없어도 너무 없잖아."

기억도 못 하는 사건을 들은 스바루는 불온하기 짝이 없는 사실에 다시금 곤혹스러워했다.

어쩌면 의식이 끊기는 전후의 기억이 애매한 것도 『타이게타』의 서고에 일어난 사건의 영향일지도 모른다. 또다시 기억에 간섭당한 거냐고.

그러나 그런 황망한 사고에 빠진 스바루에게 베아트리스가 "기다려 봐." 하고 말을 걸었다.

"어쩐지 이야기가 엇갈리는 느낌이 드는 것이야. 스바루, 정확하게 이야기해."

"응?"

"지금, 자신이 놓인 상황을, 우리에게 이야기해 보는 것이야."

차근차근 타이르는 베아트리스의 지시. 분위기에 압도된 스바루는 그 말의 무게를 곱씹으며 끄덕였다.

"우선, 설명했던 대로…… 눈을 떴더니, 나에게는 기억이 없었어. 텅텅 빈 건 아니고, 이 세계에 소환된 뒤의 기억이…….."

"잠깐, 잠깐, 잠깐, 기다려! 기억?! 기억이라니 무슨 소리인 것이야?!"

"어?"

위엄이 그득하던 베아트리스의 태도가 설명 초장부터 대뜸 깨졌다.

생각지도 못한 그녀의 반응에 스바루는 놀라고, 당황하는 베아트리스의 어깨를 뒤에서 에밀리아가 부축했다. 하지만 에밀리아도 침착한 것은 아니다.

에밀리아 또한 놀란 눈으로 스바루를 보고 있었다.

"기억이라니, 무슨 소리야? 스바루는 무슨 말을 하고 있는 거야……?"

"아니, 여기서 그걸 따져? 그야, 이 얘기는 너희한테도…….."

──설명하지 않았냐고, 계속하려던 말이 멈추었다.

"_____."

　에밀리아와 베아트리스, 두 사람의 눈에는 짙은 곤혹감이 있다. 그것이 결코 연기하는 게 아님은 아무리 스바루라도 알아볼 수 있었다.

　하지만 그렇다면, 이 경우 스바루에게는 두 사람의 태도가 연기가 아닌 쪽이 더 두렵다.

　연기가 아니라면, 두 사람은 스바루가 기억을 잃은 사실을 잊고 있다. 모조리 다 잊은 스바루와 마주 보고 곤혹스러워하면서도 받아들여 준 결의를, 상실하고 있었다.

　설마 싶지만, 이 탑에 온 뒤로 기억을 잃고 있는 건 사실 스바루만이 아니라 에밀리아를 포함한 전원인 게.

　그런 두려운 상상을 한 순간, 스바루는 퍼뜩 깨달았다.

　"방금, 자다 일어나서 나눈 대화……."

　거기에 기시감이 있었다. ──아니, 왠지 모르게 느낀 것이 아니다. 확실한 기억이다.

　에밀리아와 베아트리스와의 첫 대면── 이 경우, 기억을 잃은 스바루에게 첫 대면이라는 의미지만, 그때 주고받은 대화와 완전히 똑같은 내용인 것이다.

　말을 더 보태자면 『녹색 방』에서 두 사람이 지켜보는 중에 깨어난 상황 그 자체가 기억을 잃은 스바루가 깨어난 순간의 재현이 아닌가.

　"_____."

　그 사실에 생각에 미친 스바루는 소리를 내며 침을 삼켰다.

에밀리아와 베아트리스를 슬쩍 보니 태도에 변화는 없다. 단지, 두 사람의 곤혹스러워하는 눈에 있는 것은 『나츠키 스바루』에게 보내는 진심에서 나온 우려였다.

그것이 불신이 아니라 신뢰였다는 점이 스바루의 마음이 안정하는 데 한몫했다.

솔직히 스바루의 마음은 지금도 거센 파도에 시달리는 폭풍 속에 있다. 하지만, 이 상황은——.

"전에도 본 상황. ——즉, 예지몽."

깨어난 순간의 상황을 돌아보건대, 그렇게 생각하는 게 타당하지 않을까.

그렇게 생각하면 의식의 두절—— 현실로 각성한 것이라고 해야 할까. 그 순간의 기억이 애매한 것도 이해할 수 있다. 꿈이란 신기하게도 손가락 사이로 흘러 떨어져 사라지는 법이다.

어쩌면 이 예지몽이야말로 이세계에 불린 스바루에게 주어진 특수 능력——.

"엄청 써먹기 어려운, 까다로운 능력이군……."

단, 제대로 활용한다면 꽤 강력한 힘인 것은 분명하다.

예지몽이란, 요컨대 미래 예지다. 이 적중률이 높으면 높을수록 막막한 상황을 타파하기 위한 결정타가 될 수 있으리라.

안타깝게도 지금의 예지몽에서 배운 정보로 도움이 될 만한 게 있는지는 미심쩍지만——.

"——두 사람 다, 잠시 침착하게 내 말을 들어 줘."

자기 능력을 추측한 스바루는 두 사람을 다시 돌아보았다. 스바루의 모습에 에밀리아와 베아트리스는 얼굴을 마주 보다가 끄덕였다.

그렇게 진지한 표정을 지은 두 사람에게 스바루는 살짝 머뭇거리면서 말을 이었다.

"믿어 줄지 잘 모르겠지만, 아무래도 나는 기억을 잃어버린 것 같아."

2

──『타이게타』의 서고에서 쓰러진 스바루는 기억을 잃고 있었다.

스바루의 그 고백을 들은 에밀리아와 베아트리스의 반응은 그야말로 예지몽에서 보았을 때와 거의 다를 게 없었다.

"에잇!"

공기가 터지는 소리와 함께 에밀리아가 자신의 뺨을 두 손으로 때렸다. 그 아픔과 충격에 불안하게 떨리던 눈에 힘을 되찾은 그녀는 "좋아." 하고 기합을 넣었다.

"베, 베티는……."

에밀리아에게 격려받은 베아트리스가 비통한 눈으로 스바루를 보았다.

스바루는 그렇게 우물거리는 그녀의 모습을 가슴속의 둔통을 참으면서 보고 있었다. 이 뒤에 이어질 대사를, 표정을, 스바루는 이미 알고 있다.

하지만 그 사실이 스바루의 마음에 안식을 주느냐면, 그건 헛다리 짚은 것이다.

──누군가의 마음을, 기대를 배신하는 것은 괴롭고 무섭다.

그것이 몇 번째가 될지라도, 같은 문제일지라도, 매한가지다.

그리고 지금, 스바루는 첫 번째 때보다 베아트리스를 더 알고 있다. 그렇기에 스바루는 첫 번째 때보다 훨씬 불안하게 흔들리는 그녀의 눈이 두려웠다.

"……아아, 진짜, 참 내! 스바루는 정말로 어쩔 수 없는 계약자야!"

그렇게 말한 베아트리스는 불안과 곤혹의 껍질을 깨고 눈에 떠오른 나비 무늬처럼 정체라는 번데기에서 우화해 날갯짓했다.

스바루는 그 사실에 안도하면서도 동시에 강한 자기혐오도 품었다.

──이래도 되는 건가. 이걸로 만족하나. 엉, 『나츠키 스바루』여.

──네가 그런 식으로 쌓아 올린 끈끈한 관계와 신뢰 위에, 나도 모래성을 세우면 되는 거냐.

"_____."

스바루는 에밀리아와 베아트리스의 다정하고도 마음 아픈 결단을 지켜보며 어금니를 깨물었다.

스바루는 예지몽을 꾸었다는 사실을 두 사람에게 털어놓지 않았다.

깨어난 직후의 대화와, 두 사람의 이름을 기억했다는 모순에 관해서는 모든 기억이 없어진 것은 아니라는 논리로 무작정 밀어붙였다.

기억의 유무는 스바루의 재량이기에 두 사람에게는 의심할 근거가 없다. 그렇게까지 해서 스바루가 지난번과 같은 상황을 갖춘 것은, 예지몽의 신뢰성을 확인하고 싶기 때문이었다.

예지몽과 같은 상황을 따라가면, 전개가 얼마나 동일한 흐름을 따라가는가. 이미 초장부터 변화가 있었지만 아직 수정 가능한 범위라고 여기고 싶다.

단지 스바루가 예지몽을 공언하지 않은 것은, 그것만이 이유가 아니다.

"_____."

앞선, 예지몽으로 체감한 첫 번째 세계를 떠올린다. 그 세계에서는 아무도 스바루에게 예지몽의 능력이 있음을 언급하지 않았다. 그 누구도.

이만한 힘이다. 사람들이 스바루에게 그 사실을 숨겼다고는 생각하기 어렵다. 입을 맞출 타이밍은 없었고, 감추려는 이유가 눈에 띄지 않는다.

그렇다면 에밀리아 일행은 예지몽의 존재를 몰랐다고 추측하는 게 자연스럽다.

즉, 『나츠키 스바루』는 한 번도 자기 능력을 털어놓지 않았다.

"……뭔 생각을 하고 있는 거야, 『나츠키 스바루』."

스바루는 자신의 이름을 이미 다른 사람처럼 불렀다. ──아니다. 이미 다른 사람 같다는 표현은 옳지 않다.

스바루에게 『나츠키 스바루』는 미지의 인물이다. 그 생각을 헤아릴 수는 없으며 대화도 나눌 수 없다. 이해해 줄 실마리가 없다.

왜, 『나츠키 스바루』는 에밀리아 일행을 속이고 예지몽의 힘을 숨기려 한 것인가.

그런 『나츠키 스바루』에 대한 불신감이 스바루 안에서 부글부글 움트기 시작했다.

"너는……."

——뭘 생각하고 있는 거냐, 『나츠키 스바루』, 라고.

3

——그 뒤의 전개도, 역시 거의 예지몽대로 진행되었다.

"——이건, 무슨 장난질이야? 바루스."

에밀리아와 베아트리스의 서투른 설명을 듣고 스바루의 기억 상실을 의심하는 람.

"그나저나 질리지도 않네요, 스승님. 그런 식으로 몇 번 저를 잊을 거예요?"

기억 상실 사실을 스스럼없는 태도로 받아들여 주는 샤울라.

"진짜, 오빠는 어엄청 말썽쟁이더라아."

흥미가 있는지 없는지, 혼미한 상황을 즐기듯이 장난스럽게 미소 짓는 메일리.

"······잠시 그에게 마음을 가라앉힐 시간을 주고 싶어. 상관
없을까?"

충격을 받은 율리우스를 배려해 진정할 시간을 마련하고 싶다
고 제안한 에키드나.

"······제발, 전부, 얘기해 줘."

그 제안을 받아들여 물을 길으러 끌려 나간 복도에서, 람의 본
심을 듣고 확신했다.

람의 고요한 통곡과 이야기를 듣던 모두의 반응으로 확신이
생겼다.

──예지몽은, 밉살스러울 만큼 정확한 힘이라고.

스바루 역시 전원의 언동을 일언일구 기억하는 것은 아니다.
그래도 인상에 강하게 남은 그 태도는 일치하고 있었다.

문제가 있다고 하면──.

"나츠키는, 이런 상황인 데에 비해 꽤 침착한걸."

다시 한 자기소개와 아나스타시아의 의식이 에키드나에게 덮
어 써진 상황. 서로 폭탄을 털어놓은 순간, 에키드나가 스바루
에게 말했다.

"_____."

에키드나의 그 말에 스바루는 입안이 마르는 것을 느꼈다.

솔직히 에키드나의 지적도 당연하다. 스바루 본인부터 도저
히 완벽히 연기할 수 없었다.

모두가 놀라고 당황하며, 그런데도 간신히 부조리한 현실에

저항하고자 결의하는 모습을 보면서 그 사실에 진심으로 감정이입할 수가 없었다.

한 번 본 영화를 처음 본 것처럼 느낄 수가 없는 것과 마찬가지다.

당차게 행동하는 자들에 대한 동정과, 그 모습을 방치하는 죄책감. 그리고 이것을 계속해 왔을 『나츠키 스바루』에 대한 혐오감. 어두운 감정의 종합 선물이 심화된다.

그 결과, 반응이 희박한 스바루가 의문을 사는 것도 무리는 아니다. 단──.

"침착하다는 평가는 신선한데. 나는 통지표에 반드시 '침착성이 없습니다' 라고 적히는 타입의 꼬마였거든."

"……결국, 기억을 잃은 너 자신의 혼란이 가장 적다는 것도 이상한 얘기야. 어떻게든 해야 한다는 우리의 초조함은 심해질 뿐인데."

"주위가 당황하고 있으면 도리어 당사자는 냉정해진다는 식의 사례일지도 모르지. 나도 안 그래 보일지도 모르지만 겁내고 있다고. 그 점은 안심해 줘."

"그거, 전혀 안심하지 못할 느낌이 드는데……."

스바루가 평정을 가장하며 에키드나에게 대답하자 에밀리아가 쓴웃음 지었다. 다만 이 상황이 이전과 비교해서 왠지 분위기에 걸리는 감이 있는 건 느껴진다.

이도 저도 필시 스바루가 예지몽에서 본 흐름을 완벽히 재현하지 못했기 때문이다. 최대한 꿈속 자신을 베끼려고 해도 자잘

한 기억이 누락되어 차이가 생긴다.

　더 이상, 자기 자신의 흉내라는 고도한 요구에 마각이 드러나기 전에——.

　"여하튼 간에, 아침밥을 치우면 현지 답사하러 가자. 내가 떨어뜨린 기억이 바닥에 쏟아졌으면 다시 주워 담아야 하니까."

　지난번과 같은 흐름을 따라가도록, 전원을 『타이게타』로 유도하는 발언을 했다.

　그리고——.

　"으헤헤헤헤~."

　3층의 『타이게타』로 온 스바루 옆에서 실실 풀린 얼굴로 샤울라가 웃었다.

　등을 쭉 펴고 늠름한 표정을 짓고 있으면 그것만으로도 많은 남자를 사로잡을 용모를 망가뜨린 여자가 탁 풀린 표정으로 스바루에게 매달렸다.

　스바루는 그런 샤울라의 이마를 손바닥으로 밀어내면서 서고를 조사하는 일행의 등을 보고 있었다. ——아무 성과도 거두지 못한다고 알고 있는 조사를.

　"솔직히 답답하네……."

　"응~? 스승님 왜 그러세요? 고민이라면 제가 듣겠슴다! 까놓고 말해 별다른 보탬이 되는 조언은 할 수 없지만 뭐든지 오십쇼!"

　"넌 거리낌 없이 당당해서 상쾌하구만!"

"으히히, 더 칭찬해 줘요, 더 칭찬해 줘요. 그런 식으로 저를 의지하며 푹 빠지세요~."

스바루와 대화하는 게 어디가 좋은지 야박한 말에도 샤울라는 얼굴에 희색이 가득하다. 그런 그녀의 거리감이 지금의 스바루에게는 조금, 아니 꽤 편했다.

예지몽의 내용을 따라가기로 결심한 까닭에 스바루의 마음은 다른 사람에 대한 죄책감에 시달리고 있다. 성실하고 한결같은 그녀들을 속이는 결단이 마냥 마음 아프다.

그렇기 때문에 머리가 텅 비고 기억의 유무로 스바루를 구별하지 않는 샤울라가 위안거리였다.

그런 의미의 거리감으로 고마운 것은, 먼저와 비슷하게 서고 수색에 참가하지 않은 땡땡이 측인 메일리도 그러했다.

메일리는 스바루에게 매달리는 샤울라의 긴 포니테일을 잡아당기며 말했다.

"자자, 오빠가 곤란해하잖아. 너무 날뛰지 마아."

"아야야야! 무슨 짓거리예요, 꼬맹이 2호!"

목을 뒤틀어 포니테일을 회수하고 소중히 껴안은 샤울라가 메일리를 노려보았다. 그 말에 메일리는 어른스러운 눈매로 "그야아." 하고 입술을 손가락을 짚었다.

"언니나 베아트리스에게 혼나고 싶지 않은걸. 반라 언니가 오빠에게 나쁜 짓 하지 않게 감시하고 있어야지이."

"울컥—! 열 받아! 스승님, 뭐라고 말해 주세요!"

"샤울라, 내 1미터 이내에 접근 금지 명령이다. 무서워."

"스승님은 바보─!"

샤울라가 엉엉 우는 시늉을 하며 스바루에게서 돌아섰다.

머리부터 망토를 뒤집어쓰고 토라진 모습에 스바루는 뺨을 긁다가, 뒷짐 진 메일리 쪽을 돌아보았다.

"도와줘서 땡큐. ……살인 청부업자에게 이런 감사 표하는 것도 이상한 느낌이지만."

"딱히 상관없어. 살인 청부는 폐업한 거나 마찬가지고오, 지금의 나는 오빠들에게 부려 먹히는 입장이니까아. 마수(魔獸)들처럼 잘 부려 줘어."

"─────."

다른 뜻도 악의도 없는 발언, 그런 만큼 메일리의 말은 스바루에게는 버거웠다.

메일리는 딱히 아무 가책도 없이, 당연하다는 생각으로 그렇게 발언하고 있다. 그것이 스바루의 세계와 이 세계의 가치관 차이라고는 하면 그뿐이지만.

스바루의 눈으로 봐도 메일리는 아직 어린아이다. 그것이, 견디기 어려웠다.

"오빠?"

"부린다느니, 그렇게 찜찜한 투로 말하지 마. 너에게는 의지할 거다. 부리는 게 아니고."

"……흐─응."

그 순간, 스바루의 말에 눈이 가늘어진 메일리는 의미심장하게 고개를 끄덕였다. 단지 그 반응은 불쾌함이 아니라 불편함이 원인으로 보여서 스바루는 안도했다.

다른 세계관, 다른 상식이 통하는 세계라도 서로 소통하지 못하는 건 아니다.

메일리의 반응에서 그런 희망이 엿보인 느낌이었다.

"……오빠는, 정말 아무것도 기억하지 못하는구나아."

"응? 그래, 아쉽게도. 무슨, 중요한 약속이라도 했었어?"

"──아아니. 페트라가 들으면 울어 버릴지도 모르겠다 싶어서어."

"으극…… 또 모르는 애 이름이."

낯선 이름에 스바루의 얼굴이 굳자 메일리가 키득키득 즐겁게 웃었다.

"페트라는 있지이, 오빠를 정말 좋아하는 여자아이야아. 여기에 보낼 때도 어엄청 걱정했으니 '거봐. 뭐랬어.' 라는 목소리가 들릴 것 같아."

"네 이놈, 어제의 나. 이 얼마나 섣부른 짓을 한 거냐……!"

아직 보지 못한 페트라라는 소녀의 마음에 고통받으며 스바루는 자기 자신에 대한 원한을 읊었다.

스바루가 모르는 『나츠키 스바루』의 족적을 앞으로 얼마나 더 주워 모으면 되는지.

"──어제의 오빠가 섣불렀다는 말, 나도 정말 그렇게 생각해애."

그런 스바루의 속마음을 아랑곳하지 않은 채, 메일리가 기지개를 펴면서 말했다.

그 말이 메일리의 거짓 없는 본심으로 들린 것은 스바루의 기분 탓이었을까.

어쨌든 간에 그 점을 확인하기보다 먼저 에밀리아 일행이 돌아왔다.

역시 단서는 없었다고, 예지몽의 정확함을 증명하는 결과만을 가지고서.

4

『타이게타』 수색이 불발로 끝나고, 에밀리아 일행은 거점에서 대화하기 시작했다.

탑 공략의 향후 방침——— 자신이 있으면 이야기하기 어려운 내용이 되리라 생각해, 치트 능력의 유무를 확인하고 싶었던 것도 있어서 지난번에는 참가하지 않았던 회의다.

대강 여기까지가 스바루가 아는 예지몽의 범위이며 이다음은 미지의 상황으로 돌입한다. ——이제 예지몽의 효력을 의심할 여지는 전무하리라.

문제가 있다면, 오늘 아침까지의 예지몽을 이용할 만한 방법이 떠오르지 않는다는 점이다.

"미래 예지를 할 수 있다는 사실이 확인되었다는 점이, 큰가?"

확실히 중요한 정보지만, 그것은 어디까지나 기억을 잃은 스바루에게 해당하는 이야기. 기억을 잃기 전의 스바루는 이 예지몽을 능숙히 써먹었을 터다. 에밀리아와 베아트리스, 동료들이 스바루에게 보내는 신뢰는 그 힘으로 쟁취한 것이리라.

그러나 중요한 발동 조건도 애매해서 예지몽은 쓰기 어렵다. 단순히 잠만 자면 되는지, 모종의 발동 키가 되는 조건이 존재하는지 수수께끼다.

현재로서 유일하게 특별한 능력이라고 할 수 있는 예지몽인 만큼 조건은 파악하고 싶다.

"꿈에서 깨어난 이유와, 이다음 무슨 일이 일어났는지도 확인해야지."

결국, 깨어나기 전후의 기억은 또렷하지 않다. 에밀리아 일행의 대화가 있고, 그 사이에 치트 능력의 고찰을 하다가 그 시점에서는 아무것도 가진 게 없다는 결론을 내렸다.

그 뒤, 꿈에서 깨어남으로써 예지몽의 존재를 알아챘지만——.

"그게 없었으면, 꿈속에서 어디까지 갈 수 있었던 거지……?"

예를 들어 꿈속에서 아무것도 알아채지 못한 채 잠이 들었을 경우 예지몽은 그것을 어떻게 처리하는가. 하루의 끝에서 깨어나는지, 꿈속에서 꿈을 꾸고 이야기는 이어지는지.

"지금 살짝 오싹했는데, 예지몽 속의 꿈이라니 호접지몽 같아서 무서운걸."

호접지몽(胡蝶之夢)이란 자신이 꿈속에서 나비가 되었을 때, 과연 꿈을 꾸고 있는 자신은 정말로 인간인가, 아니면 나비가 사람이 되는 꿈을 꾸고 있던 것이냐는, 꿈과 현실의 경계가 애매모호해지는 것을 이야기한 설화다.

제자리걸음 하는 사고, 답이 찾아오지 않는 물음. 그것은 자기 자신이라는 존재의 정의를 애매하게 만들어 숨이 막히는 자문 자답으로 몰아넣는 악몽의 미궁이다.

지금의 스바루에게 끼워 맞추면 '이것은 예지몽에서 깨어난 현실인가, 깨어난 현실이라고 여기고 있는 예지몽 속인가'라 고 해야 할까.

설마 또다시 그 『녹색 방』에서 에밀리아와 베아트리스가 흔 들어 깨우는 순간부터 재시작한다는 식으로 생각하고 싶지는 않지만——.

"——그리되지 않게, 꿈꾼 대목을 넘어가면 돼. 그럴 수 있 으면 다른 사람에게 예지몽 이야기를 털어놓아도 문제없을 거 야."

기억이 없어지기 전의 『나츠키 스바루』는 무슨 이유인지 다 른 사람에게 예지몽에 관해 털어놓지 않은 모양이지만, 공교롭 게도 지금의 스바루는 상황 변화에 탐욕적이다.

미확정의 미래를 겁내서 갈팡질팡하다가 대응이 늦어지는 사 태만은 피하고 싶다.

"결심했다. 예지몽에 관해서, 모두에게 얘기하자."

그렇게 결단해서 스바루는 거점의 에밀리아 일행에게로 돌아 가려 발길을 돌렸다.

솔직히 예지몽을 어떻게 설명할지는 그 자리의 운에 맡기는 느낌이 강하다. 발동 조건도 알 수 없기에 그 효력을 증명하려 면 사람들의 협력이 필수일 것이다.

하지만 해명할 수 있으면 강력한 무기가 된다. 어쩌면 이것이

이 플레아데스 감시탑을 돌파하는 열쇠가 될 수 있을 가능성도 있다.

그러니까, 그런 마음을 품고——.

"——나츠키 말인데, 그를 동행시키는 건 위험하지 않나?"

"————."

거점 앞에 왔을 때 들린 목소리에 스바루는 숨을 죽였다.

새어 나온 에키드나의 이성적인 목소리. 스바루는 그 소리를 듣자마자 순간적으로 벽에 붙어 말을 건네기를 망설이고 말았다.

계기를 놓치고 귀를 기울이는 스바루. 그에 상관치 않으며 대화는 이어졌다.

"에키드나, 위험하다는 건 무슨 의미지?"

"설명할 필요가 있을까? 기억을 잃었다는 발언…… 아마도, 지금까지 태도를 보아서 사실이라고 짐작되지만 그런 불안정한 상태의 그를 데려가겠다고?"

"그건 바루스의 신변을 걱정한다기보다 바루스가 짐짝이 될 거라는 생각에 나온 발언이라고 여겨도 될까? 그렇다면, 동감이야."

에키드나의 조리 있는 말투에 차갑고 팽팽한 람의 목소리가 겹쳤다. 그 말을 들은 에밀리아가 "람!" 하고 어조를 높였다.

"람까지 스바루를 그런 식으로 말하는 거야?"

"객관적인 사실을 말했을 뿐입니다. 아니면 에밀리아 님은 기억이 없는 바루스가 어제까지와 같은 활약이 가능하리라 생각하십니까?"

"그건…….."

"바루스가 악인이 아니라는 건 람도 인정합니다. 하지만 관계가 백지로 돌아간 바루스를 신용할 수 있느냐면, 람은 부정하겠습니다. ……신용할, 근거가 없어."

차가운 이론 무장 마지막에 람은 씁쓸한 것을 참는 어감을 섞었다.

람이 거론한 스바루에 대한 불신—— 이 경우, 스바루의 발언에 대한 신용이 아니라 모든 것을 잃은 스바루를 믿을 수 없다는 논리, 그것은 당연한 것이었다.

"나는 스바루를 믿어. 베아트리스도 그래. 다른 사람들도 부탁해. 스바루를 믿어 줘."

"……에밀리아 님, 에키드나와 람 여사는 그 친구를 의심하는 것이 아닙니다. 그저 지금의 그 친구를 의지하는 건 불확정 요소가 너무 크다고 지적하고 있을 뿐입니다."

"그 말투를 보면, 너는 그쪽 정령에게 찬성한다는 뜻일까?"

에밀리아의 간청과 율리우스의 이성적인 대꾸가 충돌했다. 하지만 그것은 전면적으로 스바루 편을 들고자 하는 베아트리스에 의해 불편한 분위기를 떠미는 꼴이 되었다.

그 즉시 방에 불온한 분위기가 끼고 엿듣는 스바루의 이마에 땀이 흐른다. 차라리 이 자리에서 스바루가 분위기를 깨부수듯이 끼어든다면.

——그런 생각이 머리에 스치는데, 스바루의 발은 움직여 주지 않았다.

"자자, 날 세워 봤자 소용없지 않아요? 여기서 당신들이 투닥 거려도 스승님은 기뻐하지 않을 테고요."

"그런 이야기는 하지 않았다고 보지만, 그러네에……."

여전히 방관자 입장을 고수하려는 듯했던 샤울라와 메일리의 목소리. 소녀는 "웅~." 하고 잠시 재듯이 신음하다가 제안했다.

"오빠에게라도 직접 묻지그래애? 오빠, 믿어도 괜찮냐고오."

"──큭."

그 말에 서린 독기에 스바루는 어금니를 깨물었다. 그리고 스스로도 놀랄 만큼 냉정하게 벽에서 떨어지고는 발소리를 내지 않도록 신중하게 방에서 멀어졌다.

그대로 발걸음은 서서히 빨라지며, 곧 달리기로 바뀌어──.

"젠장……!"

스바루는 막다른 벽에 이마를 밀어붙이고 치솟는 감정에 몸을 떨었다.

스바루를 뺀 상태에서 나누는 대화, 그 내용은 상상 이상으로 충격적이었다.

전면적인 신뢰를 얻어냈다고 우쭐하던 것은 아니다. 오히려 그런 것은 고려 밖에 있었다고 해도 좋다.

──신뢰는 당연하다고, 스바루는 생각했던 것이다.

"────────."

에밀리아와 베아트리스가 너무나도 친밀하게 스바루를 배려 해 주었으니까.

그 사실에 죄책감이 들면서도 믿어 주는 게 당연하다고 교만을 떨고 있었다. 기억을 잃은 자신이라도 동료로 삼아 줄 거라고, 아무 의심도 없이 맹신하고 있었다.

그런 자신을 객관시하지 못했다고, 이제야 깨달은 것이다.

뭐가 신뢰의 모래성이냐. 다 안다는 척하고서 아무것도 몰랐었다.

──『나츠키 스바루』가 쟁취한 것을, 나츠키 스바루가 가로채려 하다니.

"저 낌새를 봐선 예지몽도 믿어 줄지 어떨지……."

기억 상실을 믿어 준 것은 에밀리아와 베아트리스가 선량하다는 증거. 하지만 그걸로 무엇이든 다 있는 그대로 받아들여 줄 거라고 기대하는 건 독선이다.

"처음부터 엇나갔어……."

실패했다. 스바루는 실패한 것이다.

이제 와서 예지몽 이야기를 해 봤자 믿게 할 근거를 내놓을 수가 없다. 시치미 뗀 낯으로 그들에게로 돌아가 계속 모르는 척할 연기력도 없다.

그들이 바라는 『나츠키 스바루』의 대역을, 나츠키 스바루가 할 수 있다니.

"─────."

그런, 자신의 부족함을 자각한 스바루의 정면에 갑자기 시야가 트였다.

맞닥뜨린 곳은 4층과 5층을 연결하고 있는 거대한 나선 계단

── 수백 미터가 넘는 되는 감시탑, 그 대부분을 차지하고 있다는 광대한 공간이다.

"나선, 계단……."

스바루는 문득 그 광경에 시력을 집중하며 갈라진 숨을 내뱉었다.

이곳으로 발길을 옮긴 것은 꿈을 합치면 세 번째다. 꿈에서나 현실에서나, 기억을 잃은 스바루를 위해서 에밀리아와 베아트리스는 탑 안을 가볍게 안내해 주었으니까.

그렇기에 이 광경을 본 적이 있는 건 오류가 아니다. 아닌데──.

"뭐지……? 그것과는 별개로, 묘한 감각이……."

등골의 솜털이 오싹오싹 곤두서는 감각이 있다.

온몸의 피가 차가워지며 이명이 유난히 크게 느껴진다. 자연히 심장 고동이 빨라지고 숨결이 거칠어져서 왠지 무릎이 떨리기 시작했다.

맞물리지 않는 이가 딱딱 소리를 내기 시작하자 스바루는 이상을 깨달았다.

급격히 기온이 내려가거나, 공기압에 변화가 있었다거나, 그런 외부적인 요인이 아니다. 이 이상은, 이변은, 스바루 자신의 육체에 기인한 것이다. 말을 더 보태자면 이 육체에 대한 영향은, 스바루의 정신이거나, 더 깊은 곳의 무언가가──.

"──아."

틱, 하고 가벼운 충격이 있고, 스바루는 한 발짝 앞으로 내디디고 있었다.

──아니다. 그것은 내디뎠다고는 할 수 없다. 왜냐하면 내디디려면 지면이 필요하니까.

앞으로 한 발짝, 발이 나갔다.

그리고 그 발은, 공중을 허우적거렸다.

그러니까──.

"아, 으아아아아아아아아아악──?!"

떨어진다, 떨어진다, 떨어지고 있다.

자신의 몸이 부유감에 휩싸여 천지가 거꾸로 뒤집히고 강풍이 고막을 때린다.

그 상황을 지각하고 이해했다. 추락하고 있다. 아니다. 가벼운 충격. 등이 떠밀렸다.

자신은, 누군가에게 떠밀려서 "아아악──!"

절규를 터트리며 스바루는 필사적으로 손을 뻗었다. 무언가, 잡을 만한 것을 애타게 찾았다.

아무것도 없다. 어디에도 없다. 세상을 알 수 없어질 만큼 회전하고 있어서.

마치 몸속 내용물이 떠오르는 것 같은 절망적인 구역질, 그것이 위액이 되어 목에서 넘치고, 그 순간, 스바루는 흐릿했던 기억의 베일 너머를 엿보았다.

그래, 그렇다, 그랬었다. ──이것은, 처음 체험하는 것이 아니다.

예지몽에서 깨어나기 직전, 스바루는 같은 지경에 처했다. 그리고 지나친 충격에 의식이 끊겼다가 정신이 드니 그 『녹색 방』에서 깨어났다. 그렇다면, 이것도──.

"──크거억."

그때, 충격이 스바루의 오른쪽 반신을 산산이 때려 부수었다.

공기가 갈라지는 듯한 소리와 번개 같은 충격이 오른쪽 반신을 덮치고 스바루의 어설픈 생각은 저 너머로 사라졌다. 그리고 뒤늦게 찾아오는 것은 난생처음 경험하는 쓰라린 아픔이었다.

"끼, 이이이이이아아아아아악!"

힐끔 보니 오른팔이 팔꿈치에서 반대쪽으로 부러져 하얀 뼈가 튀어나와 있었다. 어딘가에 격돌했음에도 기세가 죽지 않고, 스바루는 낙하하면서 나선 계단에 몇 번씩 부딪혔다.

"킥! 억! 꼐윽!"

추락과 회전의 기세를 유지한 채로 피투성이 스바루가 수도 없이 탑에 얻어맞았다.

이마가 깨지고 흘려서는 안 될 무언가를 흘린 감각이 있었다. 한순간 의식이 하얗게 새며 사라지려는데, 이어서 찾아온 통증이 놔주지 않았다. 지옥이 연쇄한다.

"아아아아! 끼아아아아아악!"

아프다, 아프다 아프다 아프다 아프다 아프다 아프다 아프다.

아픔이, 괴로움이, 구역질이, 작열이, 나츠키 스바루를 산산이 부서뜨린다.

　팔이, 다리가, 얼굴이, 찢는 돌계단에 깎이고, 으스러지며, 찌부러져 인간의 형상을 잃어 간다. 인간이 아니게 되어 간다. 『나츠키 스바루』가 아닌 것으로 정형되어 간다.

　『나츠키 스바루』가 아니게 되어 간다. 기억을 잃고, 형상을 잃고. 그러면 도대체 이 살 뭉치를, 피가 든 주머니를, 무엇이 어떻게 『나츠키 스바루』라고 정의하는가.

　『——기억이, 인간을 형성하는 거야.』

　격통과 상실감에 휩싸이는 스바루의 뇌가 느닷없이 그런 목소리를 들었다.

　그런 어처구니없는 말을 한 것은, 아는 척 떠든 것은 누구였던 것인가.

　하지만 좋은 말을 한다. 기억이 그 인간을 형성한다. 실로 좋은 말이다.

　그렇다면 기억을 잃어 자신의 근본을 훼손한 존재는, 도대체 어디의 누구고 어떤 사람이 된다는 말인가.

　"흐헤."

　피를 토하는 듯한, 말 그대로 피를 토하는 절규를 지르는 목도 망가졌다.

　아득히 먼 지상에 도착할 때까지 나츠키 스바루는 산산조각 난다.

꿈이, 깰 일은 없다. 나츠키 스바루는 실수했다. 종이 모형이 산산이 부서진다.

──너는, 누구냐.

고통과 선혈 끝에, 나츠키 스바루의 존재는 철저하리만큼 부서졌다.

5

단속적인 아픔이, 장렬한 작열이, 존재를 근본부터 덧칠한다.
육체를 구성하는 온갖 부위가 딱딱한 충격에 찌부러지고 으스러지며 부러져 발생한 통증에 뇌가 타고, 신경이 좀먹혀 영혼이 찢어지다가 터진다.
아픔이 세상을 지배하고 있었다.
아픔만이 있었다. 아픔뿐이었다. 세상은 아픔으로 가득 차 있었다. 세계가 아픔으로 차 있다면, 그렇게 생각하는 사고마저도 아픔에 덧칠되어 상처 난다.
불안도, 혼란도, 긴장도, 비탄도, 분노도, 실망도, 아픔 앞에서는 모두 다 무가치하다.
가치가 없다. 그렇다. 가치가 없다.
사고에도, 행동에도, 사색에도, 의견에도, 희망에도, 기억에도, 동등하게 가치가 없다.

무가치한 것을 잃는데, 도대체 무엇을 아까워할 필요가 있는가.

그저 끝없는 아픔만이 있었다. 아픔이, 세상의 전부였다.

그, 끝날 리 없는 아픔이 느닷없이 존재를 놓아 버리고——.

"——으아아아아아아아아아아악!"

절규를 터트리며 각성했다.

비명을 지르는 목이 망가지고 치솟는 피에 호흡이 막혔던 것도 잊고 그저 외쳤다.

"아아아아아아아아! 으아아아아아아!"

외치면서 팔다리를 휘둘러 대며 나선 계단에 으스러질 자기 자신을 지키려 했다. 으스러진 오른팔, 꾸깃꾸깃해진 육체, 그것을 지키려다가 깨닫는다. 팔이, 다리가, 움직인다.

움직이지만 균형을 무너뜨리고, 그대로 몸이 부유감에 휩싸이다가 바로 바닥에 부딪혔다. 말이 되지 않는 소리를 지르며 우둘투둘한 바닥 위에서 나뒹굴었다. 굵은 밧줄을 깔아둔 것 같은 바닥의 감촉을 맛보면서 스바루는 진정하지 못한 채 그 자리에서 콜록거렸다.

그대로 기침과 함께 치미는 토사물을 쏟아 냈다. 넘쳐 나온 것은 누리끼리한 위액이지 피가 아니었다. 신 냄새와 맛이 혀 위를 미끄러져 연거푸 기침했다.

"우, 웨엑! 켁! 콜록! 카학!"

흐르는 눈물과 콧물을 거칠게 소매로 훔치고 여러 번 힘없이

이마를 바닥에 찧었다. 그 행동을 반복하며 가쁜 숨을 쉬면서
알아챘다.

──온몸을 가차 없이 찌부러뜨린, 타오르는 듯한 아픔이 사
라졌음을.

"──아."

별안간 사라진 아픔에 겁먹고 있다가 뒤늦게야 다른 사실을
알아챘다.

등을, 무릎 꿇고 있는 스바루의 등을 누군가가 다정하게 쓰다
듬어 주고 있었다.

"진정했어?"

뒤돌아보니 눈물로 얼룩진 시야에 등을 쓰다듬는 상대의 얼굴
이 비쳐 들었다. 그것은 뿌연 시야 속에서도 여전히 아름다운,
은빛 머리와 남보라색 눈을 가진 소녀──. 걱정스럽게 눈썹을
모으고 등판을 쓸어 주는 그 모습에 목이 쌔액 울었다.

등을, 타인이 만지고 있었다. ──그때처럼, 아픔이 뚝 떨어
지기 전과 똑같이.

──도망쳐야 한다. 아프고 괴롭고 힘든 게 온다.

"스바──."

"으아아아아아아아아아악──!"

스바루는 부르는 소리와 등을 쓰는 손을 거칠게 뿌리치고 굴
렀다.

등, 등이다. 등을 만졌다. 그 순간, 추락하기 직전, 누군가가
등을 만졌다. 만진 것이다. 등을. 그러니까, 등만은, 절대.

만지게 해서는 안 된다. 그 아픔을, 한 번 더 맛보다니 감히 생각할 수도 없다.

"히."

오싹 등의 솜털이 곤두서는 감각에 스바루는 뒤로 물러섰다. 하반신을 가누지 못하는 채로 등을 쓸던 소녀로부터 멀어지려 했다. 그 몸이, 뒤의 무언가에 닿았다.

뒤돌아보고, 그, 딱딱한 무언가와 눈이 마주쳤다.

"―――――."

그것은, 겁내는 스바루를 노란 눈으로 바라보는 검은 거체였다.

날카로운 면모와 파충류의 안광, 날카로운 이빨이 늘어선 입을 보자 스바루의 공포가 폭발했다.

"스바루! 진정하는 것이야…… 아윽!"

"베아트리스!"

폭발하는 순간, 스바루는 매달리는 가벼운 감촉을 거칠게 뿌리쳤다. 나동그라지는 그것에 누군가가 소리를 지르며 달려갔다.

스바루는 그것을 돌아볼 여유도 없이 네발로 기면서 방 밖으로 뛰쳐나갔다. 떨리는 다리를 질타해 어깨를 벽에 부딪쳤다. 딱딱한 충격과 아픔에 의식이 빨갛게 물들었다.

아픔이다. 좌우지간 모든 아픔에서 도망쳐야만 한다.

"헉, 힉, 아흑……!"

비틀비틀 숨을 헐떡이고 침을 흘리면서 필사적으로 통로를 달린다.

얼굴이 뜨겁다. 심장이 폭발할 것만 같다. 온몸의 피가 역류한 것처럼 온몸이 아프다.

그러니까 도망친다. 도망치지 않으면 따라잡힌다. —— '죽음'에 따라잡힌다.

차박차박 발소리를 내면서 '죽음'이 쫓아온다. 스바루는 쫓아오는 그것으로부터 필사적으로 도망쳤다. 도망치고 도망치고 도망치고 도망쳐다니며, 한없이 도망쳤다.

——그런 괴로움을 겪고, 아픔을 겪고, 죽었을 텐데. 그런데도 죽었어야 했을 스바루를 '죽음'이 죽이려고 쫓아온다.

어째서 끝나지 않은 것인가. 이런 무서움을 겪을 바에는, 차라리——.

"히, 히, 히……."

마치 물에 빠진 기분이었다.

지상이고 물은 어디에도 없는데, 수면을 향해 허우적거리는 기분이다.

빠지고, 빠져서, 물에 빠진 자가 발버둥 치듯이, 수면을 향하듯이, 바동바동, 바동바동, 바동바동 하고 허우적 허우적 허우적 허우적대며——.

계단을 발견하자 올라서고, 네 발로 엎드려서 정신없이 기어 올랐다.

물리적으로 위를 향해 봤자 정말로 물에 빠진 것은 아닌 스바루가 구원받을 가망은 없다. 그런데도 물에 빠진 가엾은 광대는 필사적이었다.

　필사적으로, 오로지 필사적으로, 오로지 필사적으로 허우적
댈 뿐이며, 그런 생뚱맞은 노력 끝에——.

　"——인마, 이런 꼭두새벽부터 뭐 하러 온 거야, 자식아."

　"————."

　무섭도록 강대한 기척을 느끼고 스바루의 발이 멈추었다.

　——아니, 멈춘 것은 발만이 아니다. 거칠던 호흡이, 시끄럽
던 심장 고동이, 두려움과 피로에 떠는 무릎이, 모든 생명 활동
의 목덜미가 잡힌 것만 같았다.

　널찍한 공간, 백아의 세계. 그런 장소에 머물러 있던 강대하기
짝이 없는 존재.

　이것은 도대체 뭐냐. 이 인간 모양의, 인간일 수가 없는 귀기
를 두른 생물은.

　"——아."

　"혼자냐, 인마. 자식이, 치어가 한 명이라니 말도 안 되잖아.
치어라면 한 명이 아니라 한 마리인가. 한 마리라도 말이 안 되
지. 어제의 미인이랑 좋은 여자들 데리고 다시 와라, 인마. 오
우, 인마, 듣고 있는 거냐, 짜샤. 인마, 야, 자식아."

　그것은 잇달아 무자비한 말을 스바루에게 퍼부었다.

　지독히 폭력적이고 왠지 무책임한 감정을 품은 말에 얻어맞은
스바루의 멈춰 있던 생명 활동이 재개했다. 그리고 이해했다.

겁먹고 도망치던 나머지 스바루는 결코 들어와서는 안 될 곳으로 깜빡 들어왔다.

──이곳은, 발을 디디면 안 되는 맹수 우리 안이라고.

"오우, 자식아, 무시하지 말라고, 인마."

정신이 드니 호흡이 닿을 코앞에 상대의 얼굴이 있었다.

긴 빨강 머리, 왼쪽 눈을 가린 검은 안대, 오른쪽 어깨를 드러내듯이 흘려 입은 기모노 속에는 하얀 헝겊이 보이고 있으며, 무슨 속셈인지 손은 가는 두 자루 나무 막대기를 쥐고 있었다.

그, 예리한 것도 아니고 아무것도 아닌 막대기 끝이 들이닥친 '죽음' 처럼 느껴졌다.

"히."

"야야, 인마, 설마 우는 거냐. 빽빽 울부짖고 있는 거냐, 인마. 밑에서 같은 패거리랑 싸움이라도 했냐, 인마. 말싸움에 져서 우냐고, 인마."

겁먹어서 움츠린 모습을 드러낸 스바루가 몸을 굳히자 남자가 뺨을 일그러뜨렸다. 그러던 남자는 "별수 없는 녀석이군." 하고 어이없다는 투로 머리를 긁다가 말했다.

"──바보냐. 뭘 착각하고 자빠졌어, 인마."

──사나운, 피를 찾는 상어 같은 표정으로 남자가 막대기를 스바루의 가슴에 찔러 넣었다.

순간, 막대기 끝이 늑골 틈새를 후비고 들어가 뼈가 지켜야 했을 섬세한 장기를 학대하듯이 부드럽게, 격려하듯이 생생하게 찌르고 간지럽히는 것을 알 수 있었다.

그것만으로도, 말 그대로 피를 토하는 고통이 온몸을 관통했다.

"끼, 꺼, 어어어어어?!"

"뭘 도망치고 있어, 인마. 덤으로 도망친 곳이 내가 있는 데라는 건 웃기려는 수작이냐, 인마. 나는 네 보호자도 친구도 뭣도 아니라고, 인마. 무리 지을 상대는 네가 골랐잖아, 인마, 죽고 싶은 거냐."

"끼! 꺽! 아긱! 끄꺄악!"

남자가 짜증스럽게 내뱉으면서 막대기를 가지고 예술적으로 스바루의 내장을 학대했다. 그 무시무시하게 치밀한 손끝 움직임이 남자의 심상치 않은 검재(劍才)의 증명이었다.

──이것은, 상대해서는 안 될 적이다.

인간이란 이렇게까지 폭력의 재능에 사랑받을 수 있는 것이다.

그것은 타인을 학대하는 자로서 완성된 존재, 만행의 정점, 폭력의 화신.

──다르다. 눈앞의 남자는, 이 장소는, 자신의 상식과 달라도 너무나 다르다.

"꺼져, 치어."

관심이 꺼진 다음 순간, 내장을 휘젓는 막대기의 감촉이 사라졌다. 이어서 남자는 그 긴 다리로 난폭하게 스바루를 걸어차 뒤로 굴려 버렸다.

발꿈치가 둥실 떠오른다. 스바루는 자신이 계단을 헛디뎠음을 깨달았다. ──계단을.

──또, 굴러떨어지는 건가.

"싫, 어어어어……!"

계단을 굴러떨어지는 트라우마가 자극당해 반사적으로 바닥에 손톱을 박았다.

일그러진 소리와 함께 바닥을 움켜쥐려던 오른손 손톱이 벗겨졌다. 피가 튀고 신선한 아픔이 뇌를 찔렀다. 그런데도 추락을 버텨 냈다. 그 점이 중요했다.

"으, 그극……."

손톱이 벗겨진 아픔을 참으며 피가 뚝뚝 떨어지는 손을 안고서 도주했다. 도주라고 부르기에 그 발놀림은 너무나 느리다. 벽에 어깨를 기대며 발을 질질 끌면서 폭력으로부터 도망친다.

가능한 한 빨리 멀어지고 싶다. 어느덧 스바루는 길고 긴 계단 도중에 있었다. 무아몽중으로 아무도 없는 장소를 향해 터무니없는 곳에 오고 말았다.

──아니, 터무니없는 곳이라는 의미라면 이 세계 자체가 그러했다.

"아파…… 아파, 아파, 아프다고……."

어째서 자신은 이런 곳에, 이런 세계에 있는 걸까.

자신은 산산이 깨졌을 텐데, 산산조각 났을 텐데, 끝났을 텐데.

그 작열 전부가 꿈인가, 환상인가. ──그랬더라면 좋았는데.

"예지, 몽……."

자신의 몸에 일어난 신비를, 그런 현상에 의한 것이라고 상정했었다.

본 적이 있는 광경이, 접한 적이 있는 인물이, 주고받은 기억이 있는 대화가, 통과했을 터인 이벤트가, 자신이라는 존재를 지나간 것이기에.

　그것이 일어난 이유를, 자기 딴에 이유를 달고자 그런 상상을 했다.

　분명히, 어딘가 그조차도 강 건너 불구경처럼 남의 일이라는 감각으로 포착하고 있었기에. 그 경박하고 천박한 발상의 대가를 장렬한 고통으로 치러야 할 줄도 모른 채로.

　"_____."

　정신이 들었을 때에는 그 자리에 쭈그려 앉고 있었다.

　계단에 앉아 벽에 몸을 맡기면서 손가락에서 떨어지는 붉은 피를 멍하니 바라보았다.

　피로감, 상실감, 실망감. 그런 어두운 감정이 머릿속에 빙글빙글 맴돌고 있었다.

　"어째, 서……."

　불과 몇 시간 전까지, 자신은 안락한 권태의 나날 속에 있었다.

　아무 위험도 없는, 걱정거리는 기껏해야 앞날이 없는 자신의 미래 정도고 누군가에게 위협받을 일도, 진지하게 마주해야 할 일도 없는 안주의 시간.

　──아버지와 어머니의 시선에 그저 머리를 숙이고만 있으면 될 뿐인, 그런 곳에 있었다.

　그 응보인 것일까.

　아버지와 어머니에게 계속 폐를 끼쳤다. 계속 실망시켜 드렸다. 착한 아이로 있지 못했다.

그래서 죽을 정도의 고통을 맛보고, 그러고 죽을 수 없는 지옥에 내던져진 것인가.

이런 경험을 할 바에는 차라리, 더, 제대로.

"…… '다녀오겠습니다' 라고, 말할 걸 그랬어."

후회뿐인 인생이었다. 그중 제일 먼저 떠오른 후회가 그것이었다.

집을 나올 때, 어머니가 다녀오라고 말을 걸어 주었다.

자신은, 그 말에 대답하지 않았다.

왜인가. ——부엌에, 물에 담근 컵을 설거지하지 않았기 때문이다.

"끄, 흑……."

컵을 설거지하지 않았다.

코코아를 마시고 눌러 붙은 갈색 자국을 씻는 게 귀찮았다.

어머니 목소리에 대답하다가 대화가 발생했다간 컵을 씻으라는 말을 들을지도 몰랐다. 그래서 어머니 목소리에 대답하지 않았다. 컵을 씻고 싶지 않았기 때문이다.

컵을 씻고 싶지 않았기에 자신은 어머니의 말을 무시했다.

아무 말도 하지 않았다. 아무 말도 하지 않은 채 집을 나가서 편의점에 갔다가, 자기가 번 것도 아닌 돈을 쓰고, 바로 정신이 드니 이런 곳에 있었다.

어머니에게도, 아버지에게도 아무 말 없이, 컵을 씻지 않고 이런 곳에 있었다.

컵 하나도 씻지 않고, 다정한 어머니에게 아무 말도 없이, 이런 곳에서, 죽을 것 같다.

폐를 끼치고 아무것도 갚지 못한 채로, 컵도 씻지 않고 죽는 것이다.

"……나는, 죽는다."

죽는다. 살아가는 모든 것이 언젠가 죽지만 자신은 여기서 죽는 것이다.

아버지도 어머니도 없는, 낯선 타인에게 둘러싸여 더러운 핏덩이가 되어 죽는 것이다.

"_____."

그 사실을 이해하자마자 '죽음'의 존재를 가깝게 느꼈다. 주저앉아 있는 스바루를 계단 위에서 빤히 보고 있다. 그 입가가 조롱하듯이 미소 짓고 있는 걸 알 수 있었다.

그 '죽음'을 본 기억이 있었다. 이런 곳에서, 아버지도 어머니도 없는 이곳에서, 낯익은 누군가가 있겠느냐고 생각했다가 바로 깨달았다.

별것 아니다. '죽음'은 다름 아닌 자신의 얼굴을 달고서 이쪽을 비웃고 있었다.

"웃지 마."

'죽음'을 노려보며 거무칙칙한 증오를 담아서 그렇게 말했다.

"웃지 마. 뭘 웃어. 웃지, 말라고……!"

조소를 그치지 않는 '죽음'에게로 치솟는 분노가 가는 대로 일어섰다. 벽을 타고 '죽음'에게로 다가간다. 조소를 그치지 않는 '죽음'을 향해서.

"웃지 마, 그만둬. 나는, 죽는다. 너에게가 아니야. 너에게 살해당하는 게 아니야……."

'죽음'이, 처음으로 그 조소를 흐렸다.

그것은 자신의 것이 자신의 말대로 되지 않는 데에 화를 내는 것처럼 보였다. 그 반응이 통쾌하게 느껴져서, 스바루는 분노한 표정 그대로 몰아붙였다.

"나는, 너에게는 살해당하지 않아. 나는 죽는다. 확실히, 나는 죽는다! 나는 죽어! 죽었어! 죽었다고! 죽어서, 여기로 돌아와서, 그런데, 나는 너에게는——."

——죽어 줄 수 없다.

그렇게, 분명하게 말을 뱉으려던 순간이었다.

"————."

입술이, 뜻대로 움직이지 않았다. 이어서 깨달은 것은 '죽음'을 노려보던 안구의 부자유와 자기 자신의 육체가 완전히 제어를 벗어난 상실감.

왜냐는 의문을 드러내는 것조차 막혀서 오로지 이상에 변화가 있기만을 갈망했다.

움직이지 않는다. 몸이. ——아니, 움직이지 않는 것은 몸이 아니다. 세계 그 자체가 멈춰 있다.

눈앞에 있던 '죽음'도, 그 움직임을 멈추고 분노한 표정을 일그러뜨린 상태로 있었다.

그런 세계에서 움직일 수 없는 자신을 남기고 유일하게 움직이는 것이 있다.

　그것은——.

　"——사랑해."

　——그것은 아마, 검은 여자였다.

　검은, 온몸을 검정 일색으로 물들인, 훤칠하고 가는 몸매를 가진 여자다.

　검정이 여인의 형상을 하고 있는지, 여인이 검정을 둘렀는지, 어느 쪽인지 분명하지 않고 그 판단을 내리는 데에 의미가 있다는 생각도 들지 않는다.

　아무튼 그것은 검은 여자였다. 마치 신부 의상 같은 검은 복장을 두르고 안에서도 밖에서도 얼굴을 엿볼 수 없는 검은 베일이 용모를 감추고 있다.

　"——사랑해."

　다만, 검은 여자의 입술이 자아내는 것은 상상을 초월할 정도로 강한 감정이었다.

　도대체 어느 정도의 감정을 졸이면 그 입술에서 나오는 말에 다가갈 수 있을까.

　그것은 질이며, 양이고, 시간이며, 무게이고, 가치이며, 개념이다.

　'사랑한다'는 말을 입에 담는 이가 세상에 얼마나 있을지는 모르지만—— 그, 모든 '사랑한다'를 함유하면 아마 이 여자의

'사랑한다' 가 될 것이다.

　그리고 사랑을 속삭이는 여자는 천천히, 그 검은 팔을 이쪽 팔로 향하고.

　가느다란 손가락이 가슴팍을, 피부를, 살을, 뼈를 지나쳐 뛰는 심장에 다가붙었다.

　"―――――――."

　불과 몇 분, 십여 분, 시간이야 알 수 없지만 깨어난 뒤로 수도 없이 그 존재를 의식해 온 심장―― 그러나 지금, 이 순간만큼 그것을 생각한 적은 없다.

　그 존재를, 가증스럽게 생각한 적은 없다.

　왜냐하면――.

　"――사랑해."

　사랑을 속삭이는 것과 같은 정열을 담아 여자의 검은 손가락이 심장을 애무했다.

　그와 동시에 내달리는 충격이 아픔을 두려워하는 이 몸을 철저하리만큼 굴복시켰다. 추락의 충격에 온몸이 으스러지고, 사라지지 않는 작열에 영혼이 불타고, 어머니에 대한 죄책감으로 마음이 닳아 버린 것마저도 이 아픔 앞에서는 먼지처럼 느껴진다.

　절규할 수 있다면, 하게 해 줬으면 했다.

　목이 터지도록 외칠 수 있었으면 조금은 아픔에 대해 뭔가 할 수가 있었다. 아픔을 마주 보지 않고, 아픔 외의 것에 정신을 쏟아서 아픔으로부터 도망칠 수 있었다.

　그럴 수가 없다. 그저 아픔과 마주 보는 처지였다.

"──사랑해."

여자의 사랑이 심장을 놔주지 않는다.

그것은 마치 자신 말고 다른 것에 흥미를 보내는 것을 용서치 않겠다는, 끝이 없는 독점욕에 기인한 것처럼.

──모든 것에 대한 질투심에 기인한 것처럼.

"──핫."

해방은 갑작스러웠다.

"──────."

숨을 내뱉고 그 자리에 허물어졌다.

눈물이 뚝뚝 떨어지고 마침내 그 자리에 실금하고 있었다. 뜨 뜻미지근한 감촉이 사타구니를 적시고, 계단 아래를 향해 오줌 이 흘러 떨어진다.

멈추어 있던 '죽음'이 그 꼴사나운 추태를 손가락질하며 목 청 높여 비웃고 있었다.

그 웃는 모습을 보고서 함정에 빠진 것임을 깨달았다.

저런 식으로 약점을 보인 시늉을 하면 쉽사리 달려들어 밟아 서는 안 될 범의 꼬리를 밟는다고, 함정을 판 것이다.

"나를⋯⋯."

이어지는 말은, 말이 되지 못했다.

머리를 감싸 쥐었다. 손톱이 벗겨진 상처에서는 아직 피가 흐 르고 있다. 눈물도, 계단 아래로 흘러가는 오줌도, 모든 것이 다 자신의 약함과 어리석음에 떨어진 벌 같아서.

──차라리, 죽여 줘.

그 말은 목소리로 나오지 않았다.

살해당한다고 쳐도, 정말로 자신은 '살해당할 수' 있을까.

발소리와 걱정하는 목소리가 계단을 뛰어 올라올 때까지.

오수와 실망감에 범벅된 채로 그저 어리석은 아이처럼 울고 울었다.

잔해는 울었다. ──하염없이 울었다.

제3장 『잔해』

1

　──전부 엉망진창이었다.

　말 그대로 엉망으로 흩어져서 사방이 개판이었다.

　계단 도중에 웅크리고 있던 모습이 발견되어 아래층으로 옮겨지고, 무슨 일이 있었느냐고 질문 공세를 받고, 시간의 경과와 함께 상황이 나빠지는 것을 이해했다.

　이젠 아무렇게나 되라는 마음이 넘쳐서 기억이 없는 것도, 주위가 무서워서 도망쳤다는 것도, 전부 토로했다. ──자신의, '죽음' 에 대해서만 언급하지 않은 채.

　"그러면, 스바루는 정말로 아무것도 기억하지 못해……?"

　슬픈 눈빛을 띠는 에밀리아. 그녀 외의 멤버도 충격적인 고백에 동요를 숨기지 못했다.

　이로써 세 번째. 이미 세 번, 스바루는 그들을 낙담시켰다. 하기야 오물을 질질 흘리며 도망치다가 홀로 흐느끼고 있던 이번이 최악의 패턴이다.

　그것이 최악의 패턴이라는 것 또한 스바루 말고 누구도 알지 못하는 일이지만.

"헤."

웃음이 나온다.

자신이, 같은 상황을—— 아니, 같은 시간을 세 번이나 반복하고 있다는 사실이. 같은 시간을 세 번 반복하고서야 스바루는 비로소 자신이 놓인 상황을 정확하게 파악했다.

——자신은, 두 번 죽은 것이다.

사인은 양쪽 다 추락사, 나선 계단에서 떠밀려 맥없이 찌부러져 박살 났다. 첫 번째는 낙하 도중에 의식을 잃었기에 그 사실을 자각하지 못했을 뿐.

두 번째의 장렬한 고통의 죽음으로 비로소 그 사실을 깨달았다. ——그리고 되돌아왔다.

죽은 순간 그 녹색의 방으로 되돌아와 같은 시간을 재시작한다.

죽고, 되돌아온다. ——『사망귀환』이다.

그것이, 이 이세계에서 나츠키 스바루에게 주어진 신의 축복이었다.

"헤."

두 번째 웃음이 새어 나왔다. 솔직히 이미 눈물도 말라붙어서 웃을 수밖에 없었다.

에밀리아 일행은 눈을 뗀 틈에 엉망진창이 된 스바루를 돌보지 못하고 있다. 기억만이 아니라 기력도 잃은 스바루는 만지는 것도 저어되는 더러운 유리세공이다. 간단히 깨지는 주제에 보면서 좋은 기분이 드는 것도 아닌 폐기물이었다.

"……렘이, 불쌍해."

녹색의 방으로 인도받아 경과를 지켜보기로 한 스바루. 그런 스바루 옆에 여동생을 두고 갈 수 없다고, 쏙 빼닮은 얼굴을 가진 언니가 소중한 여동생을 데리고 나간다.

떠날 때 람이 남기고 간 말에 스바루도 같은 의견이었다.

"스바루, 여기서 얌전히 있어. 반드시 베티가 어떻게 해 보일 것이야."

"_____."

"혼자 웅크리게 놔두지 않아."

곤혹감을 짙게 남기면서도 그 어린 음성에는 사명감이 가득 차 있었다. 하지만 그런 베아트리스의 부름에도 스바루는 아무 대답도 할 수 없었다.

그러기는커녕 소녀가 내민 손가락을 거절하고 머리를 깊게 숙여 얼굴도 보여 주지 않았다.

"_____."

타인이었다. 이들은 아무리 해 봤자 타인이다.

그러나 그것은 이들이 잘못한 것이 아니다. 타인인 것은 이들이 아니다. 스바루다.

이들이 보내는 친밀감도, 배려도, 어쩌면 믿음과 사랑에 가까운 그것도, 본래의 『나츠키 스바루』에게 보내진 것이며 그 찌꺼기에 보내는 것이 아니다.

스바루에게는 이들의 정을 받을 자격이 없었다.

하지만 그와 마찬가지로──.

"……살해당할 이유도, 나에게는 없어."

홀로 방에 남겨진 스바루는 어금니를 으득거리면서 중얼거렸다.

알지도 못하는 신뢰와 친근함, 쌓았을 터인 시간과 관계성을 잃어버리고 불편한 호의를 받는 건 그나마 낫다. 어떻게라도 수습할 수 있다.

하지만 어째서 『나츠키 스바루』가 쌓아 올린 살의의 뒤치다꺼리를 해야만 하는가.

좋은 일도, 나쁜 일도, 그 전부가 자신의 행위가 아닌 것이다. 그런데도 왜 이런 곳에서 자신이 물에 빠진 듯이 허우적거려야만 하는가.

"나는, 사양하겠어……."

길고 긴 자문자답 끝에 스바루는 천천히 일어섰다.

어금니를 너무 세게 깨문 바람에 피가 섞인 침을 내뱉었다. 그리고 『녹색 방』의 밖을 향해 발길을 옮기려다가── 갑자기, 웃옷 자락이 당겨졌다.

"아──."

그렇게 한 것은 유일한 동석자였던 검은 도마뱀이었다.

도마뱀은 그 흉포한 외견에 맞지 않은 날카로운 울음소리를 내면서, 스바루를 만류하는 기색이었다. 그 노란 눈에는 쓸쓸함이 있는 것처럼 보였다.

"어처구니없어. ……먹이를 바라면 누구 다른 녀석에게 부탁해 줘."

도마뱀이 물고 있는 옷자락을 풀어낸 스바루는 그렇게 말을 남기고 시선을 뿌리쳤다. 그대로 『녹색 방』 밖으로 나가 아무도 없음을 확인한 뒤에 걷기 시작했다.

　"물과, 식량이 있는 장소는……."

　알고 있다. 물을 길으러 동행했고, 탑 안을 안내받기도 했다. 물과 식량이 있는 곳은 안다. 남은 것은 그것을 확보해서——

　스바루는, 이 탑에서 밖으로 탈출한다.

　당연한 판단이리라. 왜냐면 스바루는 누군가에게 떠밀려 살해당했으니까.

　"＿＿＿＿＿＿＿."

　솔직히 스바루는 용의자를 모르겠다. 하지만 탑에서 함께 행동한 누군가임은 분명하다. 누군가의 명확한 살의에, 나츠키 스바루는 살해당한 것이다.

　용의자는 에밀리아, 베아트리스, 람, 에키드나, 율리우스, 메일리, 샤울라까지 일곱 명——. 누가 아군이고 적인지, 스바루에게는 판단할 수 없었다.

　애초에 그들이 정말로 스바루와 아는 사이였는지조차 확실하지 않은 판국이다. 사실은 전원이 스바루를 죽이기 위해서 모인 자객일 가능성마저 있다.

　——에밀리아와 베아트리스의 그 시선이 거짓이었다고 단언할 수만 있다면.

　"젠장, 젠장, 모자란 자식……!"

　스바루는 자신의 가슴속에서 팽팽하게 맞서는 감정을 억누르고 은밀히 물과 식량을 꺼냈다. 진심으로 자기 생각만 할 거라면 모조리 가지고 나가는 게 정답이었을 것이다.

하지만 스바루는 눈대중으로 3일분, 그만큼만 선별해서 꺼냈다. 짐이 지나치게 많으면 도피행이 불리해진다는 변명을 하면서.

"밖은 사막이라고 그랬지만……."

식량과 같은 곳에 있던 외투를 두르고, 입가까지 숨길 수 있는 방사포(防砂布)를 장비한다. 그렇게 물과 식량, 사막용 장비를 갖추면 준비는 완벽하다.

"내가, 두 번 죽은 시간은 넘었을까……."

볼썽사납게 도망치고, 더듬더듬 사정을 설명하고, 『녹색 방』에서 웅크리던 시간을 감안하면 아마도 스바루는 지난번 생존 시간을 경신할 터다.

벌써 『사망귀환』의 효과가 발휘되었다. 이런 식으로 자기 몸을 덮치는 사망 플래그를 차곡차곡 극복해 목숨 건 외줄 타기를 거듭해 나가면 된다고.

"그딴 건, 사양이야."

왜 그런 꼴을 당해서까지 이 자리에 머무를 이유가 있는가.

『나츠키 스바루』가 어쨌든 간에 알 바냐. 스바루에게는 자신이 죽어서라도 이곳에 매달리고 싶은 이유라곤 하나도 없으니까.

탑의 밖을 목표로 달리기 시작한 스바루는 아래층으로 이어지는 나선 계단과 맞닥뜨렸다. 자신이 두 번 죽은 장소를 목도하자 온몸의 세포가 비명을 질렀다.

"윽———."

스바루는 숨을 죽이고, 공들여 등 뒤를 확인했다. 자객이 다가오지는 않는지, 스바루를 떠밀려는 팔이 뻗어 오지 않았는지 단단히 확인한다.

없다. 아무도. 지금쯤 에밀리아 일행은 『사자의 서』가 들어찬 서고거나, 혹은 흉악한 시험관이 기다리는 위층으로 갔을 터다.

그렇기에 지금이 절호의 기회다. 모든 것을 다 내버리고 도망치기 위한 절호의.

다정하게 대해 준 그녀들을, 그 다정함이 거짓일지도 모른다고 저버리고 도망친다.

그저, 그뿐이었다.

"알 게 뭐야! 나하곤, 관계없어!"

스바루는 견디기 어려운 짜증을 눌러 삼키고 트라우마를 짓밟듯이 계단에 도전했다.

나선 계단을 뛰어 내려가 바닥이 보이지 않는 아래층을 향한다. 올라갔다가 내려갔다가, 살려다가 죽었다가, 우스꽝스러운 자신이 바보 같았다.

그런데도 죽고 싶지 않다. 죽고 싶지 않은 것이다.

"커다란, 문……."

숨을 헐떡이며 계단을 뛰어 내려가면서, 서서히 윤곽이 뚜렷해지는 그것을 보았다. 그것은 전장 10미터 이상이나 될 만한, 믿을 수 없을 만큼 거대한 문이었다.

마치 거인의 출입을 위해서 존재하는 것만 같은 문. 넓디넓은

5층에 있는 것은 더 아래층에 있는 6층으로 이어지는 계단과, 그 우뚝 선 거대한 문뿐이었다.

"＿＿＿＿＿."

문 앞에서 스바루는 희미하게 모래를 머금은 모래를 느끼고 숨을 집어삼켰다. 모래 섞인 바람이 불고 있는 것은 이 문 너머가 탑 밖으로 연결되었다는 증거이리라.

여기를 지나 밖으로 나가면, 사막── 정식 이름은 잊었지만 아무튼 사막이 있다. 그 사막을 돌파해서 사람 사는 곳으로 나가면, 탑에 숨어 있는 위험인물로부터 멀어질 수 있을 터다.

사막의 이동은 더운 시간대를 피하고 모래 폭풍을 주의할 것. 방향을 정하고 그 한 점을 향해 나아갈 것. 만화에서는 정장이 좋다는 이야기도 보았지만, 그건 미심쩍다.

솔직히 사막에 관한 지식은 그 정도밖에 없다. 그런데도──.

"확실하게 살해당할 장소에 있는 것보다, 살아나기 위해서 행동하는 편이 낫지."

정상적인 판단력을 잃었을지도 모른다. 하지만 이것이 비정상적인 판단일지라도 자기 자신이 내린 판단이다. 이 상황에서 '자기 자신'을 믿을 수 없어지는 것이 훨씬 더 무섭다.

공포에 무릎을 꿇었다간, 기다리는 것은 '죽음'의 조소, 그뿐이니까.

"＿＿＿＿＿."

정면의 거대한 문에 손을 짚고 천천히 앞으로 밀기 시작했다.

문의 크기는 스바루의 십여 배, 본래라면 몸째로 밀어붙여도 꿈쩍도 하지 않을 중량이다. 그것이, 스바루의 손바닥으로 밀자 기계 장치처럼 쉽게 열렸다.

"아?"

스바루는 기세가 붙어 지나치게 열린 문을 세우고, 살며시 문을 통해 밖을 살폈다. 무슨 함정으로 밖에서 누군가가 기다리고 있을 가능성을 염려하다가── 밤의 기척이 있는, 모래 바다의 환영을 받았다.

눈을 가늘게 뜨고 지평선 너머에 시선을 주지만 그 끝은 어디에도 보이지 않는다.

"……정말로, 사막이구나."

건물이 일절 보이지 않는, 광대하기 그지없는 모래 바다. 거기에 들어설 준비를 갖춘 순간, 스바루는 딱 한 번 탑 안을 뒤돌아보았다.

이곳에 남기고 가게 되는, 아마 스바루에게 악의가 없을 사람들을 내버리고 가는 행동이 낳은 켕기는 마음이 그러도록 만들었다.

스바루는 그 감정을 뿌리쳤다. 그 이상의, 밖에 대한, 원래 세계에 대한 미련이 그러도록 만들었다.

여기에는 있기 싫다.

나츠키 스바루가 돌아갈 곳은 아버지와 어머니가 기다리는 그 집이니까.

"그러니까……."

문의 틈새를 지나 굳세게 앞으로 내디뎠다.

모래를 밟자 생각 이상으로 발바닥이 모래에 빠지는 감각이 있었다. 그것을 힘으로 짓밟고 나츠키 스바루는 바깥세상으로 힘차게 걷기 시작했다.

그리고——.

"——어."

밟은 발바닥이 크게 작렬하고 스바루의 몸은 공중에 드높이 내던져졌다.

2

수직 아래에서 터진 충격에 공중으로 튕겨 날아간 스바루의 의식은 혼란의 도가니 속이었다.

"————."

완전한 패닉 상태——. 이미 지금의 스바루에게는 패닉 상태 쪽이 일상화된 것처럼 느껴지지만, 그런 혼란에 지각하는 세계게 쭉 늘어났다.

교통사고를 당하는 순간, 세상이 슬로 모션으로 보인다는 타키사이키아(Tachypsychia) 현상. 세상이 한 컷씩 넘어가는 감각 속에서 스바루는 거꾸로 된 시야로 그것을 보았다.

그것은 밤의 모래 바다에 얼굴을 내민, 무섭도록 강대한 체구를 가진 생물. 팔다리가 없고 미끈거리는 가죽을 가졌으며 흉포한 이빨이 줄지은 구강을 보이는 거대한 지렁이였다.

체장 10미터는 거뜬한 지렁이 괴물, 그 존재감에 스바루의 목이 꿀꺽거렸다.

"끄억!"

현실과 동떨어진 광경에 받은 충격이 물리적인 충격으로 중단되었다. 등부터 모래 위에 떨어지는 바람에 폐가 경련해서 호흡이 제대로 되지 않았다.

발밑에서 뛰쳐나온 지렁이가 스바루를 공중에 날렸다. 그대로 모래 위에 나뒹군 것이 현재의 진상. 그리고 지금부터 스바루가 해야 할 행동은──.

"빌어먹을……!"

저 지렁이는 틀림없이 지하에 잠복해서 사냥감을 찾고 있었을 것이다. 즉, 이대로 있으면 스바루는 거대 생물의 먹이가 된다. 살아남으려면 탑 안으로 달아날 수밖에 없다.

탑을 출발하고 고작 2초 만에 복귀──. 하지만 그것도 날아간 만큼 벌어진 거리를 메우지 않으면 당도할 수 없는 곳이었다.

"지렁이를 피해서, 안에 들어가, 문을 닫는다……?"

그게 되겠냐고 저주 같은 말이 머릿속을 메웠다. 그러나 다음 순간에는 생존 욕구가, 살아남기 위해서는 할 수밖에 없다고 결론을 내렸다.

"한 방, 한 방이다. 한 방, 한 방, 한 방……."

스바루는 목덜미의 방사포를 끌어올리고, 핏발선 눈으로 지렁이의 거동을 관찰했다.

저 덩치가 침을 흘리고 날아드는, 그 찰나의 틈을 포착할 수밖에 없다. 살기 위해서 나츠키 스바루의 온 정신을 걸고──.

"끼악——!"

그때, 지렁이가 그 커더런 몸집에서는 상상할 수 없는 귀에 거슬리는 괴성을 지르고, 스바루에게로 쓰러지듯이 덮쳐들었다. 바람이 으르렁대는 소리를 들으면서 스바루는 살아남을 가능성을 찾아 지렁이와 사막의 틈을 찾았다. ——보인 틈새로, 자신을 욱여넣는 이미지.

일심불란하게 모래를 박차며 이미지를 따라가듯이 지렁이의 첫 공격을 피했다. 발생한 충격파와 모래 폭풍에 부대끼며 날아갔다. 하지만 살아남기는 했다.

"하악……!"

몸이, 자신의 기억보다 기민하게 움직였다.

한순간 뇌리에 스친 것은 기억에 없는 『나츠키 스바루』의 1년간. 이 가혹한 세계에서 1년간 살아남은 『나츠키 스바루』의 경험, 그것이 스바루를 살렸다.

"이대로——."

기세를 죽이지 않으며 스바루는 탑 입구로 달려가고자 발을 내디뎠다. 불과 20미터만 뛰면 된다. 그쯤이야 주파해 주겠——.

"어."

직후, 모래 바다를 폭발시킨 것은 지렁이의 머리가 아니라 땅속에 파묻힌 꼬리 쪽이었다. 모래 바다가 갈라지며 나타난 지렁이의 꼬리가 스바루의 다리를 채어 다시 공중에 날려 보냈다.

길게 이어지는 비명을 지르면서 스바루는 눈 아래, 빙빙 도는 시야로 지렁이의 머리를 보았다.

그 머리가 입을 크게 벌리고, 스바루를 이빨투성이 구강으로 마중하려는 모습을.

"——아."

——쉽게, 봤다.

이 가혹한 환경에서 살아남은 야성을, 온실과 다름없는 세계에서 살아온 자신이 앞지르겠다니. 어이없이 얕고 짧은 생각. 그 대가를 또 생명으로 지불하게 된다.

"싫, 어."

낙하하며 날개가 뜯긴 벌레처럼 발버둥 치는 와중에 소리가 나왔다.

죽는다. 또 죽는 것인가. 죽었다 치더라도, 확실히 죽을 수 있는지를 알 수 없다. 애초에 죽고, 여기서 끝나면 어떻게 되나. 견딜 수 있는가.

이다음에 기다리는 것이 영겁의 암흑이라면——.

"싫어어어어어——!"

외치고 도움을 청하며 밤하늘에 손을 뻗었다.

만질 수 있는 것은 없다. 엷게 구름이 낀 것만 같은 시야, 뿌연 하늘 저 너머에는 있어야 할 별빛도 보이지 않으며 스바루는 홀로 떨어진다.

같은 이름을 가진 별에게도 버림받아 괴물의 배 속에 삼켜져서 사라진다.

그런 절망에—— 하얀빛이 날아들었다.

"_____."

하얀빛이 날아들고, 그것이 입을 쩍 벌린 지렁이의 머리를 날려 버리고 있었다.

하얀빛을 뒤집어쓴 지렁이의 머리가 마치 설탕 공예처럼 일그러지다가 터졌다. 더러운 색의 피와 살점을 흩뿌리며 추악한 얼굴이 날아갔다. 그리고 그걸로 끝나지 않는다.

빛은 연거푸 그치지 않고 발사되어 그때마다 지렁이의 거대한 몸이 결여된다. 벌레 먹은 것처럼 지렁이의 몸이 터지고, 끊어지며, 구멍투성이로 변한다.

그 광경을 목격하는 스바루가 애꿎게 피해를 보지 않은 것은 악운 중의 강운이라고 해야 할 우연이었다.

"――아."

조금 전과 같은 충격, 모래 위에 무방비하게 떨어진 충격이 온몸을 때렸다. 지렁이에게 먹힐 운명을 극복한 스바루는 사막에 사지를 내던지고 굴렀다.

머리 위에는 변함없이 별이 보이지 않는 하늘이 펼쳐져 있었다.

무슨 인과인지, 생명을 건진 지금도 하늘은 변함없이 스바루(昴)――『묘성(昴星)』을 저버린 채로 있다.

어이없어하고, 소망받고, 버림받고, 미움받고, 친근해지고, 소원해지고.

살고 싶은지, 죽고 싶은지, 아픈지, 아프지 않은지.

"나더러, 어쩌란 거야⋯⋯! 답이 있으면, 가르쳐 줘⋯⋯!"

얼굴을 가리며 아무도 없는, 아무것도 보이지 않는 하늘을 향해 소리쳤다.

대답은 없다. 스바루가 듣고 싶은 답은, 누구도 가지고 있지 않다. 그 답을 가진 누군가가 있다면, 그것은———.

"———대답해 달라고, 나츠키 스바루."

처량하게, 쉰 목소리의 애원이 새어 나온 직후였다.

스바루의 발밑 쪽에서 거대한 땅울림이 모래 바다를 흔들었다. 그것은 머리를 잃고 몸통 대부분이 날아간 지렁이의 주검이 쓰러지는 진동이었다. 하얀빛의 파인 플레이로 스바루는 멋지게 구사일생했다. 하지만 그걸로 끝나지는 않았다.

"윽———."

커더란 주검이 쓰러진 뒤의 땅울림이 그치지 않고, 급기야 스바루의 시야가 크게 출렁거렸다.

위에서 아래로 시야가 출렁거린다. 지렁이가 땅속으로 이동하는 바람에 약해져 있던 지면이, 지렁이가 마지막으로 쓰러질 때 결정타를 먹은 것이 원인이었다.

"으, 아, 아아아!"

모래 바다가 갈라지고 노도 같은 기세로 모래가 지하로 삼켜졌다. 스바루도 마치 개미지옥에 빠진 벌레처럼, 거스르려는 팔다리가 모래에 채여 지하로 질질 끌려갔다.

필사적으로 저항하려 했지만 헛수고였다. 의지하려던 모든 것이 비슷하게 모래에 삼켜졌다.

팔다리가 파묻혀서 운신을 할 수 없어져 위를 보고 필사적으로 허덕거렸다.

온몸이 모래에 삼켜지며 그대로 생매장당할 예감에 목숨 걸고 저항하듯이.

"누가, 누가 좀, 살려⋯⋯."

이어지는 목소리는 구체화되지 못한 채로 스바루의 몸은 모래에 삼켜져 떨어졌다.

그렇게 지상에서 비참하게 발버둥 치는 『스바루』를, 하늘의 별들은 조금도 걱정해 주지 않았다.

×　　×　　×

"커흑."

의식이 돌아오자마자 느낀 것은 맹렬하게 숨이 막히는 감각과 압박감, 그리고 모래 맛이었다.

기침해서 입 안에 고인 불쾌한 식감을 간신히 뱉어냈다. 무거운 눈꺼풀을 억지로 열어 눈물이 어리면서도 주위를 보았다. 어둡다.

어딘가 몹시 어둡고 차가운 공간에 밀려들어 갔음을 이해했다.

"여기, 는⋯⋯ 그래, 나는 커다란 지렁이에게 잡아먹힐 뻔해서⋯⋯."

지끈지끈한 아픈 머리를 흔들어 직전에 있던 사건을 회상했다.

모든 것을 내던지고 탑에서 도망치려던 첫걸음이 거대한 지렁이에게 방해받았다. 그렇게 지렁이에게 잡아먹혀 죽었어야 할 순간에 하얀빛이 구해줘서——.

"사막의, 지하……."

모래의 대지가 무너지고 유사에 휩싸여 지하에 떨어졌다. 그대로 생매장되어도 이상하지 않았지만 가까스로 목숨은 보전한 모양이다.

물론 현재의 스바루는 만약 죽었더라도 확실히 죽을 수 있을지 없을지 미심쩍다.

──또, 그 방부터 다시 시작하는 건가.

"───────."

스바루는 저주처럼 위협해 오는 생각을 밀어내고, 자신이 파묻힌 모래를 파냈다.

압박감이 드는 것은 허리 아래가 모래에 파묻혀 있어서였다. 광원이 전혀 없는 암흑 속에서 신중을 기하면서 시간을 들여 몸을 모래에서 뽑아냈다.

옷 안에 들어간 모래의 불쾌감은 있지만 몸의 자유는 되찾았다. 그 뒤로 스바루는 더듬더듬 주위를 확인해 시각에 의존하지 않고 주변을 관찰했다.

어두워서 아무것도 보이지 않는 세상. ──이곳이 정말 산 자의 세계인지, 그마저도 의심스러워진다.

"……이세계잖아. 지옥이 있어도 이상하지 않아."

신화의 세계라면 지하에 사후 세계가 존재하는 것도 드물지 않다. 어쩌면 스바루가 떨어진 곳도 그런 공간일 가능성도 있다. 자신의 몸이 망자처럼 차갑게 느껴지는 것도 그것이 원인일지도 모른다.

"바보냐, 나는. 아니, 바보지, 나는. ……이런 거야 모래에 묻혀 있던 게 원인이잖아."

시답잖은 망상을 끊어 낸 스바루는 차가운 손과 손을 비볐다. 싸늘하게 식은 모래에 체온을 계속 빼앗긴 판국이다. 도대체 얼마나 의식을 잃고 있었는지.

지하에 사는 다른 생물에게 어디 먹힌 데 없이 끝난 것은 불행 중 다행이라고 하리라.

"———?"

생각하면서 모래 위에 세운 무릎이 무언가에 부딪혔다. 그것이 무엇인지를 확인하려고 손을 뻗으니, 만진 손가락 감촉으로 가죽 주머니임을 알아챘다.

스바루가 탑에서 가지고 나온, 물과 식량이 든 가죽 주머니다. 허둥지둥 안에서 간이 수통을 끄집어내서 타는 목을 적시려고 입을 댔다. 미량의 물이 혀를 적셨다.

"제길, 내용물이 샜나……. 다른, 먹을 것, 은……."

남은 게 없는지 가죽 주머니를 뒤지려고 모래 위에 앉은 스바루는 깨달았다.

며칠 분량을 담았을 가죽 주머니, 안에 있던 비상식은 텅 비어 있었다. 그것들은 유사에 삼켜져 모래 부스러기가 되었다———는 것은 아니다.

주위에 뿌려져 있었다. 그것도 누군가가 먹고 어지럽힌 것처럼, 마구잡이로.

"……허?"

어두워서 스바루가 묻힌 모래 산의 정확한 상황은 알 수 없다.

다만 모래 산 이곳저곳에, 스바루가 가져온 식량이 흩어져 있다. 그것들은 물어뜯기고 들쑤셔져 거칠게 내던져져 있었다.

스바루의 메마른 목이 꿀꺽 울었다.

──위험해, 위험해, 위험해, 위험해, 위험해, 위험해.

자기도 모른 채 뿌려진 식량 중심에 서 있는 스바루는 공포에 질렸다.

이곳은 그 거대 지렁이가 기어 나온 공간이다. 무엇이 있어도 이상하지 않다. 이 으스스한 상황 자체가 정체 모를 괴물이 보낸 메시지라는 생각마저 들었다.

"바, 바로 여기를……."

벗어나야 한다고, 주운 식량을 가죽 주머니에 넣을 수 있는 만큼 넣고 이동하기 시작했다. 암흑 속에서 일어나는 위험을 피해 네 발로 기며 지면을 확인하면서.

말 그대로 어둠 속을 더듬듯이, 기이한 공포로부터 달아나고자 기어간다.

어둠 속, 지면의 존재를, 자신의 존재를 확인하면서 기어간다, 기어간다, 기어간다.

목표할 곳은 지상인가, 아니면 이곳이 아닌 어디인가. 그조차 확실치 않은 채로 오로지 그저 도망친다. 도망칠 수밖에 없었다.

──도망칠 수밖에, 없었다.

3

정면. 만진 손끝에 빛이 발생하고 실타래가 풀리듯 『문』이 사라졌다.

직후, 막혀 있던 길 앞에서 넘쳐 나온 것은 코를 찌르는 농밀한 악취였다.

"————."

콧잔등에 주름을 잡았지만, 스바루는 그 악취에 의존해 암흑을 나아갔다. 여전히 어둠에 휩싸인 싸늘한 지하에서 그것만이 스바루를 인도하는 이정표였다.

——지하에 추락하고 도망치듯이 기어 다니기 시작한 뒤로 몇 시간이 경과했다.

암중모색의 도피행 중에 스바루의 마음은 여러 번 꺾일 뻔했다. 모래 산에서 몇 번이나 미끄러지고, 발견한 길이 벽에 막히고, 때때로 머리 위에서 떨어지는 모래 비에 수도 없이 벌벌 떨었다.

자신이 지옥에 들어왔고, 죽었다는 사실을 깨닫지 못하고 있을 뿐이 아니냐는 망상 같은 농담을 전혀 웃어넘길 수 없는, 길고 긴 시간이 지났다.

그런데도 멈춰 서지 않은 것은, 그렇게 찾아오는 종말이 무섭기 때문. 그것을 멀리하고자 필사적으로 발버둥 치고, 발버둥 치다가—— 스바루는 그 악취를 알아챘다.

끔찍한 냄새에 콧구멍을 유린당하면서도 스바루는 정신없이 그것을 쫓아다녔다.

　단서도 없이 몇 시간이 땅속을 방황하던 스바루에게는 그것만이 구원이었다. 그것만이 이 지하에서 발견한 변화다운 변화.

　지옥에서 빠져나가기 위한, 유일한 거미줄이었다.

　그 실마리를 잡고 가다가 모래 통로 중에 스바루가 맞닥뜨린 것이, 『문』이었다.

　"이걸로, 세 번째……."

　네 발로 엎드려 한순간만 차가운 『문』을 만진 손을 내려다보면서 중얼거렸다.

　『문』은 스바루가 쫓는 악취가 감도는 길 사이를 막아서고 있다. ──아니, 막아선다는 말은 과장스럽다. 『문』은, 결코 스바루를 막으려 들지 않았다.

　거창하게 모래 통로를 막아 뒀으면서 스바루가 건드리는 즉시 사라지는 것이다.

　그것은 말 그대로 안개처럼 사라진다. 그렇기에 스바루가 『문』에 막힌 적은 한 번도 없다. 그리고 『문』을 하나 지날 때마다 악취는 더욱 진해졌다.

　다시 말해, 『문』의 안으로 진행하면 진행할수록 악취의 근본에 가까워지고 있다는 뜻이다.

　"하아, 하아, 하아……."

　개처럼 숨을 헐떡대며 콧소리를 내고 모래 통로에 이정표를 찾는다.

　땅속의 생물은 눈이 퇴화하고 대신할 기관이 예민해진다고 한다. 스바루도 고작 몇 시간이지만 시력에 의존할 수 없는 만큼 다른 오감이 날카로워지는 것을 알 수 있었다.

냄새를 좇는 후각과, 희미한 바람을 느끼는 촉각에 의존해 기능을 극한까지 압축한다. 그렇게 해서 형상이 없는 공포에 겁내는 마음을 잊을 수 있었다.

이 암흑과 정적이, 누구에게도 위협받지 않는 '고독'이 사랑스러웠다.

뜨뜻미지근한 진창에 몸을 내맡긴 듯한 정체감이 궁지에 내몰린 스바루의 마음을 포옹하고, 점토 세공을 물에 담그는 것처럼 흐물흐물 녹여 가는 것을 알 수 있다.

차라리 그 타성과 권태 속에 녹아 버린다면, 편했을 텐데.

"──아?"

갑자기 스바루의 목이 쉰 목소리를 흘렸다.

그것은 변화에 대한 반응이다. 단, 결코 호의적인 반응이 아니었다.

"────."

무릎으로 선 스바루가 눈앞의 『문』을 더듬더듬 만졌다. 여기까지 순조롭게 스바루를 통과시키던 『문』, 그것이 여기에 와서 적의를 드러냈다.

밀어도 당겨도, 『문』은 꿈쩍도 하지 않는다. 느닷없이 스바루의 걸음을 막았다.

"웃기지, 마……!"

갑작스러운 배신에 스바루는 경악과 그 이상의 분노에 지배당했다.

　네 번째 『문』을 지나서 그대로 다섯 번째 『문』을 지나려던 순간이었다. 다른 『문』과의 차이는 전혀 모르겠지만 『문』은 스바루를 막고자 한다.

　무력한 나츠키 스바루에게는 그것을 억지로 비틀어 열 수 있는 힘이 없다.

　전적으로 믿던 이정표에 여기에 와서 새삼스레 뒤통수를 맞다니――.

　"익――."

　분노로 마음속이 새빨갛게 물든 스바루는 『문』에 머리를 박았다.

　몇 번씩, 몇 번씩, 이마를 찧고 단단한 충격이 두개골에 반사되는 감각을 아픔과 함께 맛보았다. 그토록 존재하던 아픔에 대한 공포를, 이 순간의 분노가 능가해 덧칠하고 있었다.

　찐득하니, 자신의 내면에서 거무칙칙한 감정이 넘실댄다.

　그것은 이 악취를 맡았을 당초부터 스바루 안에 움트고 있던 구제하기 어려운 격정의 분류.

　이정표를 좇느라 아무 생각도 없을 수 있을 동안에는 무시가 가능하던 감정. 불합리와 부조리를 떠넘기는 운명에 대한, 말로 표현할 수 없는 어두운 감정의 소용돌이가 여기에 와서 폭발했다.

　왜 이런 꼴을 당해야만 하는가. 왜 스바루가 괴로워해야만 하는가.

만약 운명을 정하는 신이 있다면 이 분노를 흉기로 삼아 죽여 버리고 싶다. 스바루가 이런 꼴을 당해야만 할 이유라곤 하나도 없으니까.

　"잘못한 건 내가 아니라……."

　이런 지옥 같은 환경을 만들어 낸, 스바루를 에워싼 모든 것이 잘못한 것이다.

　그런데, 어째서──.

　"되돌아가……? 말 같잖은 소리. 웃기지 마. 왜 네가 나를 방해하는 거야!"

　부르짖어 봤자 헛되이 체력이나 소비할 뿐이다. 어쩌면 이 지하 공간을 거처로 삼는 사나운 괴물을 끌어모으는 결과를 낳을지도 모른다.

　그런 지당한 상식을 내던지고 스바루는 『문』에 머리를 박으며 갈망했다.

　이것은 스바루를 위한 『문』이다. 그것은 처음 본 순간부터 알고 있었다.

　그런데 왜 방해하는 거냐고. 이 너머로 가는 것이, 이 너머에 있는 무언가를 밝히는 것이, 이 너머에 기다리는 무언가와 만나는 것이 스바루의 역할이다.

　──그런데 왜, 이 『문』이, ■ ■ ■가 방해를 하려는 것인가.

　"──뭣."

　조리에 맞지 않는 격정을 『문』에 쏟아내던 도중, 난데없는 변화가 스바루를 엄습했다.

그것은 화풀이 대상이 되던 『문』의 앙갚음인지, 혹은 『문』 너머에 갈 수 없는 자에게 정해진 일인지 그조차 확실치 않다.

　단지 여태까지 스바루가 만진 『문』이 그러했듯이, 이번에는 스바루의 몸이 희미하게, 어둠을 밝히는 하얀빛에 휩싸여 있었다.

　"까불지……! 이 자식, 웃기지 마……!"

　분노에 사로잡혀 『문』 상대로 욕설을 쏟아내다가, 다시 한번 머리를 쳐들었다.

　하지만 혼신의 박치기를 날리는 것보다 먼저, 여태까지 사라지던 『문』과 같이 스바루의 몸이 그 자리에서 사라졌다. 몸 어디부터가 아니라 전부 한꺼번에.

　그것을 거절하려 해도 빛은 말을 듣지 않는다. 부조리는 언제나 스바루의 의견에 귀를 기울이지 않으며 일방적으로 그쪽 사정을 강요한다.

　이때도 그랬다. 스바루의 의사를 무시하고 상황은 진행된다.

　다시 말해——.

　"하."

　한층 더 빛이 강하게 깜빡한 직후, 스바루는 차가운 지하에서 해방되어 있었다.

　"_____."

　멍한 표정으로 스바루는 자신의 두 손을 내려다보았다.

　모래가 묻고 수분을 잃은 손이 보였다. 보인다. 당연하다. 이곳에는 빛이 있었다. 색이 있었다. 자신의 발밑도 돌로 된 바닥인 게 보인다. ——돌로 된, 바닥.

"아——."

이해가 미친 순간, 스바루는 그 자리에서 펄쩍 뒤로 뛰어 주위를 둘러보았다.

그리고 넓은 공간의 중심에 자신이 서 있었다는 사실과, 뒤돌아본 등 뒤에서 본 적이 있는 사물을 발견해 이 장소가 어디인지 즉각 깨달았다.

——스바루의 등 뒤에 있던 것은, 건물 안팎을 나누는 거대한 문이었다.

플레아데스 감시탑의 5층에 존재하며, 몇 시간 전에 스바루도 이용한 대문이었다. 즉, 스바루가 있는 곳은 플레아데스 감시탑 안——.

"까불지……."

말라고, 말을 이을 수 없다. 말이, 순간적으로 나오지 않았다.

의미를 모르겠다. 불과 몇십 초 전까지, 스바루는 손아귀조차 보이지 않는 새까만 모래 바다의 지하에 있었다. 그것이 눈을 깜빡이고 나니 탑 안으로 복귀다. 그건 이미, 이곳이 판타지 세계라는 구실로 휘두르는 이해력에 대한 폭력이었다.

이해하라고, 납득하라고, 부조리를 강제하는 악몽의 침략 행위다.

"도망치고, 도망치고, 도망쳐서……."

꼴사나운 도주극을 연기한 스바루에 대한 처사가, 이것인가.

지렁이 괴물을 필두로, 세상에는 스바루가 대적할 수 없는 존재가 무수히 있으며 아무리 필사적으로 도망쳐 다닌다고 해도 그 분투는 전부 엉망으로 끝난다.

그런데도 죽고 싶지 않으니까, 겁내고 싶지 않으니까, 도망치려고 했는데——.

"——이제, 됐어."

탈력감에 지배당해 무릎에서 힘이 빠지려 했다. 그, 주저앉으려던 몸을 지탱한 스바루는 숨을 길게 내쉬었다.

차분한, 고요한 납득이 스바루의 가슴속에서 끓어오르는 격정에 이해를 표시하고 있었다.

그 이해와 납득이 부른 감정을 눈에 드리운 채로, 스바루는 천천히 머리 위를 우러렀다. 더 일찍 이 답에 당도해야 했다고, 입끝이 묘한 감상에 누그러졌다.

"————."

왜 스바루가 암흑을 기며 도망쳐 다녀야만 했는가.

그것은 누군가가 스바루를 죽이려 획책해 한 번만이 아니라 두 번이나 목숨을 앗아갔기 때문이다. 태연한 낯짝 뒤에 살의를 숨기고 감쪽같이 계획을 실행한 살인자가 있기 때문이다.

——그리고 그 용의자는 자연히 탑 안에 있는 '누군가' 로 압축되지 않는가.

——거기까지 알고 있으면 해결법도 쉽게 찾을 수 있지 않은가.

——누군가가 스바루를 죽이려 한다면, 그보다 먼저, 상대를.

"——죽여 주마."

『사망귀환』을 통해 사건을 미리 안다, 그것이 나츠키 스바루의 이점이다.

살인자가 어떤 계획을 짜낼지라도 자신의 살의가 이미 스바루에게 알려졌다고는 생각도 못하리라. 살인자의 계획은 처음부터 파탄이 나 있다.

"히히."

흉소(凶笑)를 지으며 스바루는 기사회생의 계시를 얻었다고 주먹을 쥐었다.

그렇게 되면 쓸데없이 시간을 낭비할 수 없다. 결론에 따라 스바루는 날래게 움직이기 시작했다. 숨을 죽이고, 4층에 이어지는 길고 긴 나선 계단에 발을 올렸다.

도망치기 위해서 뛰어 내려갔을 때, 스바루는 이 나선 계단이 무서워서 견딜 수 없었다. 그런데 지금, 살기 위해서 밟는 계단은 어찌나 사랑스러운지.

"누가 적인지 모르겠지만……."

──본때를 보여 주마.

나츠키 스바루는 거무칙칙한 감정에 몸을 태우며 흉소를 띠고 위층으로 향했다. 그 발길이 가는 곳에 자신을 죽인 상대를 내몰 어두운 희망을 품고.

"죽인다, 죽인다, 죽여 주마. 기필코, 죽여, 주마……."

뻐걱거리듯이, 입술에서 쉴 새 없이 저주가 흘러나왔다.

언령에 힘이 깃든다면, 내뱉은 저주들이 나츠키 스바루의 복수에 힘을 빌려줄 것이다. 죽인다고 살의를 입에 담을 때마다 온몸에 힘이 솟는 느낌마저 들었다.

"죽인다, 죽인다, 죽인다, 죽인다, 죽인다, 죽인다……."

중얼대면서 코를 실룩거렸다. 희미하게 감도는, 지하에서 죽도록 맛본 그 악취. 지하에서 벗어난 지금도 그 냄새를 느끼는 것은, 혹여 그 냄새가 스바루 내부를 채웠다는 증거일까.

빛과 색이 돌아와 시각을 되찾은 지금도, 콧구멍 속에 파고드는 악취가 가슴을 태운다. 그 작열이 자기 자신의 원수를 갚고자 움직이는 다리에 힘을 선사해 주고 있었다.

몇 시간이나 모래 바다의 지하를 헤매며 체력을 소모한 머리가 무겁다. 사고가 둔화되었다. 그 사실을, 이정표의 악취와 살의의 저주가 잊게 해 주었다.

"죽인다. 죽인다. 죽인다. 죽인다. 죽인다……."

몸을 지키기 위해 죽인다. 그러지 않으면 녀석들이 스바루를 죽이려 든다.

죽이고 싶은 것이 아니라, 죽여야만 한다.

──죽고 싶지 않으니까, 살아남기 위해서 죽여야만 하는 것이다.

그렇기에 제일 처음에 눈에 든 상대를 망설이지 없이 죽인다. 그렇게 마음먹고 계단을 올라갔다. 저주를 쌓아서 4층에 이르렀다. 기억을 잃은 스바루의, 시작의 장소에.

그리고──.

"──하."

──머리가 깨진 샤울라가, 보기에도 끔찍한 모습으로 엎어진 모습을 발견했다.

4

샤울라의 주검은 눈을 가리고 싶어질 만큼 처참한 상태였다.

묶어 두었던 긴 흑발이 풀려서 바닥을 메우듯이 펼쳐졌다. 팔 다리는 힘없이 내던져졌지만, 두 팔이 팔꿈치와 손목에서 절단 당해 아랫부분이 눈에 띄지 않았다.

하얗고 건강미가 있던 살결에는 무수한 열상이 나서 어마어마 한 양의 피가 통로에 쏟아져 있었다. 핏자국은 복도 안쪽에서부 터 이어져서 처참한 싸움이 오래도록, 몇 번이나 장소를 바꾸며 이어졌음을 증명했다.

그리고 가장 잔혹한 것이, 생명을 빼앗는 치명타가 된 머리의 외상—— 상처라는 말로는 표현할 수 없다. 왜냐면 일격은 그 녀의 머리를 깨트려 얼굴을 판별할 수 없게 만들었으니까.

있어야 할 얼굴, 짧은 시간에 몇 번이나 보내던 웃음이 스바루 의 뇌리에 스치고——.

"——웨엑."

그 자리에 무릎 꿇고 위장 속을 쏟아냈다.

거의 비어 있던 위장에서 노란 위액이 넘치고 신 감각이 코를 내부에서 태웠다. 이 감각을, 고작 반나절 사이에 몇 번 맛보는 것일까.

몇 번, 이런 경험을 맛보아야만 하는 것일까.

"우웩! 웨에엑, 꾸억, 읍……."

토악질만이 아니라 눈물까지 넘쳐 나왔다. 토사물을 뒤집어쓴 샤울라의 주검을 불쌍히 여겨 줄 여유도 없다. 그저, 여자가 죽은 광경을 머리에 새기고 있었다.

──사람의, 죽음을, 처음으로 목도했다.

"하아, 하아, 하아……."

스바루는 사람의 시체를 태어나서 처음 봤다.

많은 경우, 인생에서 처음으로 보는 시체는 나이가 있는 친족일 것이다. 하지만 스바루의 조부모는 친가도 외가도 건재해서, 친족 간의 장례식에 출석한 경험은 한 번도 없었다.

그 외의 장면에도 사람의 죽음이라는 현장과 맞닥뜨릴 기회는 한 번도 없고── 그래서 스바루에게 샤울라의 주검은 처음으로 보는 타인의 '죽음' 이었다.

그 사실이 초래한 충격은 생각 외로 크다. 영혼에 새겨져서 떼어낼 수 없다.

사람이란 이렇게나 잔혹하게, 누군가에게 목숨을 빼앗길 수 있다고.

"나도, 그런가……."

필사적인 구토를 마친 스바루가 가쁜 호흡과 함께 중얼거렸다.

나선 계단 위에서 떠밀려 까마득히 아래의 지면에 떨어진 스바루. 그 시체도 필시 두 눈 뜨고 볼 수 없을 만큼 처참한 살덩어리로 전락했을 터다. 자기가 자기 시체를 볼 기회는 없었지만, 그 사실에 심히 안도했다.

만약 자신의 죽음을 이 눈으로 지켜볼 기회가 있다면, 감히 제정신으로 있을 수 없으리라.

자신의 죽음을 자각하기만 해도 마음은 터지고 영혼이 바스러지는 감각을 맛보거늘.

"어쨌든……."

스바루는 머리가 없는 시체에서 눈을 떼고 샤울라의 죽음을 애도했다. 그와 동시에, 이 탑 안에 무시무시한 내환이 잠복해 있다는 사실에 확신을 얻었다.

샤울라는 살해당했다. ──스바루를 죽인 자와 같은 살인자의 손에.

"샤울라는, 범인이 아니었다 이건가."

용의자를 추려낼 방법이 없었지만, 이로써 저절로 범인 후보가 한 명 줄었다.

남아 있는 게 에밀리아, 베아트리스, 람, 에키드나, 율리우스, 메일리까지 여섯 명. 이 중 누군가가 범인이라고 생각하면 이야기는 빠르다.

일곱 명 죽여야만 안녕을 얻을 수 있었던 것이, 여섯 명 죽이면 된다는 걸 알게 되어 편해진다.

죽이려 드는 범인을 죽이고, 죽이려 들지도 모르는 용의자를 죽이면, 탑 안에 홀로 남은 스바루만이 누구에게도 위협받지 않는 '고독'을 탐닉할 수 있다.

"그런 의미로는, 람과 에키드나가 방해되는군……. 율리우스 녀석도, 나와 무관한 곳에서 죽어 주면 고맙겠는데."

어린아이인 베아트리스와 메일리는 죽이기에 썩 어렵지 않을 것이다.

에밀리아나 죽어 버렸지만 샤울라도 스바루에게 경계심이 희
박하다는 의미로는 기습이 손쉬웠을 터다. 하지만 스바루에게
반항적인 람과 약아 빠진 에키드나는 기습하기 어려운 인상이 있
었다. 남자에다 검을 차고 있는 율리우스는 더더욱 그렇다.

　물론 스바루는 검도를 한 적이 있었기에 그 검을 빼앗으면 상
황은 역전될 테지만.

　남은 것은――.

　"――위에 있는, 그 개자식."

　높고 긴 계단 위, 시험관이라는 명목으로 눌러앉은 빨강 머리
남자의 존재에 온몸이 떨었다. 그 남자의 배제를 생각하기만 해
도 그것은 불가능하다고 스바루의 영혼이 울부짖었다.

　그건 예외, 그건 별개, 섭리 밖에서 살고 있는 간섭불가 초월
자다.

　유일하게 구원이 있다면, 그 남자가 스바루를 떠민 존재라고
는 생각하기 어렵다는 점. 그자라면 그까짓 하찮은 방법은 쓰지
않을 거라는, 부정적인 신뢰가 있었다.

　"―――."

　거기까지만 생각하고 입가를 훔친 스바루는 일어나서 샤울라
의 시체 위를 넘어갔다.

　매장할 시간은 없다. 추모할 말도 모른다. 하지만 욕보일 이유
도 없었다.

　샤울라는 죽었다. 죽은 자는 이미 스바루에게 적이 아니다. 죽
은 자만이 스바루를 위협하지 않는 아군이었다. 그렇게나 무섭

던 '죽음'만이 구원이었다.

　샤울라를 넘어서 나아간 곳, 4층 통로에는 싸운 흔적이 짙게 남아 있었다. 재질을 알 수 없는 벽과 바닥에 흠집이 있고, 샤울라의 것으로 짐작되는 유혈을 이곳저곳에서 찾아볼 수 있었다. 그것들을 따라가면서 따라간 곳에 있을 존재에게 들키지 않겠다고 숨을 죽이고, 발소리를 죽이고 나아갔다.

　4층에 오를 때까지, 저주로 축적된 증오가 오감을 예민하게 세웠다. 귀가 아플 정도의 정적 속, 아무리 사소한 이변도 놓치지 않겠다고 곤두세웠다.

　샤울라의 죽음을 보았다. 하지만 살의는 사그라지지 않았다.

　처음에 발견한 상대를 찌르고, 후벼서, 목숨을 빼앗겠다는 각오가 있다.

　그런데——.

　"——————."

　——모퉁이를 돈 곳에서 에키드나의 시체를 발견하고, 스바루는 자신의 각오가 이 지옥에서 대체 얼마나 쓸모가 있는지 하나도 알 수 없어졌다.

5

　——에키드나의 주검은 왼쪽 어깨부터 오른쪽 옆구리에 걸쳐 싹둑 잘려 있었다.

　"——————."

——람의 주검은 뒤에서 몸통이 날아간 듯 가슴 아래에 구멍이 뻥 뚫려 있었다.

"＿＿＿＿."

——율리우스의 주검은 온몸에 어마어마한 상처를 입어 가장 처참한 몰골이었다.

"＿＿＿＿."

——메일리의 주검은 율리우스가 감싼 뒤에서 평온한 치명상으로 죽어 있었다.

구토했다.

시체를 볼 때마다, 나츠키 스바루는 헤아릴 수 없을 만큼 구토했다.

시체, 시체, 시체, 시체, 시체다.

시체가 있었다. 시체만이 있었다. 시체만이 나뒹굴고 있었다.

에키드나의 시체는 커다란 날붙이로 베인 것이었다. 쓰러진 람의 표정은 증오로 일그러져 그 마지막 순간까지 죽음에 저항하려 하고 있었다. 율리우스가 입은 상처는, 살인자와 마지막 순간까지 싸우며 등 뒤의 소녀를 지키려던 결과일 것이다. 그런 마음도 헛되이 살해당한 메일리는, 왜 편안한 얼굴로 죽었는지 이해하기 어려웠다.

그녀들의 주검에는 하얀 천이 덮여 있었다. 샤울라 외 네 사람의 주검에는 그 죽음을 애도하는 흔적이 보였다. 그런 당연한 배려가 너무나 비정상이었다.

——모든 것이 이해력의 바깥에 있었다. 나츠키 스바루는, 지옥에 있었다.

"에밀리아와, 베아트리스……."

발견한 시체는 다섯, 발견되지 않은 용의자는 둘. ——그 두 명 중 한쪽이거나, 아니면 두 명이 공모해서 이 지옥을 만들어냈다는 말인가.

애초에 이 지옥은 언제 시작되고, 언제 끝난 것인가.

"피는……."

현장 검증의 지식이야 없지만, 죽은 이들이 흘린 피는 말라 있었다.

그 누구도 편한 죽음을 맞이하지 못한 자들. 그 죽음의 순간에 흘린 대량의 피가 마르려면, 몇 시간부터 십여 시간이 필요해지지 않을까. 그렇다면 이들이 살해당한 뒤로 그만한 시간이 지났다는 뜻이 된다.

도대체, 스바루는 사막의 지하를 얼마나 헤맸던 말인가.

"——아."

"_____."

에밀리아와 베아트리스를 찾아 본 적이 있는 방에 들어간 순간, 스바루는 눈을 부릅떴다.

식물에 뒤덮인 녹색의 방, 그 안쪽에서 거체를 웅크린 검은 도마뱀과 눈이 마주쳤다. 스바루가 탑에 돌아온 이후로 처음 보는, 살아 있는 존재——.

"그게, 도마뱀이냐……."

하나같이 기대를 배신하는 현실에 스바루는 메마른 기분으로 혀를 찼다.

에밀리아나 베아트리스의 시체를 발견하는 것이 가장 이상적이었다. 의미를 알 수 없는 현실은 변함없지만, 하다못해 스바루의 마음에 최소한의 안녕은 얻을 수 있었을 것이다.

그조차 이루어지지 않아 스바루는 바로 녹색 방에서 퇴거했다. 도마뱀 외에 아무도 없는 방 따위 아무 용무도 없다. 그런데──.

"따라오지 마!"

방을 나선 스바루 뒤로, 불쑥 일어선 도마뱀이 따라왔다.

말만 한 거체의 위압감, 날카로운 발톱과 이빨의 존재도 경계하기에는 충분하기 그지없어서 스바루는 폭발할 곳을 잃은 분노가 가는 대로 도마뱀을 매섭게 노려보았다.

"너랑 놀고 있을 짬은 없다고! 이 탑에서, 살아남아 있는 놈을 쳐 죽여야 해! 네가, 나를 방해하겠다면……!"

말하면서 쳐든 것은 율리우스의 시체 옆에서 주운 부러진 기사검이었다. 칼날은 3분의 2가 되었지만 그래도 흉기로서는 충분히 기능한다.

그러나 도마뱀은 부러진 검을 쳐든 스바루를 고요한 눈으로 응시하며 움직이지 않았다.

"으……."

흉기를 아랑곳하지 않는 태도, 그것이 스바루의 약한 마음을 비웃는 것 같아서 기가 죽었다. 그리고 마음이 약해진 사실을 숨기듯이 외쳤다.

"──이 자식, 까불지 마!"

폭발한 스바루가 부러진 검을 도마뱀의 목덜미에 후려쳤다.

이가 나간 날 끝이 비늘을 깨고, 희미한 저항 뒤에 그 속의 살을 찔렀다. 꺼림칙한 손맛이 남고 도마뱀의 몸에서 붉은 피가 흘렀다. 칼날이, 제법 깊이 박혔다.

"자, 어떠……냐……."

"──────."

난생처음 생물을 상처 입혔다는 흥분, 그것이 즉각 안개처럼 사라졌다.

이유는, 도마뱀의 눈이었다. ──찔리기 전과 변함없이 스바루를 바라보는 고요한 눈. 도마뱀은 깊숙이 꽂힌 검에 눈길도 주지 않고 나츠키 스바루의 소행을 보고 있었다.

감정을 알 수 없는 파충류의 눈이었다. 그러나 그 눈이 나츠키 스바루를 규탄하고 있었다.

"젠장…… 젠장, 젠장젠장젠장! 뭐야, 대체 뭐냐고!"

"──────."

"너도, 너 외의 놈들도, 시체도! 살아 있는 놈도! 살았는지 죽었는지 모를 놈들도! 도대체 뭘 생각하고, 어떻게 되어 먹은 거야?!"

스바루는 머리를 쥐어뜯고 뒤죽박죽이 되는 감정이 가는 대로 도마뱀에게 부르짖었다.

죽은 자밖에 없는 탑 안을 헤매다가, 아무것도 보이지 않는 지하의 암흑을 헤매다가, 앞뒤도 알 수 없는 이세계를 헤매다가,

헤매고 헤매면서 쌓인 울분을 폭발시켰다.

"나를 죽이겠다는 녀석은 이놈이든 저놈이든 다 죽여 주겠어! 나를 의지하겠다는 녀석은, 이놈이든 저놈이든 다 떠밀어 내 주겠어! 착각하지 마! 우쭐대지 마! 멋대로, 허물없이 굴어 대긴…… 어처구니없다고!"

"_____."

"너희 따위 누구든 신경 쓸 것 같냐! 너희가 무슨 생각을 하고 있는지, 그게 누구든 신경 쓸 것 같냐고! 다들 똑같이, 자기 사정을 떠넘기긴……! 너희가 자기 문제로 한계라면! 나도, 내 문제로 빠듯하단 말이야!"

고함과 아우성을 터트리던 스바루는 어느덧 눈물을 흘리며 그 자리에 무릎을 꿇고 있었다.

정면의 도마뱀은 아무 말도 하지 않은 채 어깨를 들썩이며 가쁘게 숨을 쉬는 스바루를 보고 있었다. 스바루는 그런 도마뱀의 눈을 마주 보지 못하고 쭈그러서 바닥에 이마를 붙였다.

"나 같은 녀석은, 그냥 내버려 둬……. 외톨이로 있게, 못 본 척하라고……."

목에서 쥐어짜 내는 울음소리가 고요한 통로에 공허하게 울렸다.

무릎 꿇고 애원한다. 용서를 청하듯이, 구원을 바라듯이, 신에 매달리듯이.

이 사방이 꽉 막힌 상황에서 해방해 달라고, 세계 그 자체에 간곡히 기도했다.

그리고, 그런 스바루의 소원은——.

"——어."

탑 전체를 흔드는 것만 같은 진동과 함께 나타난, 무수한 검은 손에 의해 이루어졌다.

6

처음에 그걸 눈치챈 것은 얄궂게도 바닥에 무릎을 꿇고 있었기 때문이었다.

처음에는 조용히, 그러나 점차 뚜렷하게 어마어마한 기세로 스바루와 도마뱀에게로 육박하던 그것은—— 잠시 후 4층 바닥을 뚫고 거무칙칙한 아지랑이를 통로에 채우기 시작했다.

"어——."

아지랑이는 바닥을 날려 버리고 충격과 분진을 뿌리면서 통로의 바닥을, 벽을, 천장을 유린했다. 그런데도 아지랑이는 여전히 사냥감을 찾아서 탐욕스럽게 사방에 미쳐 날뛰었다. 그것은 마치 닥치는 대로 모든 것을 빼앗고자 하는 끔찍한 정념의 결실 같았다.

——뇌리에, 스바루를 바라보던 검은 여자의 존재가 스쳤다.

"————."

새까만 신부 차림을 하고, 스바루의 심장을 철저하게 학대하던 검은 여자. 공포를 새긴 그 그림자의 베일과, 눈앞에서 넘실대는 검은 아지랑이는 많이 비슷하게 느껴졌다.

그것이 통로를 유린하고 스바루를——아니, 스바루를 데리고 도망치는 도마뱀을 맹추격했다.

"너……!"

맨 처음, 바닥을 뚫은 순간부터였다. 아지랑이는 처음부터 스바루를 노리고 있었다. 무릎 꿇고 움직이지 못하는 스바루는 그 처음 순간에 아지랑이에게 송두리째 잡아먹혔어야 했다.

그랬을 것을, 도마뱀에게 구원받았다. 도마뱀은 스바루의 어깻죽지를 이빨에 걸어 그대로 억지로 몸을 들고 날아서 밀어닥치는 그림자의 맹공으로부터 스바루를 떼어놓으려 했다.

그 속도에 숨을 집어삼키고, 그 이상으로 기세를 더하는 검은 그림자의 존재에 온몸의 피가 얼어붙었다.

본능이 이해한다. 저 그림자에 삼켜지는 것은 '죽음'보다 두려운 결말을 의미한다고.

"카악——."

달리는 도마뱀의 목에 매달리며 어깨에 박힌 이빨을 더욱 밀어 넣었다. 이 순간의 아픔이나 도마뱀에 대한 불신감은, 저 그림자가 주는 공포와는 비교가 되지 않았다.

"나, 나선 계단까지……."

스바루를 단 채로 그림자에게 쫓기는 도마뱀이 통로를 내달렸다. 갑자기 시야가 트이자마자, 눈 아래에 펼쳐진 광경에 스바루는 눈을 크게 떴다.

기어 올라온 직후의, 그 거대한 나선 계단——아래 계층부터 100미터 가까운 높이가 있는 공간이 방대한 양의 검은 그림자에 삼켜져 그 형상을 잃었던 것이다.

즉, 검은 그림자는 이미 탑의 하부를 대부분 집어삼켜 그 안에 빠트렸다.

도망칠 곳은 어디에도 없다. ──한순간, 스바루는 자살이라는 가능성을 머리에 띠웠다.

"──────."

저 그림자에 먹히는 것은 '죽음'보다 두려운 종언을 의미한다. 그렇다면 차라리 스스로 목숨을 버리는 편이 낫지 않은가. 왜냐면, 스바루는 죽는다고 해도──.

"싫어⋯⋯."

하지만 스바루는 그 선택지를 전적으로 거절했다.

『사망귀환』할 가능성이 있음에도 자살을 선택할 수 없다. 만일 자살을 선택했다가 그게 마지막이 된다면. 두 번 다시 재시작할 수 없을지도 모르는데 생명을 리셋할 수 있겠는가.

애초에 왜 자신이 죽어야만 한다는 말인가.

나쁜 짓이라곤 아무것도 하지 않았는데, 왜 스바루가 죽어야만 한단 말인가.

"싫어! 죽기 싫어!"

부끄러움도 체면도 없이, 스바루는 울부짖었다.

그러나 그 소원을 들을 인간은 탑 안에 한 명도 없다. 죽은 이와 행방불명된 이밖에 없다.

──그렇기에 칠흑의 도마뱀만이 그 애원에 부응했다.

"카악──."

스바루의 절망을 들은 도마뱀이 그 외견에서 상상이 가지 않는 목소리로 날카롭게 울었다. 그리고 검은 아지랑이에 뒤덮인 세계에 정면으로 반역을 개시했다.

　재빠르게 반전해서 밀어닥치는 그림자 틈새로 거구를 쑤셔 넣는다. 좁은 공간, 통로의 벽에 비늘이 긁히면서도 도마뱀은 죽음 속의 생로를 찾아 목숨 걸고 달렸다.

　살기 위해서. ——아니, 죽기 싫다고 외친 스바루를 구하기 위해서다.

　"너……."

　스바루는 맹렬한 기세로 흔들리면서도 믿기지 않는다는 눈으로 도마뱀을 보았다. 감정이 보이지 않는 옆얼굴에, 유일하게 노란 눈동자만이 격정을 띠고 있었다.

　흘러넘치는 아지랑이에 짓눌려 탑의 벽이, 통로가 파쇄되어 간다. 도마뱀은 말 그대로 길 없는 길을 밟고 넘으면서 그림자가 닿지 않는 장소를 찾아 온 힘을 다해, 목숨 걸고 달렸다.

　"카악——."

　욱신욱신, 어깨에 박힌 이빨에서 아픔이 퍼진다. 하지만 그 이상으로 스바루의 의식을 태운 것은 도마뱀의 입안에서 넘치는 피——. 그림자에 쫓기면서 그 전부를 피한 것은 아니다. 도마뱀의 몸은 그림자가 이곳저곳을 도려내어 지독한 몰골이었다.

　그럼에도 불구하고 스바루의 상처는 최소한. 이유는 명쾌하다.

　도마뱀이, 결코 그림자의 맹위가 스바루에게 닿지 않도록 자기 몸을 희생하고 있기 때문이다.

"──으, 아?!"

그 사실에 스바루가 얼굴을 굳히고, 동시에 도마뱀의 이빨에 힘이 들어갔다. 도마뱀은 입에 힘을 주고 그 길쭉한 목을 틀어서 스바루의 몸을 흔들었다.

그 직후, 어깨에서 이빨이 슥 빠져 날카로운 아픔과 동시에 스바루의 몸이 내던져졌다.

"─────."

천천히, 세상이 슬로 모션처럼 완만하게 전개된다.

앞도 뒤도, 넘치는 그림자에 길이 막혀서 도망칠 곳을 잃었을 터인 통로. 그런 가운데, 도마뱀은 벽을 향해서 스바루를 던지고── 충돌해야 했을 벽이 그냥 통과했다.

원리는 알 수 없다. 갑작스러운 사태였다. 벽은 벽이 아니고, 그렇게 보이도록 위장된 것이었던가. 하지만 이 순간, 그런 건 아무래도 좋았다.

사실로서 존재하는 것은, 스바루는 벽을 통과했으며 도마뱀은 통로에 남겨졌다는 것.

그리고──.

"도마뱀──!"

이제 와서 뒤늦게 도마뱀에게 손을 뻗었다. 부조리한 분노에 상처 입고 마음 없는 말로 매도당했는데, 그럼에도 스바루를 구하고자 목숨 걸고 달리던 도마뱀에게로.

그러나 무력한 손끝은 닿지 않는다. 도마뱀의 모습이 밀어닥치는 그림자 속에 삼켜졌다.

'죽음' 보다 두려운 결말이 기다리는 그림자에 도마뱀의 모습이 삼켜져 사라졌다.

 "대체, 뭐야."

 그 말로를 지켜본 직후, 스바루의 몸은 벽을 통과해 그대로 등 뒤로 빠졌다. 세게 등을 찧고 구르던 끝에 위를 보고 누운 스바루의 눈앞에 밤하늘이 펼쳐졌다.

 밤하늘. ──탑 바깥쪽에 설치된, 발코니 같은 공간이었다.

 이런 곳이 있었던가, 하는 감상은 떠오르지 않았다. 그저 생뚱맞게 나타난 하늘을 쳐다보며 스바루의 공허한 마음에 금이 가는 소리를 들었다.

 "대체 뭐야……."

 다시 한번, 같은 말을 중얼거린 스바루. 스바루는 더 이상 아무것도 알 수 없었다.

 그런 스바루의 멍한 시야를 무언가가 느닷없이 가로질렀다. 그것은 밤하늘을 왼쪽에서 오른쪽으로 지나가더니, 발코니 바깥둘레에 내려앉아 그 하얀 날개를 쉬었다.

 한 마리, 하얀 새였다. 커다란 새. 스바루는 그 새를 감정이 없는 눈으로 응시했다.

 "하."

 죽은 용의자, 모습이 보이지 않는 용의자, 목숨 걸고 구해 준 도마뱀, 이런 국면에서 나타난 하얀 새. ──조금씩, 그림자에 삼켜져 사라지는 탑.

 "_____."

종말이 다가드는 감각을 맛보면서 스바루는 몸을 일으켜 하늘로 손을 뻗었다.

도마뱀이 그토록 필사적으로 스바루를 구하려던 것은 알겠다. 알겠지만, 그 마음도 헛되이 끝난다. ——아주 약간, 죽음으로 가는 시간이 연장되었을 뿐으로.

"―――――."

그 연장된 시간을 무의미하게 낭비하던 스바루가 문득 깨달았다.

등 뒤에 기척이 있었다. 새도 아니고, 도마뱀도 아니고, 그림자도 아니다.

살아 있는 누군가의 기척이 바로 뒤에 서 있었다.

"……너는, 뭐야."

뒤돌아볼 여력도 없는 채로, 스바루는 허약한 목소리로 물었다.

그 목소리에 등 뒤에 선 누군가가 희미하게 목을 떨며 웃었다. 들은 적이 없는 목소리로.

"――다음에, 맞춰 보지그래, 영웅."

그 순간, 바람 소리가 들리고 스바루의 시야가 높이 튀어 오르며 빙글빙글 회전했다.

자신의 몸이 지독하게 가볍다. 새처럼 하늘을 날아오르던 중에 깨달았다.

누군가가 뒤에서, 스바루의 목을 쳐서――.

7

"──스바루! 얘, 스바루, 괜찮은 거니?"

날아갔을 목의 접속과, 의식의 전환은 한순간에 끝난 작업이었다.

부드러운 넝쿨 침대 위에서 눈을 뜬 스바루를 맞이한 것은, 아무리 찾아도 보이지 않던 은방울 같은 음성과 그 주인이었다.

"에밀, 리아……."

"스바루…… 다행이다. 눈을 떠 줘서. 엄─청 걱정했었다고."

어렴풋이 눈을 뜬 스바루 앞에 소녀── 에밀리아의 안도한 표정이 있다. 눈을 뜬 스바루의 모습에 가슴을 쓸어내린 그녀가 미소 짓고 있었다.

"────."

그런 에밀리아를 보던 중, 가늘고 매끄러운 목이 유독 눈부셨다.

스바루는 왠지 메마른 감정이 시키는 대로, 살며시 에밀리아의 목에 두 손을 뻗었다. 가는 목은 쉽게 스바루의 두 손 안에 들어갔다.

"──응? 스바루, 왜 그래?"

스바루에게 목을 잡힌 에밀리아가 멍하니 눈을 동그랗게 떴다.

스바루의 행동에 놀라고는 있지만, 거부하려는 움직임을 보이지 않는다. 마음만 먹으면 스바루가 온 힘을 담기만 해도 이 목은 필시 쉽게 부러지고 말 것이다.

목숨이 잡혀 있는데 에밀리아의 반응은 유난히 무뎌서, 아예 그냥——.

"에밀리아, 아무래도 스바루는 잠이 덜 깬 모양인 것이야. 우리에게 걱정을 끼친 것에 비해 느긋하기도 하지."

"으——."

그 순간, 바로 옆에서 날아온 목소리에 스바루는 에밀리아의 목에서 손을 떼었다.

돌아보니 침대 옆에서 짧은 팔로 팔짱을 끼고 기가 막힌다는 기색으로 콧방귀를 뀌고 있는 베아트리스와 눈이 마주쳤다. 그 말에 에밀리아는 "그러네." 하고 쓴웃음과 함께 맞장구쳤다.

"그래도 잠이 덜 깬 수준이라면 훨씬 나아. 더 큰일이 났으면 어쩌지 싶어서…… 쓰러진 스바루를 발견했을 때, 베아트리스도 울 뻔했었잖아."

"하지 않아도 될 부분까지 말할 필요 없는 것이야!"

베아트리스가 얼굴을 붉히고 악의 없는 에밀리아의 발언에 툴툴 화냈다.

그 대화를 주고받는 두 명은, 방금 스바루가 어떤 충동에 사로잡혔었는지 전혀 이해하지 못하고 있다. 그 이전에, 위험한 상황이라는 자각부터 없다.

스바루를 대하는 태도에도 그 점은 여실히 드러나고 있었다.

"——즉, 여기는."

또, 스바루가, 『나츠키 스바루』가 기억을 잃은 직후—— 바꿔 말하자면 나츠키 스바루가 이세계 소환되었다고 인식한 순간,

그 장소로 되돌아온 것이다.

그리고, 그것은 동시에——.

"끽——."

"——! 너……."

희미한 울음소리와 숨결에 스바루는 허둥지둥 고개를 돌려 그 모습을 시야에 넣었다.

녹색의 방 한구석에 예의 바르게 앉아 있는 검은 거구—— 그림자에 삼켜지기 직전까지, 스바루를 위해서 뛰어다닌 도마뱀이, 거기에 유유히 머물러 있었다.

"……어쩐지 석연치 않아. 스바루를 발견한 건 베티랑 에밀리아의 공일 텐데."

"후훗, 토라지지 마. 뭐 어때. 스바루랑 파트라슈, 엄—청 사이좋은데."

등 뒤로 에밀리아와 베아트리스의 그런 대화가 들렸다.

그러나 스바루는 둘의 대화에 반응도 하지 못한 채, 그저 눈앞에 있는 도마뱀의 커다란 몸에 안겨들어 그 존재가 여기에 있음에 감사했다.

——그 장소에서 유일하게 스바루를 상처 입히지 않았던 존재에게 감사하고 있었다.

제4장 『산 자들의 탑』

1

　──생각해라.

　생각하고, 생각하고, 생각하고, 생각하고, 생각해야만 한다.

　다른 누구도 할 수 없는 미래의 답안지 보기, 그리고 그것을 이용한 정답의 연산. 그것이야말로 『사망귀환』의 진수라고 자기 자신을 단단히 타이르며 사고회로를 돌렸다.

　"_____."

　단단하고 꺼끌거리는 비늘의 감촉을 온몸으로 껴안으면서 나츠키 스바루는 고찰했다.

　자신의 신변에 일어났던 사건, 탑 안에서 도대체 무슨 일이 일어나려는지, 자신을 죽이려는 인간, 자신 외의 누군가를 죽이려는 인간, 적과, 아군의 구별──.

　"스바루, 이쪽을 봐. 슬슬 진정되지 않은 것이야?"

　문득, 뒤엉킨 사고의 뒤통수에 닿는 목소리에 스바루는 느릿느릿 뒤돌아보았다. 쳐다보니 말을 걸어온 것은 넝쿨 침대에 앉아 있는 베아트리스였다.

언짢은 표정의 소녀는 나란히 앉은 에밀리아와 손을 잡고 다리를 흔들면서 스바루를 노려보고 있다. ──그 시선에, 희미하게 뺨이 굳었다.

아주 약간이라도, 타인에게서 어두운 감정을 받는 데 공포를 느끼고──.

"요 녀석, 베아트리스. 그런 식으로 말하면 못 쓰잖니. 스바루도 자다 깨서 놀라서 그래. 파트라슈에게 어리광부리는 것쯤은 용서해 줘야지."

"딱히 화내는 건 아니야. 그냥 석연찮을 뿐인 것이야. ……스바루를 걱정하던 건 베티랑 에밀리아도 마찬가지고 그 지룡만이 특별한 게 아니라고."

"후훗, 그렇네. 걱정 끼친 건 사실이지."

눈썹을 내린 에밀리아가 뾰로통한 베아트리스의 머리를 쓰다듬고 스바루를 쳐다보았다. 그 남보라색 눈에 깃든 친애가, 스바루의 가슴을 달콤하게 찔렀다.

동시에 솟구치는 초조감은, 스바루에게 잊어서는 안 될 사항을 상기시켰다.

착각해서는 안 된다. 여기서 바라는 사람은 『나츠키 스바루』라는 사실을.

그리고 그 무거운 짐을 끝까지 질 수 없다고 불안에 쫓기던 사실을.

하지만, 그래도──.

"──어, 음, 걱정 끼쳐서 잘못했어. 미안, 무지 사과할게. 왠

지, 잠이 덜 깨서 여자아이에게 안겨든다는 것도 내 캐릭터가
아니니, 이것도 쑥스러워서 하는 행동인 걸로."

스바루는 굳어 버린 뺨을 부드럽게 풀어 이완된 웃음을 띠고 대
답했다. 그 말에 에밀리아와 베아트리스는 얼굴을 마주 보았다.

"하지만 파트라슈도 여자아이잖니?"

"으에?! 아니, 그 왜, 파트라슈는 특별 대우라고 할까, 그런
대상과는 다른 인연을 맺은 상대라고 할까, 시드 대우로 무조건
2회전 진출이라고 할까."

"으, 그 말은 듣고 넘길 수 없는 것이야. 그런 식으로 그 지룡
만 특별 대우받는 건 수긍할 수 없어. 해명을 요구하겠어."

"같은 수준에서 싸우려 하지 마라! 그, 지룡……하고!"

베아트리스가 더더욱 불만스러운 표정을 짓기 시작하자 스바
루는 둘의 반응을 신중하게 엿보면서 대답했다. 그 답변에 둘은
별다른 어색함을 느끼지 않은 눈치다.

스바루는 그 사실에 안도하면서 목덜미를 쓰다듬고 있던 도마
뱀── 아니, 파트라슈 쪽을 돌아보고 끄덕였다.

"……정말로, 너만은 특별 대우지, 파트라슈."

"───."

작게 목을 그렁거리고 눈을 감은, 검은 지룡의 머리에 스바루
는 이마를 맞대었다.

"저기, 스바루. 정말로 몸 상태는 괜찮니?"

"──아아. 괜찮아, 괜찮아. 노프라블럼이야. 걱정 끼쳐서 미

안해. 아마 피로가 쌓였던 거겠지. 버티다가 픽 곯아떨어지는 거야 흔한 이야기니까."

"그래······. 하지만 지쳤으면 꼭 말해야 한다? 무리는 금물이니까."

스바루가 가볍게 어깨를 돌리면서 활발하게 대답하자 에밀리아가 다짐을 받았다. 그 말에 "알겠습니다, 대장님." 하고 익살스럽게 대꾸하면서 스바루의 사고는 풀 회전하고 있었다.

현재, 스바루는 에밀리아와 베아트리스에 이끌려 탑 4층을 걷고 있다. 가는 곳은 거점이 되는 방으로, 아침 식사를 위해서 모이는 것이 목적──. 즉, 아무렇지도 않은 아침의 한 장면이다.

──왜냐하면 이번에 스바루는 에밀리아와 베아트리스에게 기억 상실을 고백하지 않았으므로.

『녹색 방』에서 파트라슈와의 재회를 기뻐한 것도 잠시, 스바루는 이 꽉 막힌 상황을 타파하기 위해 한번 작전을 짤 각오를 했다. 여태까지와 다른 루트를 검증하는 것이다.

기억 상실을 숨긴 것도 그 일환── 에밀리아와 베아트리스의 눈치를 꼼꼼히 관찰하면서 이들이 알아채지 못하게 『나츠키 스바루』 행세를 한다.

그러면서 이 탑에서 무슨 일이 일어났는지를 파악해 살인자의 정체를 밝혀내는 것이다.

"꽤 아슬아슬한 작전인 건 확실하지만······."

이걸로 위장할 대상이 진짜 타인이라면 이만저만 무모한 작전이 아닐 것이다. 하지만 스바루가 위장할 상대는 『나츠키 스바루』──그 근간은 이세계라도 다를 바 없다.

그렇다면 분명히 위장할 수 있다. 남은 건 관계성을 주의하며 자기 자신을 연기하는 것뿐.

"우선, 기억 상실이 살인의 방아쇠인지를 확인한다."

여태까지 두 번, 스바루는 탑의 나선 계단에서 떠밀려 살해당했다. 떠올리는 것도 씁쓸한 기억이지만, 그건 살인자가 있다는 증거. 문제는 그 동기다.

살인자는 왜 스바루를 죽이는가. 그것은 기억의 유무와 관계가 있는가.

"솔직히 기억하면 불편한 점이 있으니까 죽인다……는 가능성은 추측할 수 있어도, 무언가를 잊었으니까 살해당한다는 건 생각하기 어려운 느낌이 들지만……."

"──스바루, 또 미간에 주름이 잡혔어."

"흐에."

생각에 잠긴 이마를 별안간 손가락이 찔러서 스바루는 의식이 현실로 되돌아왔다. 손가락을 찌른 사람은 뒤돌아서 스바루 앞에 선 에밀리아였다.

살짝 토라진 듯한 에밀리아의 표정과 손가락의 감촉에 스바루는 숨을 집어삼켰다.

여태까지도 하던 생각이지만 에밀리아의 거리감은 스바루에게는 조금 자극이 세다. 이번의 스바루는 깨어나서 그녀의 목에 손을 대는 폭거도 저질렀는데 아무 말도 없었다.

"대체 어떡하면 이 아이랑 이런 거리감이 되는 거야……."

기억을 잃기 전의 스바루가 모르는 사이에 엄청난 플레이보이가 된 것인가. 아니면 에밀리아는 그 무섭도록 단정한 외견과 반대로 이상하게 붙임성이 있을지도 모른다. 아마 사랑받으며 자랐으니까, 누구에게도 벽을 느끼지 않는 것이리라.

고생을 모르고 곱게 자란 처녀라고 가정하면 그 거리감도 이해할 수 있다. ──혹은, 그마저도 시늉에 불과하고 마음속에 음침한 어둠을 숨기고 있을 가능성도 있었다.

"──────."

지금, 함께 있는 에밀리아와 베아트리스 두 명은 지난번 탑의 참극 속에서 시체를 보지 못한 소수의 두 명이며, 가장 경계해야 할 용의자라고 해도 지장이 없다.

물론, 스바루의 목을 친 수수께끼의 인물은 목소리로 보아서 에밀리아도 베아트리스도 아니었다. 하지만 그 제3의 인물과 두 명이 공범이 아니라고는 단정할 수 없다.

『──다음에, 맞춰 보지그래, 영웅.』

그 인물과 공모해서 두 명이 탑의 전원을 죽였을 가능성은──.

"바루스, 멍 때리고 있지 말고 물 긷는 것 정도는 도와."

"어차차, 미안해."

또다시 생각에 빠져 있을 때 옆에서 목소리가 날아왔다. 당황해서 쳐다보니 수상쩍은 눈으로 스바루를 보고 있는 건, 연홍빛 눈을 가늘게 뜬 람이다.

모두가 모인 거점의 방에서 아침 식사 준비를 진행하는 람은 합류한 스바루의 손에 양동이를 떠넘기고, 그대로 가만히 얼굴을 응시하다가 말했다.

"······에밀리아 님께 들었지만, 위의 서고에서 자고 있었던 모양이네. 너무 바보 같은 짓을 하는 건 그만둬. 주위에 민폐니까."

"그래, 반성하고 있어. 너에게도 걱정 끼쳐서 미안하다."

"람이? 바루스를 걱정해? 무엇 때문에?"

"신변을 염려하기 때문 아닐까!"

스바루의 호소에 람은 "핫!" 하고 매몰차게 콧방귀를 뀌고는 냉큼 자신의 작업으로 돌아가고자 뒤돌았다. ──그 가녀린 등에 스바루의 가슴이 들썩거렸다.

"읍."

한순간, 구역질이 치민 것은 뇌리에 새겨진 람의 '최후'가 뒤에서 모종의 공격을 받은 처참한 것이었기 때문이다.

솔직히 죽었던 람과 이 방에서 얼굴을 맞댔을 때, 거센 동요를 얼굴에 드러내지 않고 참아낸 것을 칭찬받고 싶다. 이들이 어색함이 들지 않게 넘어갈 만큼 『나츠키 스바루』를 베낀 현 상황까지 합쳐서 박수갈채를 보내자.

단, 처음에 스바루를 본 람이 어떤 표정을 짓는지만큼은 놓쳐서 못 봤지만.

"으햐~ 좋은 냄새다~! 상쾌한 아침에 호사스러운 밥, 그리고 스승님~!"

반성을 가슴에 품은 스바루의 고막이 다음에 방에 찾아온 시끄러운 목소리를 들었다.

나타난 것은 검은 흑발을 머리 뒤쪽으로 묶고 풍만한 몸을 아낌없이 드러낸 미녀── 머리가 확실하게 몸통과 붙어 있는 샤울라였다.

그녀는 스바루를 밝은 표정으로 보며 강아지같이 기운차게 달려왔다.

"굿모닝이요, 스승님! 어제는 잘 주무셨어요~?"

함박웃음과 함께 말하면서 그 가슴에 끼듯이 스바루의 팔을 껴안는다.

"으……."

"참고로 저는 무지무지 잘 잤어요! 오랜만에 옛날 꿈도 꿨다구요~. 저랑 스승님이랑, 어머니랑 그리고 또……."

"아, 알았다, 알았어. 그 꿈 얘기는 조만간 제대로 들어 줄게. ……너, 오늘 아침의 나를 보고 뭔가 알아채지 못했어?"

"──네? 오늘 아침의 스승님? 평소대로 미남이죠! 프러포즈 400년 기다렸습니다!"

"마음 한번 길게 먹었네……. 아무 문제도 없다면, 상관없다마는."

스바루는 안긴 팔을 풀어내어 샤울라의 과도한 스킨십에서 벗어났다. 샤울라는 그 행동을 신경 쓰는 기색도 없이, "그래요?" 하고 스바루의 대답에 흐뭇해했다.

그 뒤에는 하품 섞인 메일리와, 더 늦게 에키드나와 율리우스가 거점에 들어왔다. 에키드나── 아직 사정을 털어놓지 않았기에, 아나스타시아로서 취급받는 호칭에 주의하던 스바루는, 그 순간 깨달았다.

"_____."

에키드나 뒤를 따라오는 율리우스가, 스바루를 알아채자마자 그 얼굴이 굳었다. 그리고 그는 시선을 피해 말수 적게 스바루와 거리를 벌렸다.

그 극단적인 반응을 본 스바루는 조용히 입술을 축이고 말했다.

"——샤울라, 부탁이 좀 있어."

상에 놓는 아침밥에 눈을 빛내던 샤울라에게.

부자연스러운 태도를 보인 남자, 율리우스를 경계하는 시선을 떼지 않은 채로.

2

——아침 식사 시간은, 에키드나＝아나스타시아의 설명회로 시작되고 끝났다.

스바루는 놀라는 다른 사람들의 반응을 흘긋대고, 자기도 금시초문이라는 표정을 지으면서 '기억 상실'의 화제가 없을 경우, 이런 전개가 되느냐고 감탄하고 있었다.

이미 이 아침도 네 번째가 되는데도 불구하고 스바루는 자신의 『사망귀환』의 특성을 거의 파악하지 못하고 있다. 상황에 휘둘리기만 하다가 겨우 다소나마 침착함을 되찾은 것도, 새로운 행동을 시작할 수 있던 것도 이번 회차부터다.

아마, 스바루의 『사망귀환』도 많은 타임 리프물의 정석에서 벗어나지 않아 스바루가 일으킨 행동을 빼고 세계는 기본적으로 같은 흐름을 따라간다고 짐작된다. 지난번과 달리 기억 상실 이야기를 하지 않은 이번에 화제의 중심이 에키드나가 된 것도 당연하다.

이것으로 알 수 있는 건, 상황을 극적으로 바꾸기 위해서는 스바루의 행동이 꼭 필요하다는 점. ——운명은, 스바루가 적극적으로 행동해야만 바꿀 수 있는 것이다.

그렇기에——.

"어젯밤 일로 대화를 나누고 싶어. 너랑, 일대일로 단둘이."

"————."

그런 말을 들은 율리우스의 반응은 상상 이상이었다.

아침 식사와 대화가 끝나고, 각자 다음 계층의 공략을 위해서 잠시 휴식을 취하려는 와중에, 스바루는 율리우스를 불러 세워 그렇게 말을 건넸다.

스바루의 말에 율리우스의 노란 눈에는 복잡하고도 방대한 감정이 차올랐다. 그 극적인 반응에 스바루는 자신의 추론이 옳다고 더욱 확신했다.

"따라와. 장소를 바꾸자고."

"——알았다."

턱짓한 스바루의 권유에 율리우스가 각오한 표정으로 따라왔다. 그대로 두 사람은 거점에서 벗어나 4층에 있는 적당한 방을 밀담의 장소로 택했다.

당분간 방해꾼이 들어오지만 않으면 된다. 일대일의, 승부의 순간이다.

"일단, 어젯밤 일을 얘기해 볼까."

썩 넓지 않은 방 안, 스바루는 율리우스와 몇 미터 거리를 두고 대치했다.

희미한 긴박감은 있지만, 그 점을 들키고 싶지는 않다. 현재, 유리한 조건은 스바루 쪽이 많을 테지만 그것도 상황에 따라서 쉽게 뒤집힐 수준이다.

애초에 불러낸 내용의 핵심, 어젯밤의 사건은 스바루의 기억에 없는 것이다.

──다만 아마도 어젯밤, 스바루와 율리우스 사이에 서고에서 무언가가 일어났을 터. 그 '무언가'의 결과가 스바루에게서 기억을 빼앗았다고 보고 있었다.

그 때문에 율리우스는 오늘 아침 스바루를 보았을 때 표정이 딱딱해진 거라고.

"어젯밤 일이라. ……그 이야기는 그 자리에서 끝난 거라고 여겼지만, 너는 아니라고?"

"──그래, 아니야. 나는 전혀 하나도 납득하지 못했어."

긴 속눈썹으로 꾸며진 눈을 내리깐 율리우스가 꺼낸 서두에 스바루가 말을 맞추었다.

율리우스의 목소리는 억양을 죽이고, 필요 이상으로 감정을 드러내지 않도록 유의하고 있었다. 하지만 그래서는 이야기가 되지 않는다. 감정적으로 되어 주어야겠다. 그러기 위해서 세게 물어뜯겠다.

그런 스바루의 거친 시비에 율리우스는 조용히 한숨 쉬고 말했다.

"납득이라. 그렇군. 너다운 주장이야. 즉, 내 심정은 뒷전이고 자기 쪽의 문제 해결을 서두르고 싶다고? 그건, 다소 지나치게 이기적이지 않나?"

"그런 얘기를 하고 싶은 게 아냐. 확실히 나는 납득하지 못했지만 너도 납득했다는 낯짝이 아니잖아. 둘이 함께 부글부글 끓는 걸 속에 품고 있는데, '그런 일 없습니다' 하고 태연히 있으란 거냐? 할 수 있겠냐고!"

"——그렇다면, 도대체 달리 무슨 선택지가 있지?"

가는 말이 고와야 오는 말이 곱다. 갈피를 잡을 수 없는 대화라는 사실을 숨기면서 스바루가 도발적인 언동을 거듭하자 율리우스의 목소리에도 서서히 감정이 나타나기 시작했다.

물음의 답변, 어떤 선택지가 있는지 알고 싶은 것은 스바루도 마찬가지다.

어젯밤, 두 사람은 무엇 때문에 말다툼하고, 어떤 답을 내놓았는가. 그리고 그러지 않고 끝날 선택지가 있었다면, 그건 어떤 답을 도출하는 것이었는가.

"내 마음은 어젯밤도 고한 대로다. 그리고 그 이상 할 말도 없어. 너와, 아나스타시아 님…… 에키드나와의 은밀한 관계를 나는 전혀 눈치채지 못했으니까."

"나와, 에키드나의 은밀한 관계……?"

생각하지도 못한 사실이 튀어나와서 이번에는 스바루가 허를 찔렸다.

이상한 이야기였다. 아는 바로, 스바루는 어디까지나 에밀리아가 중심인 집단에 속해 있으며, 율리우스와 에키드나──이 경우, 에키드나의 몸의 본래 임자인 아나스타시아 쪽과는 적대하는 진영이라고 들었다.

하지만 하필이면 그 에키드나와 스바루에게 은밀한 관계가 있었다는 건.

"너에게 악의가 없었던 건 알아. 에키드나와도, 충분하다고는 못하지만 말을 나누었어. 그자는 신용할 수 있어⋯⋯. 아니, 에키드나를 믿는 것 외에 방법은 없지."

"─────."

"아나스타시아 님을 구하려면, 그 가능성을 믿을 수밖에 없어. ⋯⋯되찾아 봤자, 그분이 나를 기억하지 못한다고 해도."

율리우스가 지독하게 메마른 쓸쓸함을 섞으며 눈길을 깔았다.

율리우스가 떠안은 사정, 그것은 스바루도 들었다. 잠자고 있는 람의 여동생이나, 스바루 일행이 돌아오기를 기다리는 많은 사람들과 마찬가지로, 그 또한 다른 사람에게 잊히는 저주를 받았다고.

만약 에키드나가 몸의 주도권을 임자에게 돌려주어도, 그 아나스타시아는 자신의 기사인 율리우스를 기억하지 못할 가능성이 크다.

"그래도 내가 해야 할 일은 변함없어. 네가 도대체 내게서 무슨 말을 듣고 싶었는지는 모르겠지만 이 말만은 다시 한번 전해두지."

"……뭔데."

"제발 부탁한다. ……더 이상, 네 앞에서 나를 비참하게 만들지 말아 다오."

그 나약한 목소리에, 스바루는 순간적으로 대꾸하지 못했다.

그저 지독하게 가슴속이 술렁이는 감각만이 있어서, 스바루는 침묵하고 말았다. 율리우스는 그런 스바루의 반응을 보고 무언가를 체념한 듯이 고개를 저었다.

"아무래도 더 이상은 무익한 대화밖에 되지 않을 것 같군."

그렇게 말한 율리우스는 스바루에게 등을 돌려 방을 나가려 했다. 그렇게 방을 나가기 직전, 율리우스는 딱 한 번 발길을 멈추었다.

그리고 고개를 돌리지 않은 채로 말했다.

"어젯밤 얘기라는 말에 조금 겁냈지. ──네가, 사죄를 입에 담으면 어떡해야 하냐고."

"내가, 사죄하면……."

"그랬다면, 나는 네게 뭐라고 대답했을까. 그것도 이젠 알 수 없는 일이지만."

왠지 모르게 자조하는 어감이 있는 중얼거림을 남기고 율리우스는 방을 나갔다.

스바루는 그 등이 시야에서 사라질 때까지 지켜보다가 길게 숨을 내쉬었다. 어깨에 돌을 얹은 것만 같은 피로가 확 끼치고, 땀이 솟구쳤다.

자신이, 엄청나게 밉살맞은 인간이 된 것 같은 느낌이었다.

"――스승님, 저러면 됐던 건가요?"

그런 율리우스와 엇갈려서 방 안을 엿보던 샤울라가 얼굴을 내밀었다. 그녀의 덤덤한 태도에 스바루는 "하." 하고 어깨에서 힘을 뺐다.

그런 다음 이마에 손에 짚고서 "된 거야." 하고 고개를 저었다.

"눈치를 보니 율리우스는 서고에서 있던 일과는 관계없는 것 같다. ……다만, 또 어제의 나에게 불신감이 심해졌군."

"잘 모르겠지만, 저는 스승님에게 도움이 됐나요?"

"――그래, 도움 됐어. 덕분에 안심하고 율리우스와 마주 설 수 있었어."

"에헤헤헤―. 그러면 다행이죠~. 그럼, 그럼, 그럼, 스승님, 스승님……."

볼을 빨갛게 물들이고 몸을 배배 꼬며 좋아하던 샤울라가 스바루 쪽으로 걸어왔다. 그리고 머뭇머뭇 두 팔을 벌리고 말했다.

"상으로 저를 꼬옥 안아 주시죠."

"그건 싫어."

"어어어?! 너무함다! 스승님, 상이라는 수준에서 일탈하지만 않으면 제가 하는 말 들어준다고 그랬잖아요?!"

"그 소원은, 내 순정을 초월하고 있다……."

스바루는 순정을 이유로 과도한 스킨십을 요구하는 샤울라를 쳐냈다.

그렇지만 샤울라의 존재가 율리우스와의 대치하는 데 보험이 되어 준 것은 확실하다. 대화하는 동안, 만약을 대비해 옆방에 그녀를 숨겨 두었던 것이다.

그녀라면 자세한 사정을 듣지 않아도 협력해 줄 거라고 여겼으며, 지난번에 탑 안에서 처음 발견된 시체인 만큼 스바루 살해의 용의는 가장 희박하다고 여겼기 때문이다.

실제로 샤울라는 자세한 사정을 묻지 않았고, 지금도 신경 쓰는 기색조차 없다.

어쨌든──.

"내게서 기억을 빼앗은 범인은 여전히 알 수 없나……."

율리우스 범인설은 사라지지 않았지만, 수상함은 다른 용의자와 평행선이다. 어젯밤, 스바루와 율리우스 사이에 무슨 일이 있었던 것은 사실이지만, 그것과 기억을 결부 짓기에는 증거가 부족하다. 무엇보다 율리우스의 비탄하는 감정은 자연스러워서 그게 연기라면 두 손 들 수밖에 없다.

에키드나와의 은밀한 관계, 거기에 『나츠키 스바루』의 어떤 의도가 있었는지 모르겠지만, 적어도 스바루가 어젯밤의 자신에게 불신감을 갖기에는 충분했다.

"넌 도대체 뭘 하다가 누구한테 찍힌 거야, 『나츠키 스바루』……."

"아, 스승님! 그럼 있죠, 반대로 제 가슴에 뛰어드는 건 어때요? 제가 스승님을 이 빵빵한 몸으로 허그하겠슴다."

"그 소원, 순정 초월."

"스승님 얌체~!"

모르겠다고 하면, 이 샤울라의 높은 호감도도 수수께끼다.

왜 이렇게까지 스바루를 따르고 있는가. 에밀리아 일행도 이유를 몰라 입맛 맞게 이용하고 있다고 들었지만―― 정말로 그런 것일까.

"―――."

에키드나와의 밀통, 어젯밤의 수상한 행동, 원래 동료들과의 관계―― 대화할 방도가 없는 점까지 감안하면 스바루에게 가장 미지의 존재는 『나츠키 스바루』다.

그는 도대체, 무슨 생각을 하고 있었는가. ――답은, 나올 방도가 없었다.

"막막해졌군……. 잠깐 파트라슈에게로 가 볼까."

"에, 그 지룡한테요? 그 녀석, 저 노려보니까 호감이 안 가는데."

"너, 파트라슈의 악담은 용서 못 한다. 이 세상의 아무나 욕해도 용서받는 세상이 되었다 쳐도 파트라슈의 악담만은 내가 용서 못 해."

"스승님, 그 지룡에게 얼마나 빠진 거래요?!"

스바루의 으름장에 샤울라가 비명을 지르지만, 이것만은 진심에 진심이다.

지난 회차, 파트라슈가 목숨 걸고 구해준 것은 잊을 수 없다. 지금 스바루에게 최대의 아군은 틀림없이 그녀, 파트라슈인 것이다.

그러므로 이후 방침은 파트라슈 곁에서 안심하면서 잡고 싶다.

"그러기 위해서도, 나랑 너도 여기서 해산이야. 나중에 또 보자고."

"으에— 상도 어영부영 넘어갔어! 하지만 저는 꺾이지 않습니다. 스승님에게 편리한 여자, 그것이 저의 존재 의의라서요!"

"_____."

방 앞에서 헤어지려던 샤울라가 그런 식으로 말하고 척 경례했다. 그런 그녀의 발언에 스바루는 숨을 죽였다.

편리한 여자이고 싶다는, 그런 손해를 사서 하는 그녀의 발언에.

"……그렇게까지 할 가치가, 나츠키 스바루의 어디에 있다고."

"——? 스승님?"

"——으, 아아, 젠장!"

솟구치는 짜증을 참다못해 스바루는 혀를 차고 샤울라를 돌아보았다. 그리고 우두커니 선 샤울라에게 걸어가 그 호리호리한 몸을 두 팔로 힘껏 껴안았다.

"——아."

"편리한 여자라거나, 그런 생각하지 않아도 돼. 내가 잘못했다."

일방적으로 이용하고, 스바루는 『나츠키 스바루』와 똑같아질 뻔했다. 그걸 싫어한 스바루의 행동에 껴안긴 샤울라가 몸을 굳혔다.

그리고 그녀의 하얀 피부가, 볼이, 귀가 삽시간에 붉어졌다.

"스승, 님……."

"네가 있어 줘서 살았어. ……그뿐이야."

이런 걸로 좋다면. 스바루는 껴안고 있던 샤울라를 풀어 주었다.

겸연쩍기는 했다. 하지만 성취감이 더 강하다. 그대로 그저 받기만 하는 이기적인 놈은 되고 싶지 않다.『나츠키 스바루』와 똑같이 되고 싶지는 않다.

"스승님……."

그렇게 생각하는 스바루를 보고 볼을 붉힌 샤울라가 비틀비틀 다가왔다. 그녀의 눈은 촉촉하며 숨결은 왠지 뜨겁다. 시선은 스바루의 입술을 응시하고 있다.

"스승님, 드디어 저를, 사랑해 주실 마음이……."

"순정 초월!"

"끄엑!"

스바루는 다가오는 턱을 손바닥으로 밀어 올려 샤울라를 제정신으로 되돌렸다.

3

"물러날 때를 파악하는 것도 좋은 여자의 조건이죠. 시크릿 메이크스 어 우먼 우먼임다." 하고 말하면서 샤울라가 물러났다.

솔직히 지적하는 것도 귀찮았기에 그대로 좋은 여자 행세를 그냥 봐주기로 했다.

"세상에는 모르는 게 약이라는 말도 있으니까."

아무튼, 그 힘 빠지는 한 장면과는 정반대로 스바루의 상황은 썩 좋지 못했다.

스바루를 엄습한 기억 상실의 진상, 그것이 율리우스의 입에

서 명확해지는 것을 기대했지만 그건 엉뚱한 짐작으로 끝나고
수사는 원위치로 돌아왔다.

율리우스 외에, 오늘 아침 단계에서 이상한 반응을 보인 인물
은 없다. 스바루 쪽에 여유가 없어서 람의 첫 반응만은 확인하
지 못했지만——.

"그 태도가 거짓 울음이었다면, 뭘 믿어야 할지 모른다고……."

스바루가 기억을 잃었다는 말을 고집스럽게 믿으려들지 않던
람. 여동생을 잊은 스바루에게 울먹이며 호소하던 목소리가 거
짓말이라면, 이 세상에 믿을 게 없을 것이다.

무언가를 믿지 않으면, 무언가를 의심하는 것도 시작되지 않
는다. 일단은 스바루의 근간인, 믿을 수 있는 인연이 바로——.

"지금은 파트라슈란 말이지. ……완전 인간 불신인 놈의 결
론이군."

스스로 생각해도 기가 찬 결론이지만 실제로 그 인상이 짙은
건 사실이다.

타인뿐이라면 또 몰라도 '자신' 마저도 믿을 수 없는 인간 불
신은 더없이 뿌리가 깊다.

"아예 파트라슈랑 지룡밖에 없는 낙원에서 사는 편이 행복한
게……."

"——아——아, 들어 버렸다아."

"으에?!"

그런 혼잣말을 주워섬긴 순간, 통로 모퉁이에서 소녀가 쏙 튀
어나왔다. 짙은 파란색 땋은 머리를 찰랑이며 키득키득 장난스

럽게 웃는 메일리다.

시시한 농담을 듣게 했다고 스바루는 진저리치며 어깨를 축 늘어뜨렸다.

"오빠, 파트라슈랑 어딘가 멀리 도망치고 싶구나아? 키득키득, 그런 말 들으면 베아트리스랑 언니가 울어 버릴걸."

"수준 낮은 조크야. 여러 가지 의미로 잊어 주라."

"네네에. 하지만 딱히 그게 오빠의 본심이라도 웃지는 않는데에? 나도 마수들이랑 줄곧 같이 살았다고 얘기했었잖아?"

"마수…… 늑대 소녀, 같은 얘기냐?"

"그거, 어제도 말했었지이."

늑대 소녀 발언이 부정당하지 않아 스바루는 그 사실에 솔직하게 놀랐다. 이렇게 대화를 나누고 있고, 메일리의 태도 및 말버릇에는 어느 정도 교양이 있다. 도저히 늑대 소녀 같지는 않다.

스바루의 그 의문에 메일리는 "아하." 하고 이해한 기색으로 끄덕였다.

"엄마가 엄했거거든. 그리고, 같이 있던 적이 많았던 엘자가 칠칠맞지 못해서, 내가 이것저것 해야만 했어."

"아아, 잠깐잠깐, 잇달아 나와서 펑크 나겠다. ……너와 놀아주고 싶은 맘도 굴뚝같지만 지금은 바쁘거든. 이 주변에 있을 테니 샤울라랑 놀아 줘."

"반라 언니? 그것도 좋지만 지금은 오빠한테 볼 일이 있어."

"나한테?"

메일리의 가족 구성이야 어쨌든, 이야기를 접으려던 스바루는 눈을 동그랗게 떴다. 그렇지만 그다지 거부감은 없다. 메일리도 스바루 안에서는 샤울라와 같이 왠지 모르게 대화하기 쉬운 포지션이었다.

아마, 에밀리아 일행과 달리 이 소녀는 『나츠키 스바루』에게 의지하지 않기 때문에. 속인다는 죄책감이 적은 것이리라.

"뭐, 할 말이 있다면 들을게. 볼 일이 뭔데?"

"응, 그거 말인데에."

그런 안심감으로, 스바루는 메일리의 이야기에 귀를 기울였다. 메일리는 그 대답에 끄덕이고는, 뒷짐을 지면서 살며시 몸을 앞으로 기울였다.

그리고 왠지 요염한 눈초리로 그 붉은 입술을 혀로 축이고——.

"——어젯밤의 얘기 말인데, 나는 얼마나 진담으로 들으면 될까아?"

고혹적인 미소를 띤 채로, 소녀는 스바루에게 말을 꺼냈다.

× × ×

"——아얏."

문득, 찌르는 것만 같은 통증에 스바루는 반사적으로 얼굴을 찌푸렸다.

날카롭게 아픈 것은 두 팔이었다. 무슨 일인가 싶어 쳐다본 스바루는 숨을 집어삼켰다. 그 두 팔의 손목과 손등에 아파 보이는 할퀸 상처가 남아 있었던 것이다.

"쓰읍, 뭐야, 이거……."

언뜻 봐도 상처는 깊어서 피가 슬슬 맺혀 있었다. 상처를 목격함으로써 통증은 더 현저하게 그 존재를 주장했다. 솔직히 울음이 나올 만큼 아프다.

그것은 마치, 누군가가 손톱을 박은 것 같은 상처 자국이라——.

"……어라? 나는."

뭘 하고 있었느냐는 의문이 머릿속을 지배했다.

분명히, 아침 식사 뒤에 율리우스를 불러내서 대화를 나누었다. 그 뒤에 샤울라와의 촌극이 있었고, 파트라슈에게로 가는 도중에 메일리가 불러 세워서——.

"——아?"

다친 손의 응급처치를 하고 싶어서 싸맬 만한 것을 찾던 스바루의 시야가 이물질을 포착했다. 예상도 하지 못하는 것이라는 의미로, 그것은 틀림없이 이물질이었다.

"————."

바닥에 가녀린 다리가 널브러져 있다.

다리는 움직이지 움직이지 않고 힘이 빠져 축 늘어진 상태다. 시선을, 그 다리 끝부터 천천히 위로 올리자 치마가 나오고, 상반신이 보이고, 그리고.

그리고—— 거기에, 꿈쩍도 하지 않는 소녀가 쓰러져 있었다.

"——허?"

——메일리가 숨이 멎은 채 쓰러져 있었다.

4

　특징이 없는, 돌로 된 방 중앙에 메일리는 사지를 내던지고 숨이 끊어져 있었다.

　"——————."

　그 주검을 내려다보면서 스바루의 머리는 더 없는 혼란에 빠졌다.

　손목의 상처, 아무도 없는 방, 바보처럼 빠른 심장 고동. 무슨 일이 일어났는지 떠올리려 해도 기억은 누락되었고 사고는 하얗게 새어서 아무것도 알 수 없었다.

　단지 분명하게 할 수 있는 말이 있다면, 그것은 눈앞에 있는 소녀의 죽음——.

　"사실이, 아니야⋯⋯. 아니라고, 이건 사실이 아니야!"

　눈앞의 현실을 부정하듯이 스바루는 드러누운 자세로 쓰러진 소녀에게 달려갔다.

　후들거리는 무릎으로, 꼴사나운 발놀림으로 황급하게 소녀의 얼굴을 살폈다. 소녀의 표정은 고통에 차 있으며 빛이 없는 눈이 이곳이 아닌 어딘가를 바라보고 있었다.

　원래부터 갈피를 잡기 어려운 소녀였다. 하지만 진짜 의미로 소녀는 손이 닿지 않는 곳으로——.

　"아직, 아냐⋯⋯. 메일리! 어이, 메일리⋯⋯!"

　절망을 부정하고 불렀다. 반응은 없다. 얼굴을 때렸다. 반응은 없다.

그렇다면. 기억에 있는 모든 지식을 총동원해서 심폐소생술을 시도했다.

 밋밋한 가슴에 두 손을 올리고 위에서 체중을 실어 누르는 심장 마사지. 심장 위치는 명치로부터 손가락 두 개, 주워들은 지식을 믿으며 소생 처치를 실행한다.

 "헉…… 헉……! 메일리! 어이, 메일리! 제길……!"

 대답은 없다. 창백한 낯으로 소녀의 몸이 힘없이 흔들린다.

 그 모습에 악담을 뱉은 스바루는 소녀의 목을 기울여 기도를 확보한 뒤 인공호흡을 시도했다. 심폐소생술의 순서는 심장 마사지와 인공호흡의 반복이다.

 "그리고 뭐지. 그리고 또 뭐가 있어. 뭐가 있지, 뭐가 있지. 제길, 제길, 제기랄, 제길!"

 필사적으로 기억을 더듬으며 스바루는 다른 가능성을 애타게 찾았다.

 하지만 어차피 TV에서 어설프게 얻은 지식이나 주워들은 선무당 지식밖에 떠오르지 않는다. 필사적이면 필사적일수록, 안개 속에 팔을 집어넣는 것만 같이 허탕을 치는 느낌이 스바루를 괴롭혔다.

 우직하게 심장 마사지와 인공호흡을 반복하고, 반복하고, 반복하다가——.

 "——빌어, 먹을."

 땀투성이가 된 스바루는 가쁜 숨을 쉬고 등 쪽으로 바닥에 쓰러졌다. 분한 나머지 눈물이 치솟는 얼굴을 손바닥으로 가리고 저주처럼 욕하고 또 욕했다.

메일리는 숨을 되찾지 못했다. 생명의 등불은, 다시는 켜지지 않는다.

잔인한 운명은 어린 소녀의 생명을 잔혹하게 앗아갔다. —— 그따위 위안거리 같은 표현은 이 자리에 어울리지 않는다. 그녀를 죽인 것은 운명이 아니었다.

더 명확한 살의가 그녀를 죽인 것이다. 그 증거로 메일리의 목에는 검푸른 멍이 짙게 남아 있었고, 또한——.

"＿＿＿＿＿＿."

스바루의 손목에는 저항한 메일리가 할퀸 상처가 무수히 남아 있었다.

"——으, 웩."

그 진상을 이해한 순간, 스바루는 옆을 보고 그 자리에 아침밥을 게워 냈다. 순간적으로 고개를 돌려 메일리를 더럽히지 않고 끝난 것이 마지막 양심의 한 조각이다.

"나, 정말로, 토하기만 할 뿐, 이군……."

스바루는 입가를 거칠게 소매로 훔치고 자조하듯이 뇌까렸다.

실제로 이로써 몇 번째 구토인지 떠오르지 않았다. 혹시 위에 넣은 것을 한 번도 제대로 소화해 본 적이 없지 않을까. 농부 아저씨에게 죄송해서 눈물이 나온다.

그런 시답잖은 사고에 의식을 할애하지 않으면 마음이 쪼개질 것만 같았다.

"＿＿＿＿＿＿."

상황 증거가 지나치게 모였다. 누군가의 함정에 빠졌다고도 생각할 수 없다.

메일리의 목에 짙게 남은 멍은 스바루의 두 손과 정확히 일치할 것이다. 이 두 팔 말고 범행에 사용된 흉기는 없다. ——메일리를 죽인 것은, 스바루다.

문제는 스바루 본인에게 그런 기억이 한 조각도 남아 있지 않다는 점.

"무슨 일이 있었지, 무슨 일이 있었어? 떠올려. 떠올려, 떠올려, 떠올려……!"

일어난 스바루는 방 안을 빙글빙글 돌면서 기억을 뜯어 열었다.

네 번째 같은 아침을 맞이해 아침 식사 자리에서 에밀리아 일행을 속이고, 율리우스를 불러냈다가 예상이 빗나가고, 샤울라와 장난친 뒤에, 메일리와 대화했다. 그리고——.

"어제, 밤이 어떻다든가…… 말했었다……?"

볼 일이 있다고 스바루를 불러 세운 메일리는 어젯밤 이야기를 꺼냈다고 짐작된다. 하지만 그 용건을 들은 직후, 거기서 스바루의 기억은 완전히 뚝 끊겼다.

거기서 의식이 두절되고 맥락 없이 제2막이 시작된 순간, 메일리는 죽어 있었다.

메일리가 화제로 삼으려던 밤의 사건—— 그것은 스바루 안에서 잃어버린 기억과 모종의 관계가 있었을지도 몰랐는데.

"죽었다. 그것도, 내가 목을 졸라서……? 왜 내가, 그런 짓을……."

두 손을 내려다보니, 기억에는 없는 생생한 감촉이 손바닥에 되살아나는 기분마저 들었다.

힘으로, 어린 소녀의 숨이 끊어질 때까지 목을 조른 두 팔뚝. 손목에 남은 할퀸 상처가 소녀가 살고자 발버둥 친 흔적이다. 그런 소녀를 잔혹하게 목 졸라 죽인, 팔뚝——.

"——아?"

피가 배인 팔의 상처를 보다가 묘한 위화감에 스바루의 목에서 소리가 새어 나왔다.

위화감의 원인은 팔의 상처가 아니라, 손톱이다. 스바루의 팔을 할퀴며 저항한 메일리와 비슷하게, 스바루의 손톱에도 피와 살점이 박혀 무언가를 세게 긁은 흔적이 있었다.

"————."

재차 메일리의 주검을 보아도 목의 멍 외에 두드러진 외상은 없다. 옷을 벗긴 것은 아니지만 보이는 범위에서 손톱자국이나 할퀸 상처는 보이지 않았다.

그렇다면, 스바루의 손톱에 남은 이 흔적은——.

"——설마."

오한에 등이 떠밀려 스바루는 반사적으로 옷소매를 걷었다.

욱신욱신 아픔을 느끼는 왼팔, 단숨에 그 어깻죽지까지 걷어 올리자, 마른 피를 벗길 때 특유의 소리와 상처가 바깥공기에 닿는 신선한 아픔이 뇌를 찔렀다.

하지만 그런 아픔이라는 자극은, 그 이상의 자극적인 광경 앞에 사라졌다.

"————."

거기에는 상상대로, 자신의 손으로 새겼다고 짐작되는 할퀸 상처가 존재했다. 팔꿈치 안쪽부터 위팔에 걸쳐 새겨진 아파 보이는 상처. 그러나 그것은 단순한 상처가 아니었다.

글자다. 손톱으로 육체에 새긴 일그러진 글자.

——— '나츠키 스바루 등장'이라고 새겨져 있었다.

"하."

이를 목도하자마자 몰이해의 숨결이 튀어나오는 것을 참을 수 없었다.

오른손으로 상처를 닦아 그게 그렇게 보이는 건 어떤 착오가 아닌지 의심했다. 하지만 한 번은 그친 피가 다시 나올 만큼 손가락으로 문질러도 사실은 변하지 않았다.

이것은 몇 번 봐도 '나츠키 스바루 등장'이라고, 지저분한 일본어로 파여 있었다.

알기 쉽다. 실로 알기 쉬운 자기주장이다. 어떤 종류의 범죄자는 범행 현장에 자신의 범행을 나타내는 메시지를 남긴다고 한다. 이것도 누구의 범행인지를 나타내는 메시지다.

최고로 알기 쉬운 친절함, 공명심, 자기 현시욕———.

"너, 대체 뭐야?!"

받아들이기 어려운 사실과 직면해 스바루는 목소리를 뒤집으면서 비통하게 외쳤다. 잘라낼 수 없는 왼팔을 붕붕 휘둘러 가능한 한 멀리 떼어놓으려다가 다리가 엉켰다. 넘어졌다. 그 자리에 엉덩방아를 찧은 스바루는 왼팔을 바닥에 내리쳤다. 몇 번이고, 몇 번이고, 내리쳤다.

　그러나 현실은 변하지 않는다. 메일리는 죽고, 팔의 상처도 없어지지 않는다.

　"없었어! 이런 상처는 분명히 없었어! 없었단 말이야!"

　욱신욱신 아픈 상처는 새것이라 메일리가 죽기 전에는 분명히 없었던 것이다. 메일리를 목 졸라 죽인 누군가가, 비슷하게 스바루의 팔에도 상처를──아니, 그게 아니다.

　단연코 틀렸다. 그릇됐다. 잘못됐다.

　이제 그만 인정해라. 이해해라. 알고 있을 텐데. 누군가가 아니라고. 이것이 다른 누구도 아닌, 나츠키 스바루의 범행이라고.

　스바루가 아닌 『나츠키 스바루』가 메일리를 죽이고, 그 증거를 팔에 새긴 것이다.

　"정신이, 나갔어……."

　머리가 돌았다. 맛이 갔다고밖에 생각이 들지 않는다.

　『나츠키 스바루』란, 결코 이해할 수 없는 괴물의 이름이었던가.

　"────."

　스바루가 『나츠키 스바루』에게 불신감을 품은 것은 이번이 처음이 아니다.

　기억을 잃어버린 전후의 어젯밤 행동이나, 율리우스에게도 숨기고 있던 에키드나와의 은밀한 관계. 그 밖에도 편의점에서 돌아오던 『나츠키 스바루』라면 이렇게 신뢰를 받는 행동을 하지 못했을 것이라는 점.

정말이지, 『나츠키 스바루』를 자칭하는 누군가가 스바루의 육체에 빙의해서 활동하고 있었다는 말 쪽이 훨씬 조리가 있을 정도다.

　"하지만, 그게 아니야……."

　그 가설을 부정하는 것이 왼팔에 새겨진 소름 끼치는 상처다.

　팔에 새겨진 자신의 이름, 필기구를 쓴 것과는 전혀 다르지만, 그래도 글씨에 버릇이 드러난다. 글씨의 필적에 스바루가 자각하는 버릇이 있었다. 의식해서 흉내 내지 않는 한, 그런 세부 사항까지 닮게 할 수는 없다.

　즉, 이건 틀림없이 스바루와 같은 근원을 가진 『나츠키 스바루』의 필적이다.

　그렇다면, 이 상처가 새겨질 동안━.

　"━내 의식이 끊기고, 대신에 『나츠키 스바루』가 돌아왔다?"

　그리고 그 『나츠키 스바루』가 모종의 이유로 메일리를 살해하고 그 사실을 스바루의 팔에 상처로서 남긴 뒤 다시 의식의 뒷면에 숨었다는 말인가.

　앞뒤는 맞을지도 모르지만, 의미는 알 수 없다.

　"자기 몸이 있는데, 왜 나를…… 아니, 나는, 대체 뭐지? 네가 『나츠키 스바루』라면, 나는…… 너는, 누구야……."

　스바루는 무심코 얼굴을 움켜쥐고, 떨리는 목소리로 자문자답했다.

　기댈 곳이 없는 이세계에서, 누가 적이고 누가 아군인지도 모

르는 상황 속에, 마침내 스바루는 자기 자신조차도 무조건 믿을
수 없어졌다.

"_____."

평정을 지킬 수 없다. 발밑이 휘청거려서 그 자리에 쓰러질 것
만 같다.

하지만 이대로 『나츠키 스바루』의 뜻대로 조종당하는 결말은
절대로 사양이다.

그러니까——.

"——너는, 누구야."

스바루는 거울 없이는 노려볼 수 없는 상대에 대한 적의를 중
얼거리면서 자신의 오른팔—— 그로테스크한 무늬에 뒤덮여
알지 못하는 1년간이 담긴 피부에 손톱을 박았다.

쭉 찢어지는 검은 피부에서 붉은 핏방울이 눈물처럼 솟아올랐
다.

——그 아픔과 피의 색만이, 틀림없는 자기 자신의 증거처럼
느껴졌다.

5

"_____."

스바루는 숨을 죽이고 복도의 기척을 살피면서 천천히 방을
나섰다.

등 뒤, 방 안에 있는 메일리의 주검에는 체면치레 수준의 자그

마한 은폐를 시도했다. 그래 봐야 소녀를 방구석에 옮겨 실내에 있던 얇은 천을 덮었을 뿐인 진부한 위장 공작이다.

흠칫흠칫 겁내며 방을 나오는 거동은 완전히 수상한 자라서 누군가가 캐물으면 일절 변명할 수 없다. 방을 보면 변호는 더욱 힘들어질 테고.

"변호고 뭐고 없지……. 적어도 메일리를 죽인 흉기는, 내 두 손이 맞아."

이 세계의 범죄 수사가 어떤 수준인지는 모르겠지만, 메일리의 손톱과 스바루의 손목 상처를 보면 배심원은 만장일치로 스바루에게 유죄 판결을 내릴 것이다.

그 판결을 뒤집을 수단은 없다. 그렇기에 스바루는 메일리의 시체를 숨길 수밖에 없었다.

이것이 옳은 판단이라고도, 최선의 선택이라고도 생각지 않는다. 그러나 스바루에게는 달리 할 수 있는 행동이 없었다. 단 하나, 할 수 있는 말이 있다면——.

"다음에 만나면…… 너는 이제, 용의자가 아니야, 메일리."

이번과 지난번, 스바루는 두 번에 걸쳐 메일리의 죽음을 지켜본 것이다.

여기까지 오면 스바루 살해에 관한 용의는 반쯤 풀렸다고 할 수 있으리라. 문제는 그 무죄 판결이, 이미 숨을 거둔 소녀에게는 아무 의미도 없다는 점이다.

클로즈드 서클(closed circle) 미스터리의 클리셰, 사망자만이 용의자에서 벗어나는 패턴이다.

하지만 탐정역의 스바루에게는 규칙을 파괴하는 『사망귀환』
이 있다. 이거라면 어떤 사건에도 대응할 수 있어서 무능하더라
도 명탐정이다. 단──.

"탐정이 범인이란 것도, 미스터리의 클리셰지만 말이지."

이 경우, 범인은 탐정의 다른 인격── 미스터리에서는 낡은
트릭이다. 그렇다면, 진상을 깨달은 탐정이 절벽에서 투신하면
사건 해결. 그런 해결책도 탐정에게 『사망귀환』의 힘이 있는 바
람에 쓸 수 없다.

사건은 미궁행. 그것도 나선 미궁에 돌입했다고 할 수 있을까.

"그딴 소리나 할 때냐……! 아무튼 지금은 시간을 벌어야……."

"──아, 스바루! 이런 데 있었구나."

"──흡?!"

갑작스러운 부름에 어깨를 들썩이고 뒤돌아본 스바루에게로
다가온 사람은 에밀리아였다. 잔달음질로 달려와 스바루의 굳
은 얼굴에 갸웃하고 묻는다.

"미안해. 놀래켰니?"

"──놀, 랐어. 놀랐지만, 그건, 그, 뭐냐, 그거야. 갑작스러워
서 그럴 뿐이지, 전혀 문제없어. 에밀리아짱은, 무슨 일이야?"

"──? 나는, 뭔가 떠오르지 않을까 해서 탑 안을 걸어 다니
고 있었어. ……저기, 스바루."

"응."

"방금 그거, 또 무슨 장난이야?"

이상해하는 에밀리아의 물음에 스바루는 숨을 죽였다.

아름다운 남보라색 눈의 광채에 무엇을 추궁당하고 있는지 짐작도 가지 않는다. 평정을 가장했다고는 못하지만, 답변의 내용이 부자연스럽지는 않았을 터다.

적어도 바로 뒤에 있는 방을 신경 쓰게 할 만한 실수는 없다고 여기고 싶다.

"＿＿＿＿＿."

에밀리아는 크고 동그란 눈으로 지그시……라기보다 빤히 스바루를 응시하고 있다.

아무것도 꾸미지 않는 것처럼 보이는 귀여운 얼굴이지만, 적이라는 용의는 풀리지 않았다. 지난 회차 탑의 전멸 시, 에밀리아와 베아트리스의 모습만은 확인할 수 없었다.

『나츠키 스바루』의 암약이 있었던 것은, 메일리의 죽음에 대한 답 맞추기는 되어도 그 외의 사건에 대한 답은 되지 않았다.

샤울라를, 에키드나를, 람을. 율리우스와 메일리를 죽이고, 끝내는 그림자의 힘으로 탑 그 자체를 붕괴시키다가 최후에는 스바루의 목을 치고 비웃은 누군가.

스바루도 존재를 모르는 누군가와, 에밀리아 쪽이 공범자일 가능성은.

"스바루, 괜찮아? 역시 아직 회복되지 않은 것 아니니?"

"괘, 괜찮다니까. 좀 생각에 잠겼을 뿐인데…… 잘 보고 있네."

"응, 맞아. 잘 보고 있어. 어쩐지, 요즘 정신이 들면 스바루를 눈으로 좇을 때가 많아서…… 어째선지 잘 모르겠는데, 신기하지."

살며시 미소 지으면서 손을 뻗은 에밀리아가 이마를 만지도록 놔두었다. 일거수일투족을 경계하지만, 그 손놀림에 악의나 적의는 털끝만큼도 없다.

빈틈을 보이자마자 본성을 드러낸다는 전개가 찾아올 낌새도 없었다.

어쩌면 정말로 에밀리아에게는 아무런 속셈이 없을지도 모른다. 진심으로 스바루의 몸을 걱정하고 있고, 겉모습대로 귀여울 뿐인 소녀라는 것이다.

만약, 정말로 아무것도 알지 못했더라면——모든 것을 다 털어놓는다면, 이 소녀는 도대체 어떤 표정을 지을까.

그, 고민이라곤 하나도 없다는 듯이 예쁜 것만 보고 커 온 것 같은 아름다운 얼굴을 엉망진창으로 구겨 주면 얼마나 속이 시원할까.

——네가 걱정하는 나츠키 스바루는 이제 어디에도 없다고.

——아니, 그게 아니다. 그 녀석은 잔혹하고 흉악한 살인자라고, 말해 준다면.

"——그러고 보니, 메일리 말인데."

"——흡."

목이 쇳소리를 낸다. 기습당한 스바루가 눈을 부릅떴다.

명백하게 부자연스러운 동요를 숨기지 못했다. 하지만 이때 에밀리아는 마침 시선을 바닥에 내리고 발밑을——아니, 더 크게, 탑 전체를 응시하고 있었다.

"람에게는 성급하다고 혼날지도 모르지만…… 이 탑에서 무사히 돌아가면, 메일리가 제대로 생활할 수 있게 해 주고 싶어."

"제대, 로……."

"물론 그 아이가 1년 전에 한 짓은 나쁜 짓이고, 쉽게 믿으면 안 된다는 오토의 말도 알겠지만…… 그래도 사구를 넘을 수 있던 건 메일리 덕분에다 또 나쁜 짓을 할 생각이었으면 탑에 오는 도중에 이것저것 할 수 있었을 거잖아?"

에밀리아가 자기 옷자락을 잡고 본인의 생각을 술술 이야기하기 시작했다.

일행에서 메일리의 입장── 스바루와 에밀리아의 목숨을 노리던 살인 청부업자였다는 이야기는, 주위로부터도 메일리 본인으로부터도 들은 말이었다.

메일리는 그 암살 임무에 실패해서 포로 신세가 되었지만, 그 타고난 특수한 힘을 살려서 이번 여행에 동행했었다고.

"즉, 은사(恩赦)라는 건가."

"자유롭게 해 준다고 하는 건 모두가 반대하겠다 싶어서. 하지만 지하 연금실에서 내보내서 모두와 같이 생활하는 정도는 해 주고 싶어."

"─────."

"물론 그 아이 본인에게 물어봐서, 허락해 줄 때의 얘기지만."

살짝 혀를 내민 에밀리아가 "어떨까." 하고 스바루의 의견을 물었다.

아마도 에밀리아 딴에 진지하게 생각한 다음에 상담하려고 말한 것이리라. 메일리의 공적에 보답하고 싶다. 분명히 그 마음

하나로 골머리를 썩였을 터다.

——정작 그 메일리가 목 졸려 고통 어린 죽음을 맞이한 줄도 모르고.

"……어처구니없어."

"응?"

"시답잖다고, 그렇게 말했어. 스스로도 알고 있잖아? 성급하다? 그 말이 맞지. 이런…… 이런 상황에, 앞날의 전망이나 얘기할 수 있겠냐고."

메일리의 죽음이 에밀리아의 배려를 우스꽝스러운 것으로 바꾸고 말았다. 그리고 그 사실에 자신의 팔이 관여했다는 꺼림칙한 사실이 스바루의 입에서 악담을 끌어냈다.

물론, 스바루는 감정적인 발언을 곧장 후회했다. 에밀리아를 상처 입히고, 가뜩이나 무의미하게 의심을 살 만한 생각 없는 언동이다.

아무 정당성도 없는 화풀이, 어린애의 투정을 받고서——.

"스바루!"

"푸."

"갑자기 왜 그래. 기분이 안 좋아도 그런 식으로 말하면 못 쓰잖니."

놀라서 굳어 버리리라 예상했던 에밀리아의 반응은 전혀 다른 것이었다.

스바루의 뺨을 두 손에 끼우고는 켕기는 마음에 눈을 피하려던 스바루를 놔주지 않았다. 정면으로 검은 눈을 들여다보며 진지한 눈초리로 이치를 설파했다.

"힘들면 삐치지 말고 똑바로 말해! 나라도, 베아트리스라도 좋아. 스바루가 곤란해한다면 나도 함께 곤란해해 줄게. 하지만 혼자서 떠안고, 혼자서 부글부글 끓다가, 혼자서 끝내 버리는 건 하지 마. 그런 건, 나빴을 적의 로즈월 같잖아. 흉내 내면 안 돼."

에밀리아가 스바루를 향해서 열심히 말을 퍼부었다. 그리고 어안이 벙벙해진 스바루의 얼굴에서 손을 떼고는 머리를 휙 끌어당겼다.

그리고 자신의 가슴 속에 스바루의 머리를 끌어안고 다정하게 쓰다듬었다.

"이해해 줄래? 내 심장, 하나도 화나지 않았으니까. 실망도 하지 않으니까, 얘기해 줘."

"————."

맞닿은 부드러운 감촉, 따스함 너머에서 생명이 똑딱거리는 리듬이 느껴진다.

그 소리가 마치 갓난아기에게 들려주는 자장가처럼 다정해서, 스바루는 숨을 죽였다. 그때 스바루의 마음에 솟아오른 것은 강렬한 수치심이었다.

이렇게까지 해 주는데 그토록 심한 말을 했고, 그런데도 여전히 다정해서.

그런 에밀리아를 의심해서 무턱대고 미워하고 상처 입히는 게 무슨 의미가 있나.

──정말로 있는 건가? 스바루를 죽이고자 꾸미는 누군가가.

──추락사도, 사실은 그냥 사고였던 게 아닌가?

──누군가가 의도적으로 한 짓이 아니라, 깜빡 다리가 걸린 누군가가 밀었을 뿐이고.

이 탑 안에 나쁜 사람은 아무도 없으며.

가장 마음이 더럽고 추하며 위험한 것은 나츠키 스바루와 『나츠키 스바루』. 본래라면 없어야 했을 어리석은 이방인뿐인 것이 아닌가.

"에밀리아, 나는……."

"──응."

"나는……."

무엇부터 전하면 될지 모르겠다.

다만 전해 버리자고, 털어놓아 버리자고, 다 드러내 버리자고 마음먹었다.

기억을 잃어버린 것도, 메일리에 대해서도, 죽을 때마다 시간을 역행하고 있는 것도.

전부 믿어 주지 않을지도 모른다. 하지만 믿어 줄지도 모른다. 믿어 준다면, 타개책이 발견될지도 모른다.

그것만 발견되면, 스바루는──.

"──에밀리아 님! 바루스!"

뒤죽박죽 엉킨 머릿속을 어떻게든 쥐어짜 내려던 순간이었다.

스바루의 고뇌를 덧칠하듯이 날카롭고 절박한 목소리가 날아들었다. 에밀리아에게 안긴 채라 돌아보지 못하는 스바루의 머리 위로 에밀리아가 "람." 하고 중얼거리는 소리가 들렸다.

"왜 그래? 지금, 스바루랑 엄—청 중요한 얘기 중이라…….."

"그건, 보니까 람도 알겠습니다만…… 중단해 주시길. 화급한, 용건입니다."

"으, 응……."

끄덕이는 에밀리아의 가슴에서 해방된 스바루는 눈시울의 열기를 소매로 훔치고 람을 돌아보았다. 한심한 모습을 보여 줬다고 겸연쩍은 기분이지만, 달려온 람은 그 부분을 거론하지 않았다.

람은 긴박한 표정 그대로 진지한 눈으로 스바루와 에밀리아를 보고 말했다.

"바로 3층 서고로. 베아트리스 님께서 문제 있는 걸 발견하셨습니다."

"베아트리스가?"

놀란 에밀리아의 되물음에 람은 "네." 하고 짧게 수긍했다.

그리고 뒤돌아서서는 말했다.

"아나스타시아 님…… 아니, 에키드나일까. 아무튼 그분과 율리우스를 찾겠어. 바루스, 에밀리아 님을 모시고 와."

"어, 어어, 알았어……."

가타부타 말할 여지가 없는 태도에 스바루는 순간적으로 반론하지 못한 채 고개를 주억였다.

람은 그 대답도 다 듣지 않고 날렵하게 바닥을 박차 두 사람 앞에서 달려가 버렸다. 스바루는 그 모습에 놀라면서 에밀리아를 돌아보았다.

"저기, 람은 저렇게 말했지만……."

"——서두르자. 람이 저렇게 진지했어. 뭔가, 큰일이 난 거야."

"_____."

"스바루, 아까 했던 얘기, 잊지 않을 테니까."

"……응."

그 부분만 다짐하는 에밀리아의 말에 스바루는 힘없이 끄덕이고 따랐다.

본래라면 에밀리아의 포옹을 받은 스바루는 모든 것을 털어놓을 심산이었다. 그러나 타이밍을 놓친 탓에 그 방침은 완전히 틀어졌다.

그대로 스바루는 에밀리아와 동행해서 급하게 『타이게타』로 갔다.

긴 계단을 뛰어 올라가자 방대한 장서를 자랑하는 『사자의 서』의 서고가 둘을 맞이했다.

"——온 것이야?"

그, 무수한 『사자의 서』가 꽂힌 서가를 등지고 계단 앞에 서 있던 베아트리스가 두 사람을 맞이했다.

짧은 팔로 팔짱을 낀 소녀는 유독 지친 한숨을 쉬었다.

"베아트리스, 람이 불러서 왔어. 뭔가, 문제 있는 걸 찾았다며."

"좋은 소식이라고 할 수 없는 건 확실해. 오히려 흉조라고 불러야 할까."

베아트리스는 에밀리아의 질문에 느릿느릿 고개를 가로저었다.

그리고 파란 눈으로 스바루 쪽을 보고 말했다.

"베티는 아침부터 이 타이게타의 서고를 조사하고 있었어. 스바루가 쓰러졌던 것도 그렇고, 구조상 금서고와 가깝고도 먼 이 방을 해석하고자 했던 것이야."

"……서두는 됐어. 무슨 일이 있었지? 가르쳐 줘."

계단을 뛰어 올라와 가볍게 호흡이 흐트러진 스바루가 결론을 재촉했다.

그 말에 베아트리스는 한 차례 눈을 감았다. 그리고 그녀는 천천히, 대각선 뒤에 있는 서가 중 하나를 손가락으로 가리켰다.

"위에서 세 단째, 가장 오른쪽에 있는 책이야."

"──세 단째의."

"가장 오른쪽."

베아트리스의 지적에 따라 스바루와 에밀리아는 말을 되새기면서 서가로 갔다.

서가에는 책이 빼곡하게 꽂혀 있었다. 스바루는 책등에 적힌 이세계 문자를 읽을 수 없다. 변함없이 무늬로밖에 느껴지지 않았다.

그렇기에 베아트리스가 두 사람에게 가르쳐 주고 싶던 책, 그 제목도 알 수 없다.

적어도 이 서고에 있는 이상, 그 책이 『사자의 서』라는 사실은 확실──.

"말도 안 돼……."

바로 옆에 있던 에밀리아가 중얼거렸다.

그쪽으로 힐끔 눈길을 주고, 스바루는 그녀의 아연실색한 반응에 뺨을 굳혔다.

이만한 경악, 뒤늦게 금세 찾아오는 비탄.

도대체 무엇이 그녀의 마음을 그토록 강하게, 인정사정없이 때리고 간 것인가.

충격을 받은 에밀리아의 모습에 그런 의분을 느낀 스바루 옆에서 그녀의 입술이 달싹거렸다.

그리고 에밀리아는 말했다.

몹시, 떨리는 목소리로——.

"——메일리 포트루트."

막간 『메일리 포트루트』

1

──메일리 포트루트.

책등을 바라보며 그렇게 읊조린 에밀리아의 말에 스바루는 아연실색했다. 에밀리아가 바라보고 있는 책등, 거기에 적힌 제목은 스바루가 읽을 수 없다.

하지만 지금 여기서 에밀리아가 스바루에게 무의미한 속임수를 쓸 이유가 없다.

그렇다면 눈앞의 『사자의 서』에 적힌 제목은, 거짓 없이 한 소녀를 가리키고 있다.

"──────."

목소리도 내지 못한 채, 얼굴이 굳어진 스바루의 등을 비지땀이 적시기 시작했다.

두개골 속의 뇌가 낳는 말은 단 한 마디── '어째서'. 그뿐이었다.

어째서 메일리의 『사자의 서』가 여기에 있는가. 어째서 서고는 이렇게나 빨리 『사자의 서』를 준비한 것인가. 어째서 이만큼 방대한 장서가 있는 가운데, 메일리의 책이 쉽게 발견되고 말았는가. 어째서 스바루가 에밀리아를 신뢰하고 싶다고, 모든 것을 털어놓고 싶다고 바란 순간에 이런 일이 일어나는가.

어째서 운명은 이토록 나츠키 스바루에게 자비가 없는가.

"──베아트리스, 이 책을 읽었어?"

방대한 '어째서'에 사고가 지배당한 스바루 옆에서 에밀리아가 말을 꺼냈다. 그녀는 예의 『사자의 서』를 노려본 채로, 발견자인 베아트리스에게 물었다.

그 물음을 듣고, 스바루 머릿속에서 절망적인 가능성이 떠올랐다.

──들은 이야기로는, 『사자의 서』를 읽는 것으로 제목이 된 인물의 생전 기억을 추체험할 수 있다고 한다. 즉, 메일리의 『사자의 서』에는 그 마지막 순간이 기록되었을 것이다.

거기에는 누구에게 살해당했는지, 확고부동한 증거가 기억으로 남아 있다.

"──────."

메일리는 『나츠키 스바루』에게 목을 졸려 살해당했다.

그 사실을 스바루는 의심하고 있지 않지만, 스바루와 『나츠키 스바루』를 구별할 수 있는 사람은 다름 아닌 스바루 본인뿐이다. 메일리의 기억이, 그것을 구별해 줄 턱이 없다. 그리고 그 사실을 설명하려 해도 스바루는 이미 숨기는 게 너무 많다.

자신의 기억 상실조차 숨긴 스바루의 고백을 도대체 누가 들어준다는 말인가.

만약 베아트리스가 이미 메일리의 『사자의 서』를 읽었으면——.

"——아직 확인하지 않은 것이야."

"——으, 그런, 거야?"

"당연하지. 『사자의 서』는 신중하게 취급해야 하는 것이야. 애초에 그것이 우리가 아는, 그 메일리의 책인지는 의심스러워. 왜냐면, 만약 그렇다면……."

"——! 메일리가 탑 안에서…… 어떡해! 바로 찾아야 해!"

안색을 바꾼 에밀리아가 베아트리스의 말에 서고를 뛰쳐나가려 했다. 그러나 베아트리스가 "기다리는 것이야." 하고 두 팔을 벌려 에밀리아의 앞길을 가로막았다.

"만약 이게 정말로 그 계집애의 책이라면 서둘러 찾아봤자 이미 늦었어."

"그건…… 그래서 람이 우리랑 율리우스네를 찾고 있구나."

"그 도중에 그 계집애가 태연히 나온다면, 이건 베티의 귀여운 착각으로 끝나는 것이야."

베아트리스의 지적에 서고에 멈춰 선 에밀리아가 기도하듯이 깍지를 끼었다. 발견한 『사자의 서』가 무슨 착각이길 바란다는 희망을 담아.

——그리고 그 희망과 기도가 이루어지지 않음을, 나츠키 스바루는 잘 알고 있었다.

"————."

에밀리아와 베아트리스 두 명을 아랑곳하지 않은 채, 스바루의 사고는 하얗게 달아오른다.

메일리의 『사자의 서』가 발견된 이 상황에서 자신은 어떻게 행동하면 되는가. 상황이 상황이다. 사정을 털어놓는 선택지는 이미 머리에서 사라졌다.

대전제로, 다른 사람이 『사자의 서』를 읽게 할 수는 없다. 그러게 하면, 스바루는 메일리를 죽인 범인이라고 탄핵당하고 발뺌할 수 없어진다.

다만 책의 처분도 고려하지 않고 있다. 메일리의 『사자의 서』에는 스바루도 크게 관심이 있었다. ──살인하는 순간에는, 필시 『나츠키 스바루』도.

"뭔―가 소란스럽게 불렸는데요, 무슨 일이에요~?"

"샤울라! 와 줬구나."

그렇게 생각하는 사이에 경쾌하게 계단을 오르며 샤울라가 모습을 보였다. 그녀의 등장에 에밀리아가 안도하고 베아트리스도 "무사했구나." 하고 작게 중얼거렸다.

그런 뒤 베아트리스는 그 파란 눈으로 샤울라를 응시하며 말했다.

"묻고 싶은 게 있어. 너, 식사한 뒤, 메일리를 어디서 보지 못한 것이야? 너와는 친하게 지냈을 텐데."

"그거, 꼬맹이 중…… 아, 2호요? 응― 그리고 보니 브렉퍼스트 뒤에는 못 봤네요. 2호, 왜 그러는데요?"

살랑살랑 손을 흔들던 샤울라가 실실 풀린 표정으로 갸웃거렸다. 샤울라의 질문에 에밀리아가 고운 눈썹을 찡그리고, "저기 있지." 하고 말끝을 흐리면서 대답했다.

"실은, 서고에서 메일리 이름이 적힌 책을 찾았거든. 아직 내용은 읽지 않았지만 그 전에 그 아이의 무사를 확인해 보고 싶어서……."

"아— 오호라. 2호, 죽어 버렸나요. 뭐, 할 수 없죠."

"——아." "너……."

샤울라는 불안해하는 에밀리아에 대한 배려라곤 일절 없이 덤덤하게 죽음을 긍정했다.

그 말에 에밀리아의 얼굴이 굳고, 베아트리스가 심기 불편하게 샤울라를 노려보았다. 그러나 샤울라는 둘의 반응을 아랑곳하지 않고 스바루 쪽을 쳐다보았다.

솔직히 스바루도 남 말할 입장이 아니지만 샤울라의 태도는 눈뜨고 볼 수 없다. 왜냐면 그건 너무나도, 인정이 없지 않은가.

"샤울라, 너, 적당히 해라. 그렇게 말하는 법이 어디 있어."

"아잉, 스승님, 화나면 싫어요! 그보다 빨리 2호의 책을 읽는 편이 좋지 않아요? 찾았다면 그게 빠르다구요."

"빠르다니, 메일리의 『사자의 서』를 읽는 게? 그건……."

"——스승님이 책을 읽으면, 분명히 2호가 죽은 이유도 알 수 있어요!"

항변하려는 스바루를 가로막으며 샤울라가 악의 없는 표정으로 대놓고 말했다.

스바루에게 메일리의 『사자의 서』를 읽으라고. 그게 제일이라고, 당연하다는 양.

"————."

"이 서고 찾았을 때, 스승님이랑 또 한 명의 멋쟁이가 첫 체험은 마쳤잖아요. 그 뒤로 어디도 나빠진 곳 없다면 읽지 않는 게 손해죠!"

샤울라가 풍만한 가슴을 펴고 함박웃음과 함께 스바루에게 제안했다. 그 제안에 숨을 집어삼킨 스바루가 서가 쪽으로 돌아선 뒤 『사자의 서』를 보면서 생각했다.

놀라운 일이지만, 샤울라의 제안은 조리에 맞다.

이미 『사자의 서』를 읽은 사람이 일행 중 두 명, 그 독서 체험에 악영향이 없었다면, 사실 확인이라는 명목으로 책에 도전하는 건 자연스러운 발상이다.

물론 그 경험이 스바루의 기억을 빼앗아 『나츠키 스바루』와 현재의 스바루를 분열시켰을 가능성도 있지만, 그 경우는 율리우스에게도 이변이 없으면 이상하다. 설마 율리우스도 기억 상실을 숨기고 있다는 건, 과한 억측이리라.

그렇다면 샤울라의 제안은 마침 좋은 기회가 아닌가.

"……확실히, 샤울라가 하는 말에도 일리 있어."

"……진심인 것이야? 『사자의 서』가 진짜라면, 그 계집애의 인생을 보게 돼. 같이 식사하고 잘 아는 상대인 것이야. ……그런 거, 스바루 쪽이."

스바루는 샤울라의 말에 편승해 『사자의 서』의 첫 독자로 입후보했다. 고스란히 그 역할을 사서 맡은 스바루를 베아트리스가 염려하지만, 무리도 아니다.

메일리는 함께 여행하고, 이야기하고, 침식을 함께한 사이다.

그것은 다른 『사자의 서』와 비교해 너무나 거리가 가깝다. 베아트리스는 그런 소녀의 죽음을 추체험함으로써 스바루의 마음이 다치는 사태를 걱정해 주고 있었다.

"──네 걱정은 고마워. 하지만 누가 해야만 하는 일이야."

베아트리스의 우려에 스바루는 그럴싸한 결의를 고했다.

베아트리스의 지당한 불안. 그러나 그것은 얄궂게도 스바루에게는 통하지 않는다. 기억을 잃은 스바루는 메일리와 함께한 많은 시간도 상실했다.

지금의 스바루에게 메일리는 불과 몇 시간을 함께 보냈을 뿐인 소녀에 불과하다. 그 존재에 자그맣게 마음의 위안을 얻은 적도 있었지만, 그게 다인 관계다.

고작 그게 다인, 거의 알지도 못하는 소녀. ──그 죽음에 받을 마음의 상처라곤 없다.

"꼭 할 거니? 그렇다면 스바루가 아니라 내가 해도……."

"거기에는 베티가 반대하겠어. 누군가가 꼭 읽어야만 한다면…… 스바루나, 율리우스가 적임인 것이야. 오늘 아침의 율리우스를 보면 실질적으로 스바루밖에 없고."

"베아트리스……."

감정면에서 물고 늘어지려던 에밀리아를 베아트리스가 이치를 따져 타일렀다.

최소한 베아트리스는 스바루의 의지를 존중해 주는 모양이다. 다만 에밀리아도 조금 전 통로에서 내비친 스바루의 불안정한 모습을 알고 있다.

그 때문에 불안을 털어내지 못하고 있는 에밀리아에게 스바루는 웃음을 꾸며내며 끄덕였다.

"──내가 볼게. 뭘, 어쩌면 뭔가 실수라서 분위기 잡았는데 아무 일도 없다는 패턴도 있잖아?"

"……무슨 일 있으면 바로 책에서 떼어놓을 거야. 머리털, 잡아당길 거거든."

"그런 건 온건히 어깨라도 흔들어서 깨워 주면 좋겠는데."

호쾌하게 머리카락이 뽑혀서 두피에 영원한 불모지가 발생하는 사태는 피하고 싶다. 그런 짐짓 시치미 떼는 넉살을 남기고, 스바루는 다른 사람들이 지켜보는 앞에서 서가로 갔다.

변함없이 메일리의 책은 묘한 존재감을 내면서 그곳에 있다.

처음에는 다른 책과의 차이를 별달리 느끼지 못했는데, 아는 이름이 적혀 있다고 알자마자 이 꼬락서니다. 하여튼 인간의 인식이란 믿을 게 못 된다.

그리고 이 세상에서 가장 믿을 게 못 되는 자기 자신을 찾고자 스바루는 책을 집었다.

"────."

등 뒤에서 에밀리아와 베아트리스가 숨을 집어삼키는 기척. 샤울라는 속 편한 기색으로 머리 뒤에 깍지를 끼면서 스바루의 결단을 지켜보고 있다.

그런 세 명 앞에서 심호흡하다가 사전처럼 두꺼운 책의 표지에 손을 올렸다.

"──간다."

자기 자신에게 들려주듯이 중얼거린 스바루가 책을 펼치고──
의식에, 어둠이 깔린다.

2

──자신의 시작을 의식했을 때, 여자는 아무것도 가진 것이
없었다.

주위에는 아무도 없었다.

남자도, 여자도, 어른도, 아이도, 노인도, 아기도, 아무도 없
었다.

어둡디어둡고, 검디검은 숲에 홀로, 여자는 그저 홀로 있었다.

"―――――."

──말을 모르면, 슬퍼할 방법도 모른다.

──걷는 법을 모르면, 저항할 방법도 모른다.

──사는 법을 모르면, 죽어가는 이유도 알 도리가 없다.

따라서 본래라면 여자는 아무것도 얻지 못한 채로, 짐승의 이
빨에 걸려 생명을 끝내야 했다. 그 이마에 뒤틀린 뿔을 가진, 살
육의 짐승이 여자를 둥지로 데리고 가지 않았다면.

──말을 모르니까 슬퍼할 방법도 모른다.

──걷는 법을 모르니까 저항할 방법도 모른다.

──다만 살아가는 방법을 배웠으니까, 죽자고는 생각하지
않는다.

검은 짐승들의 변덕으로 구원받아 야생의 방식을 생명으로 배

우고, 여자는 짐승들의 여왕이 되었다. 그렇게 한 마리 짐승으로서 머잖아 들판 위에서 죽는 것이 숙명이라고 여겼었는데.

"――데리고 돌아오라고 지시받았거든. 그러니까, 같이 와 줘야겠어."

검은 소녀였다. 피비린내 나는 마성으로 얼룩진, 검은 소녀였다.

소녀는 짐승 무리를 섬멸하고 여왕의 옥좌에서 여자를 끌어내렸다. 미소를 띤 채로 소녀는 모든 것을 빼앗긴 여자를 메고 숲에서 데리고 나왔다.

――말을 모르니까, 슬퍼할 방법도 모른다.

――걷는 법을 모르니까, 저항할 방법도 모른다.

――이곳 말고 살 수 있는 곳을 모르니까, 죽을 이유조차도 찾지 못한다.

"슬퍼하는 법도, 저항하는 법도, 사는 법도 잃어버리셨다? 그 까짓 시시한 변명 읊어 봤자 알 바 아니라고요."

――그것은 슬퍼하는 법을 모른다는 것을 후회하게 했다.

"슬퍼해, 나를 위해서. 저항해, 나를 위해서. 살아라, 나를 사랑하기 위해서."

――그것은 저항하는 법을 모른다는 것을 후회하게 했다.

"모든 걸 다 떨어뜨렸다 잊어버렸다 잃어버렸다고 떠들 거면, 내가 교육해 주죠. ――그것이 『모친』의 의무라는 것이니 말이죠."

――그것은 사는 법을 잊고, 죽는 법을 생각하지 못한 것을 후

회하게 했다.

"그 사람 말에 놀아나는 건 그만둬. 내가 아니라면, 틀림없이 목숨이 몇 개 있어도 부족해질 테니까."

『어머니』 슬하에서 말을, 걷는 법을, 사는 법을 배우는 도중, 검은 소녀와 재회했다.

그 뒤로 검은 소녀는 자주 여자가 있는 곳에 얼굴을 내밀었다. 정신이 들고 보니 어느덧 검은 소녀와 함께 지내고 행동을 함께 할 때가 많아졌었다.

『어머니』와 처음 만나기 전, 뜨거운 탕 속에 던져진 기억을 떠올렸다.

검은 소녀는 피와 진흙과 때로 찌든 여자를 가차 없이, 엉성하게 씻었다. 어쩌면 그것이 마지막으로 여자가 느낀 기쁨이었을지도 모른다.

──『어머니』의 의향으로, 검은 소녀와 함께 있을 때가 명확하게 늘었다.

검은 소녀는 이상하게 강했다. 죽이는 솜씨가 뛰어났다. 사는 법 이상으로 죽이는 법을 알고 있었다. 그리고 동시에, 그 밖의 모든 게 엉성하고 대충이었다.

"■ ■ ■가 있는걸. 그렇다면 너에게 맡기는 편이 더 잘해 줄 거야."

만사가 다 그런 식이었다.

칠칠맞지 못했다. 야무지지 못했다. 손이 가는 상대였다. 눈을 뗄 수 없는 상대였다. 『어머니』에게 충실하지는 않았다. 죽이는 법만이 아니라, 사는 법도 자유로웠다.

그런 검은 소녀와 함께 있을 동안에는, 칠칠치 못한 그 소녀를 거들어 주고 있을 동안에는, 자신 또한 자유롭지 않느냐고 착각할 수가 있었다.

그렇기에──.

"──엘자가, 죽었어."

──죽었다. 죽었다. 재가 되어, 죽었다.

죽여도 죽지 않을 검은 소녀── 아니, 소녀였을 적은 끝나 그 여자는 엘자였다.

──죽었다. 죽었다. 재가 되어, 죽었다.

배에 창이 꽂히고, 두 팔을 어깨에서 잃고, 목이 날아간 모습도 본 적이 있었다.

그런데도 엘자는 죽지 않았다. 죽지 않는다고, 여겼었다.

──죽었다. 죽었다. 재가 되어, 죽었다.

엘자를 죽인 자들이 여자를 잡아다 차가운 감옥 안에 밀어 넣었다.

여자는 홀로 어두운 방 안에서 허공을 바라보면서 생각했다.

──슬퍼하는 법은 모른다. 저항하는 법도 모른다. 생명의 가치 따위 자신에게는 없다.

여자는 결함품이었다. 숲에서 짐승이 거두기 전부터, 친부모에게 버려지기 전부터 여자는 결함품이었다. 짝이 맞지 않았다. 결여되어 있었다.

그렇기에 마찬가지로 결여된 엘자와 기적적으로 딱 들어맞은 것이다.

──밉다, 밉다, 미운 것인가. 미움이란 도대체 무엇인가.

──슬프다, 슬프다, 슬픈 것인가. 슬픔이란 도대체 무엇인가.

그저 휩쓸리며 무언가를 모방해서 살아온 여자는 진짜 감정을 알지 못한다.

짐승과 있었을 때는 짐승을. 『어머니』가 교육할 때는 『어머니』를. 그리고 엘자와 함께 있었을 때는 엘자를 모방해 다른 이의 흉내를 내는 인형으로서 살아왔다.

──엘자를 잃은 지금, 여자는 누구를 모방하고 누구를 규범 삼아 살면 되는가.

모르는 채로 시간이 흘렀다.

그사이에도 여자는 겉보기만을 치장해서 주위가 바라는 여자로서 행동했다. 혹여 누군가가 여자의 죽음을 바랐더라면, 그 뜻대로 따라도 좋았다.

『어머니』가 교육이라고 칭하며 여자더러 죽으라고 명령해 주기라도 했으면, 그 뜻대로──.

그, 뜻대로. ──. ─────. ────────.

"……그건, 싫어라아."

거기서 끝나는 것은 싫었다. 여기서 끝나는 것은 싫었다.

초조함이 마음을 태운다. 누가 바라는 대로 살아오던 영혼이 자신의 소원을 호소했다.

최소한 답이라도 알고 싶은 것이다.

──엘자를 살해당한 자신이 어떡해야 하는지, 그 답을.

"──뭐야. 너도 와 있었냐, ■ ■ ■."

밤이었다.

모래탑의 서고, 『사자의 서』가 꽂힌 서가 앞에서 누가 뒤에서 말을 걸었다.

한순간 심장이 펄떡거렸다. 공포가 뇌를 지배했다. 어째서 여기에 있느냐고 질문받으면, 그런 질문을 받으면 속일 수 없다. 답할 수 없다.

자신이, 누구의 『사자의 서』를 찾아서 몰래 이곳에 발길을 옮겼는지를.

"나는 잠깐 찾고 싶은 책이 있어서. 원래라면 다 같이 협력하는 편이 좋겠지만 조급해지는 마음을 억누를 수 없다 보니……."

흑발 소년이었다. 낯익은 소년이 왠지 머리를 긁고 말하고 있다.

그 소년에게 미소 짓고 갸웃거린다. 뛰는 심장 고동을 숨기며 평상시를 가장했다.

"──늦게 자지 마라, ■ ■ ■."

그런 말을 듣고 서고를 떠났다. 천천히 걷는다. 차츰 빨라지다가, 마지막에는 달리기 시작했다.

──뭘 하고 있었는지 봤다. 알았다. 알아챘다.

──보여주고 싶지 않았다. 알려지고 싶지 않았다. 들켜서는 안 됐다.

하지만 모든 것이 다 물거품이다. 여자가 남의 눈을 피해 무엇을 하고 있었는지 보고 말았다.

그렇다면 차라리, 탑 주위의 준비를 모조리 움직여서 전력으로 모조리 다 물거품으로——.

충동에 지배당해 여자는 뒤돌아섰다. 달려온 길을 되돌아가 『사자의 서』의 서고로. 바닥에 앉은 흑발 소년은 여자에게 등을 보이고 있었다.

흩어져 있는 여러 권의 책, 목적한 『사자의 서』를 찾아낸 것인가. 이미 그 추측조차도 시기를 부르지만, 이쪽을 알아채지 못한 등에다——.

"——얄팍한걸, 너."

숨이 막혔다. 뒤돌아보지 않은 채 천박한 여자를 욕하는 말에 심장이 휘어 잡혔다.

왜 들킨 것인가. 발소리는 지웠었다. 살의도 질질 흘리고 다닐 만큼 바보가 아니다. ——아니, 지금은 그런 건 됐다. 웃음을 꾸미고 아양을 떨며 평상시를 가장해야.

"알랑대지 마라, 역겨워. 아무도 너한테 그딴 거 바라지 않아."

말이 가로막혀 침묵했다.

머리를 굴리며 생각에 골몰했다. 최적의 답을. 흑발 소년이 무엇을 바라고 있는지를.

"얌전한 척하지 마라, 인형. 자기 가슴속의, 진짜 소망도 안 들리냐?"

진짜 소망. 그런, 진부한 표현이 어째선지 귓속에 들러붙어서 떨어지지 않는다.

"소망에 귀를 기울여. 그러면, 조금은 자기 자신이란 게 보이는 법이다. 자신이라는 게 보이면 하고 싶은 일도 분명하게 알수 있어."

하고 싶은 일을, 알 수 있다. 보인다, 자기 자신이.

하고 싶은 일, 소망, 그것은──.

"그 얼굴, 좋은데. ──맛이 짙어."

정신이 드니 흑발 소년이 뒤돌아서 여자의 눈앞에 서 있었다. 소년의 손이 여자의 땋은 머리를 살며시 들고, 몹시 도착적인 쾌락이 서린 검은 눈으로 바라보았다.

그 검은 눈에서 눈을 뗄 수 없다. 마음을, 옭아매어서.

"자신의 소망을 알았다면, 자신이라는 게 보였다면, 더 '어울리게' 움직여. 네 따분한 고민도, 시시한 괴로움도 내가 기억하고 있어 주마."

남의 속내를 멋대로 단정한 소년이 여자의 머리카락에 입을 맞추었다.

치미는 공포와, 그 이상의 도취감이 등을 쓸었다.

"──내가, 기억하고 있어 주마."

자신의 소망을 알았다면, 자신이라는 것이 똑바로 보였다면.

──여자는, ■ ■ ■로서, 해야 할 일을, '어울리게' 할 수 있다는 말인가.

"──어젯밤 얘기 말인데, 나는 얼마나 진담으로 들으면 될

까아?"

하룻밤 지나 아침 식사도 마치고, 탑에서의 다음 행동을 일으키기 전에 흑발 소년에게 접촉했다.

잠을 자지도 못할 만큼 생각했다. 생각하고 생각하고 생각하다가, 그런데도 답은 내지 못했다.

소년도 마치 어젯밤 대화는 없었다는 듯한 태도로 여자를 대했다.

그래서 일부러 기회를 마련해 말을 걸었다. 조급해지는 마음을 억누르지 못해서. 최소한 누구도 듣지 못할 장소로 데려간 뒤에 할 걸 그랬다고 나중에 깨달을 만큼.

"여기선 뭐하네. 장소를 바꾸자."

소년 쪽에서 제안해 주어서 두 사람은 적당한 방에 들어갔다. 어젯밤에 한 말의 진의, 그것을 묻고 싶다. 어젯밤 소년이 무엇을 번뜩 떠올렸는지, 그 설명도 없었지만──.

"──미안하다, ■■■."

귓전에 속삭인 말을 들은 직후, 갑자기 떠밀려 바닥에 나동그라졌다.

쓰러져서 등판을 찧었다. 갑작스러운 사태에 저항하지 못한 몸에 소년이 올라탔다. 그 얼굴이 보였다. ──본 적도 없을 만큼 흉악한 표정으로 웃고 있었다.

"그걸 직접 묻는 건 규칙 위반이야."

강한 힘으로 목이 압박당한다.

입을 뻐끔거리며 버둥거렸다. 폐가 부풀지 않는다. 필사적으로, 목을 잡은 손에 손톱을 박았다. 움직이지 않는다. 치워 낼 수 없다. 이런 상대, 엘자라면.

"이번엔 규칙 위반으로 탈락이지만 다음엔 더 대담한 활약을 기대하마. 여태까지처럼 팍팍 열심히 해 줘."

의미를 모르겠다.

무슨 말을 하고 있는지. 무슨 말을 하는 거야. 무슨 말을, 하고 있는 거야.

"이건 이거대로 재미있는 이야기가 되겠어. ──나츠키 스바루의, 살인 사건이다."

살해당한다. 이해는 거기까지가 한계다. 살해당한다. 결국 무엇을 할 수 있었나. 살해당한다. 그 숲에서 혼자였을 적부터, 무엇을. 살해당한다. 아무것도 하지 못한 채, 의미도 없이. 살해당한다. 즐거운 듯이. 살해당한다. 즐기면서. 살해당한다. 살해당한다. 살해당한다. 살해당한다.

──죽여, 버릴 거야.

3

"으, 아아아아악──?!"

그때 비명을 터트리며 ■ ■ ■는 튕겨난 것처럼 그 자리에서 자빠졌다.

시야가 빙글 회전하고 손에 들던 것을 떨어뜨렸다. 숨통이 막혀 목을 꺽꺽대고 호흡곤란에 빠진 폐가 패닉을 일으키며 경련했다.

"잠깐, 스바루?!"

딱딱한 데에 뒤통수를 찧고 고통의 비명을 흘린 ■ ■ ■에게 은발 소녀가 달려왔다. 같이 있는 드레스 차림의 소녀와 둘이서 동시에 쓰러진 ■ ■ ■의 어깨를 부축했다.

"나, 나아는…… 아, 어, 나? 지금, 지금, 지금지금지금, 어떻게에, 된, 어?"

"심호흡! 심호흡해! 억지로 말하지 마! 에밀리아, 책을 만지면 안 돼! 서로 섞이는 것이야!"

눈이 팽팽 돌고 입 끝에 거품을 문 ■ ■ ■에게 소녀가── 아니, 베아트리스가 필사적으로 외쳤다. 베아트리스의 말에, 은발── 에밀리아도 허둥지둥 끄덕였다.

"스바루 상태가 이상해! 섞이다니, 이 책은 무슨 짓을 한 거야?!"

"아마 너무 깊이 들어갔어. 말투가, 두 사람이 섞여 있는 것이야."

베아트리스의 분석에 에밀리아가 눈을 크게 떴다. 그대로 그녀는 ■ ■ ■에게 달려들어 그 뺨을 끌어당겨서 자신의 눈과 마주 보게 했다.

"스바루, 떠올려. 괜찮아. 너는 나츠키 스바루, 나의 기사님. 천하불멸의 알거지, 오우케이…… 그리고, 그리고……."

에밀리아가 자신의 기억을 더듬어 뭔가 엉뚱한 말을 읊기 시작했다.

그 절조 없는 말을 들으면서 ■ ■ ■는, ■ ■루는, 스 ■루는──.

"나…… 아, 나라고, 해야지……. 나아가, 아니라, 나고……

엘자는, 없고."

"그냥 있어! 침착해. 괜찮으니까…… 천천히, 천천히 하자?"

"가시처럼 박힌 다른 기억을 천천히 뽑아 가는 것이야. 그러면 원래 스바루로 확실히 돌아올 테니까."

에밀리아와 베아트리스가 스바루에게—— 스바루다. 스바루에게 말을 걸어 주었다.

그 말에 따르면서 자신의 머릿속, 박힌 기억이라는 가시를 주의 깊게 뽑았다. 그야말로 최후의 최후, 생명이 끊어지는 순간까지 남은, 기억을, 가까스로.

"괜찮아, 괜찮으니까……."

에밀리아는 떠는 스바루를 껴안고 다정하게, 따뜻하게 말했다. 스바루는 거기에 몸을 내맡기면서 천천히 자신과 '타인'을 분리했다.

그런 그들의 분투를, 이 자리에 있는 마지막 한 명이 조용히 바라보았다.

"————."

——샤울라는 녹색 눈을 가늘게 뜨고, 그저 조용히 그 모습을 바라보고 있었다.

제5장 『──살인은, 습관이 된다』

1

어둡고, 어둡고, 어둡고, 어둡고, 어둡고, 어둡고, 어두운 장소.
머릿속의, 속의, 속의, 속의, 속의, 속의, 속의, 속.
자신, 나, 저, 누구, 당신, 너, 나츠키 스바루, 메일리 포트루트.
나츠키 켄이치, 엘자 그란힐테, 나츠키 나호코, 페트라 레이
테, 에밀리아, 샤울라, 베아트리스, 프레데리카 바우먼, 아나
스타시아 호신, 가필 틴젤, 율리우스 유클리우스, 오토 스웬,
람, 청발의, 누군가, 내가, 당신이, 제가, 자신이, 타인이, 나
를, 당신을, 네가, 나를──.
　──자신, 나, 나츠키 스바루. 자신, 나, 나츠키 스바루.
　──누구, 나, 메일리 포트루트. 누구, 나, 메일리 포트루트.

사고가 빙글빙글빙글빙글 맴돌고, 현실과 비현실의 애매한
감각 속에서 함께 녹으며, 섞이고, 엉키고, 보듬고, 미워하고,
괴로워하고, 사랑하고, 요구하고, 죽이고, 바라고, 부수고, 위
협하고, 공감하고, 울고, 웃고, 이해하지 못한다.

자신은 자신이며, 자신일 수밖에 없으며, 타인은 타인이고, 타인일 수밖에 없다.

 거기에 타협의 여지는 없고, 거기에 양보할 자비는 없고, 거기에 이해를 나눌 토양은 없고, 거기에 서로를 생각하는 관계도 없고, 오로지 공허하게 완결되어 있다.

 "스바루……."

 "———————."

 머리를 흔들어 애써 자기 안의 '타인'이라는 이름의 가시를 뽑는 작업에 몰두한다. 그 과정을 마치지 않으면 자신을 걱정스럽게 지켜보는 소녀들에게도 대답할 수 없다.

 자타의 경계를 정의해서, 뒤섞인 가운데 나츠키 스바루를 추출해야 한다.

 일인칭, 이인칭, 기억, 추억, 인상, 감정, 그 외 기타 등등을 선별해 해부한다. 신중하게 정성 들여서. 그러지 않으면 같이 녹고 섞여서 떼어낼 수 없어진다.

 자신과, 자신의 '이 손'에 죽은 소녀가, 한데 묶여 섞여서———.

 "———나츠키, 너는 도대체 무엇을 봤지? 그걸 얘기할 수 있어?"

 "으, 아?"

 그, 인격이 뒤섞인 상태인 스바루에게 바로 정면에서 목소리가 날아왔다.

 그것은 연두색 눈을 가진 인물. 아나스타시아——— 아니, 지금은 에키드나였던가. 좌우지간 그녀가 쪼그려 앉아서 시선을 맞대며 묻고 있었다.

"잠깐, 에키드나. 지금 스바루는 큰일을 겪은 직후라⋯⋯."

"물론 그건 알고 있어. 다만 현재 상황은 우리에게도 중대한 사태야. 그의 행동을 헛되이 하지 않기 위해서도 신속하게 문제 해결을 진행하고 싶어."

"그건, 그렇지만⋯⋯."

평정을 지키지 못하는 스바루 앞에서 에밀리아와 에키드나가 서로 의견을 부딪쳤다. 대화를 나누면서 에키드나의 시선이 한순간, 바닥 위에 놓인 한 권의 책에 쏠렸다.

──스바루가 다 읽은, 메일리 포트루트의 『사자의 서』에.

"다시 묻겠어, 나츠키. 네가 본 책의 내용은──."

"──메일리의, 기억, 이었어."

"⋯⋯아아."

질문에 대답한 스바루. 그 답변에 에밀리아가 손으로 얼굴을 가렸다. 에키드나도 예상은 했겠지만 얼굴을 굳히지 않을 수 없었다.

이 자리에 있는 누구나 새로운 『사자의 서』가 진열된 의미를 알고 있다.

불과 몇 시간 전, 말을 주고받고 식사를 함께한 어린 소녀와 사별했음을.

스바루가 일으킨 혼란은 그 '죽음'을 직시한 것이 원인이라고.

"침착해, 스바루. 지금은 침착하게 자신을 되찾는 데 집중하는 것이야."

"……미, 안."

"괜찮아. 이럴 때만큼은 베티에게 전력으로 기대도록 해. ……이건 스바루 탓만이 아니야. 괜히 이상한 생각하면 안 돼."

"———."

옆에 다가와 준 베아트리스가 초췌한 스바루의 머리를 쓰다듬고 그렇게 말했다.

산산이 흐트러진 스바루의 마음을 지탱해 주겠다고 에밀리아와 베아트리스가 애쓰고 있다. 그런 그녀들의 배려가 스바루의 마음을 잔혹하게 찢어발기고 있으니 얄궂은 이야기다.

스바루 탓이 아니라고, 베아트리스는 자비롭게 말해 주었다.

하지만 이건 다른 누구도 아닌, 『나츠키 스바루』가 일으킨 죄다. 그 사실을 알지 못한 채 자상하게 스바루를 위로하는 베아트리스가 너무나 우스꽝스럽고 서글펐다.

"——람 여사, 당신은 어떻게 생각하지?"

그런 대화를 나누는 스바루와 베아트리스를 엿보며 진지한 표정의 율리우스가 람 쪽에 말문을 틀었다. 뒤늦게 합류한 두 사람도 메일리의 『사자의 서』가 발견되었고 그것을 스바루가 읽은 경위는 들었다.

그 안색을 보아 이 두 사람이 받은 충격은 비교적 가볍게 보였다.

그것은 아마——.

『——저 둘은 제대로 나를 경계하고 있었기 때문이겠지이. 살인 청부업자니까 당연하지만. ……아, 언니랑 목도리 언니는 허술했거어든?』

　그런 분석에 대한 수긍이 스바루의 내부에서 이루어졌다.

　그와 상관없이 답을 요구받은 람이 바닥의 책에 눈길을 돌렸다. 던져진 한 권, 그 표지에 적힌 제목을 쳐다보고, 람은 작게 한숨을 쉬었다.

　"방금 스바루의 말을 믿는다면, 메일리 양은 이미……."

　"그 꼬락서니로 거짓말을 할 수 있을 만큼, 바루스는 요령이 좋지도 매정하지도 않잖아. ……저 책이 메일리의 책인 건 확실해."

　"──나라면, 확실한 증명을 위해 읽을 수도."

　"두 번째니까 여유다? 같은 조건인 바루스를 보면, 도저히 그렇게 낙관할 수 없어. 정신적으로 미숙한 바루스니까 저리 됐다고도 생각할 수 있겠지만."

　거기서 말을 끊은 람이 비장한 눈매의 율리우스를 바라보며 뒤이었다.

　"공교롭게도 람은 지금의 율리우스가 바루스보다 나은 상태라고 평가하지 않아."

　"……마땅한 말이군. 어제의 독단 행동도 합쳐서, 설득력이 있는 반론은 불가능하겠어."

　"나도, 안타깝지만 같은 의견이야."

　매서운 람의 지적에 율리우스가 자조하자 에키드나도 결론에 찬동했다. 그녀는 목덜미의 여우 목도리를 쓰다듬으면서 주저앉은 스바루 쪽을 턱짓했다.

"율리우스를 신뢰하지 않는 건 아니야. 하지만 저 나츠키의 모습을 보면 같은 수단은 주저하게 되는걸. ……저게 횟수와 책의 내용, 어느 쪽이 원인이든 간에."

"단순히 바루스가 두 번째니까 저렇게 됐는지, 가까운 상대의 『사자의 서』를 읽었기에 부담이 커졌는지. 확인할 방법은 없어."

자신의 팔꿈치를 안은 람의 말에 에키드나도 눈을 내리깔고 끄덕였다. 그 말을 듣던 율리우스도 고운 눈썹을 찌푸리고 분한 듯 입술을 깨물고 있었다.

"＿＿＿＿＿."

아마도 에키드나와 람의 추측은 후자가 옳다.

스바루의 마음이 이렇게까지 큰 대미지를 입은 것은 『사자의 서』의 대상이 가까운 관계였기 때문이다. 그 생생한 '생명'의 기록이 초래한 충격이 마음을 쪼갠 것이다.

그 결과, 스바루는 『나』의 밑바닥에서 자신과 상대의 경계를 잃고 섞일 뻔했다.

그 소녀가 내내 품고 있던 생명이라는 타성의 허무감까지——.

"——아무튼, 가만히 있을 수는 없어. 메일리를 찾자!"

거기서 공기가 터지는 소리가 크게 울려 퍼졌다.

그 소리를 낸 것은 가슴 앞에 두 손을 세게 마주친 에밀리아였다. 고개를 든 그녀는 서고의 주목을 자신에게 모으고 그렇게 주장했다. 그 사실에 스바루는 눈을 동그랗게 떴다.

"찾아……?"

——찾는다, 찾는다는 건, 뭐냐. 거기에 무슨 의미가 있나.

——메일리는, 그 소녀는, 『나』는, 이미 죽어 버렸는데.

——죽어 버리기 전에는 신경도 써 주지 않았으면서.

"찾아 봤자 이미 늦을지도 몰라. 우리는 그 아이랑 같이 있어 줘야 했는데, 그러지 못했을지도 몰라. 그러니까 찾아내 줘야 해."

"＿＿＿＿＿＿."

"그 아이를, 더 이상 외톨이로 놔두면 안 되잖아?"

에밀리아의 그 말에는 구체성이 없어 견실함이나 현명함과는 거리가 멀다.

그런 행위에 아무 의미도 없다는 스바루 속 『나』의 주장은 변함이 없다. 현실주의자라면 더 의미 있게 시간을 쓰라고 반박했으리라.

그러나 에밀리아의 그 제안에 이 자리의 아무도 반대하려 들지 않았다.

"오늘 방침은 변경할 수밖에 없겠어. 갈라져서 메일리 양을 찾지."

"람은…… 렘이 무사한지 확인하러 가겠어. 에밀리아 님과 바루스를 부르러 가기 전, 계속 함께 있었지만…… 지금, 다시 한 번."

"람 여사는 그러는 게 좋아. ……스바루, 가혹하겠지만 확인하고 싶다. 너는 메일리 양의 마지막 순간까지, 『사자의 서』로 확인할 수 있었는지를."

말을 고른 율리우스. 그 물음에 스바루는 대답을 망설였다.

메일리의 최후를 본 거냐는 물음에 대한 답변은 YES다. 스바루는 더할 나위 없을 만큼 가까이서 메일리의 『생명』이 사라지는 순간을 맛보았다.

『목이 졸려서, 숨이 막힌다고, 숨이 막힌다고 바동바동거렸지이. 그 저항도 갑자기 뚝 끝나서…… 그게 죽어 버린다는 거였을까아.』

피해자로서도 가해자로서도, 스바루는 그 상황에 참가했다. 안 그래도 그 주검을 방에 숨기고 발견되지 않게 은폐 공작까지 한 판국이다.

——『나』를 죽인 『나츠키 스바루』에게, 나츠키 스바루는 가담한 것이다.

그렇게 생각하니 죽고 싶어질 정도의 죄책감이 가슴속에서 솟구쳤다.

하지만——.

"스바루, 어떨까. 너는, 메일리 양의 최후를……."

"——최후까지는, 보지 못했어. 탑 안에서 무슨 일이 있었어. 그건 틀림, 없지만."

스바루는 그 죽고 싶어지는 죄책감을 억누르고 자신을 지키는 위증을 감행했다.

『……아쉬워라아.』

마음속에 싹터 가는 위태로운 감정은, 나츠키 스바루에게 죄를 고백시키려는 메일리 포트루트가 남긴 저주다.

메일리의, 『나』의 주검을 다른 사람들이 발견하기를 바란다. 발견해서, 분해하고, 후회하고, 마음에 응어리진 감정을 해방하고 싶다.

 그것은 이미 나츠키 스바루와, 『나』와, 『나츠키 스바루』, 도대체 누가 바라는 감정인지 스스로도 알 수 없어져 가고 있었다.

 "……한 번 더, 책을 읽을 기력은 남아 있나?"

 "에키드나!"

 자아의 경계선이 어지러워진 스바루에게 에키드나가 무자비하다고도 할 수 있는 제안을 던졌다. 그 말에 스바루가 대꾸하기 전에, 낯빛이 바뀐 베아트리스가 덤벼들었다.

 베아트리스는 스바루의 팔을 세게 안고는 커다란 눈동자로 에키드나를 노려보았다.

 "베티에게 무슨 이름으로 소리치게 하는 거야……! 아무튼, 그런 짓은 못 시키는 것이야. 더 이상은, 감정과 다른 이유로 베티는 반대하겠어."

 "섞일 위험성을 감안하면 나도 추천은 하지 않아. 어디까지나 그 각오가 있느냐를 확인하고 싶었을 뿐이지. 하겠다고 주장해도 시킬 마음은 없었어."

 "……그게 네 본심이길 빌 것이야."

 에키드나가 의견을 거두었음에도 베아트리스의 눈길에서 분노는 사라지지 않았다. 그대로 불온한 분위기가 감돌 때, 에밀리아가 "그만해." 하고 끼어들었다.

"나도 스바루에게 더 이상 무리를 시키는 건 반대할래. 언제까지고 여기서 제자리걸음 하고 있는 것도 반대할래. ……빨리 찾아 주고 싶어."

"동감입니다. 갈라지지요. 스바루, 너는……."

"──스바루는, 베티가 보고 있겠어."

율리우스의 우려보다 앞서서 베아트리스가 자진해 스바루의 간호에 나섰다. 베아트리스에 말에 다른 사람들도 끄덕였다.

"부탁해, 베아트리스. ──스바루, 있다가 봐."

서로 역할을 맡긴 뒤, 그런 말을 남기고 에밀리아를 비롯한 일행이 서고에서 뛰쳐나갔다.

메일리를, 『나』를 찾아내기 위해서 탑 안에 뿔뿔이.

스바루는 멀어져 가는 일행의 등을 건넬 말도 없이 배웅하고──.

"──그래서, 너는 어쩔 속셈인 것이야."

일행이 나가고 나서, 베아트리스가 서고에 남은 인물── 서가에 기대고 있는 샤울라를 노려보며 딱딱한 목소리로 캐물었다.

스바루가 메일리의 『사자의 서』에 도전한 이후로 동석했음에도 한마디도 꺼내지 않던 샤울라는 그 질문에 "저요?" 하고 자신을 손가락으로 가리켰다.

"어쩌고 자시고, 저는 별지기인데요? 꼬맹이들에게 협력할 이유는 없어요. 아, 물론, 스승님의 부탁이라면 전력으로 듣겠지만요!"

"……그럼, 이런 곳에 있지 말고 너도 메일리를 찾으러 가도록 해."

"──정말로 그게 스승님의 바람입니까?"

샤울라가 갸우뚱하고, 특징적인 녹색 눈을 가늘게 떴다.

베아트리스의 머리를 넘어서 직접 스바루에게 던진 물음. 그 말을 입에 올린 그녀의 표정은 왠지 요염해서, 향이 번질 듯한 독특한 마성을 띠고 있었다.

그 분위기의 표변에 스바루는 심장이 잡힌 것 같은 착각을 맛보았다. 그녀는 그 풍만한 가슴 앞에 메일리의 『사자의 서』를 끌어안고 말을 이었다.

"스승님이 바라신다면 저는 달이라도 쏘아 떨어뜨리겠어요. 그러니까 반마나 꼬맹이 1호, 멋쟁이의 부탁이 아니라 스승님한테 듣고 싶어요."

"나한테……."

"저는 꼬맹이 2호를 찾아야 하나요? 아니면……."

거기서 샤울라가 말을 끊고 뒷부분을 입에 담지 않았다.

다만 스바루의 명령을 기다리는 듯한 그녀의 태도에 베아트리스가 의아한 표정을 지었다. 스바루도 곤혹감이 크지만, 그 이상의 초조가 가슴을 안쪽부터 쥐어뜯었다.

샤울라의 저 제안은 마치──.

『오빠랑 내 관계를 알고 있는 것처럼 들리지 않아?』

"────."

스바루의 뇌리에 울리는 목소리는 이 상황을 즐기는 것처럼 들떠 있었다.

나츠키 스바루와 『나츠키 스바루』가 혼재한 육체는, 『사자의
서』를 읽음으로써 전혀 다른 인격을 흡수해 분열된 정신성을
드러냈다.

　──스바루는 메일리의 '죽음'에 관계된 사실을 숨기고 싶다.

　──스바루는 자신이 숨긴 메일리의 시체를 찾길 바란다.

　──스바루는 『나』를 죽인 『나츠키 스바루』를 규탄하고 싶다.

　그것들, 모순된 희망이 뒤섞여서 주도권 쟁탈을 벌여 미래를
얻고자 한다. 그 갈등 끝에 이 자리의 답을 거머쥔 것은──.

　"──샤울라, 메일리를 부탁해."

　"알겠슴다. 스승님이 바란다면 저는 뭐든지 좋다 이겁니다."

　쥐어 짜낸 스바루의 명령에 샤울라가 귀엽게 경례했다. 그 뒤
로 가슴에 안고 있던 『사자의 서』를 스바루에게 내밀고 혀를 쏙
내밀었다.

　그리고 그 책을 스바루가 받아 들려는 순간.

　"──잘, 알고 있으니까요."

　샤울라가 앞으로 몸을 쏙 내밀어 스바루의 귓가에 속삭였다.

　그 진의를 캐묻기보다 먼저, 샤울라는 휙 뒤돌아서 "야압─."
하고 힘차게 계단을 뛰어 내려갔다.

　"대체 뭐야……."

　들썩이는 포니테일이 사라지자 스바루는 쉰 한숨을 흘렸다.

　마지막 한마디도, 『사자의 서』를 떠넘기고 간 것도, 죄다 의도
를 모르겠다.

　"지나치게 생각해 봤자 무의미한 것이야. 그 책도, 지금은 놓

는 편이 나아."

"_____."

고개 숙인 스바루 옆, 혼자만 남아 준 베아트리스의 말이 사무쳤다.

스바루를 염려하는 그 시선—— 에밀리아가 띠고 있던 것과 같은 빛에 꿰뚫린 스바루의 속내는 안도와 그 이상의 불편함에 지배당했다.

지금의 스바루에게 베아트리스의 다정한 마음을 받아들일 자격은 없다.

기억 상실을 숨기고, 메일리의 죽음에 관여했음을 숨기고, 『나츠키 스바루』라는 흉악한 인격이 꾸미고 있는 악덕을 숨겼는데 어떻게 태연히 대할 수 있을까.

"……왜, 너는 그렇게 다정한 거야?"

"——또 뜬금없는 질문인 것이야. 왜 그러는 건데."

다정한 배려에 대한 채무감이 부추긴 질문에 베아트리스의 눈이 휘둥그레졌다. 그런데도 무턱대고 질문을 쳐내지 않은 건, 스바루에 대한 신뢰가 있기 때문이다.

에밀리아와 베아트리스의, 『나츠키 스바루』에 대한 신뢰가.

"_____."

신뢰. 그렇게 생각한 순간, 스바루의 가슴속에 검은 얼룩이 번졌다.

『내』가 엘자에게 보내던 것. 에밀리아와 베아트리스가 『나츠키 스바루』에게 보내는 것.

나츠키 스바루만이 가질 수 없는, 바라보기만 할 수밖에 없는 보석.

왜, 그따위 남자가. 왜, 그런 잔혹한 인간이. 왜, 그토록 추악하게 웃는 남자가. 왜, 엘자의 죽음에 관계된 원수가. 왜, 메일리를 비웃고 죽인 살인자가. 왜, 『나』의 죽음을 숨기려 드는 비열한이. 왜, 그딴 남자가 호의를 받나.

왜냐고 묻는 목소리가 있다. 알고 싶다. 모른다. 알고 싶다. 자신만이, 스바루만이, 『나』만이, 모른다. 알 수 없다. 알고 싶다. 모조리 다 일방적으로.

마음을 불사르는 것만 같은 선망이, 질투가, 손이 닿지 않은 보석을 갈망한다.

그 보석을, 손에 넣을 방법을──.

『──내가 확 가르쳐 줄까아?』

"_____."

뇌리에 달콤하게 울리는 목소리가 잔혹하게 스바루를 유혹했다.

그리고 스바루의 모든 것을 지배한 질투의 불꽃, 이를 끄는 법이 가까이 있음을 깨달았다.

답을 아는 방법이라면 지금도 자신의 품속에 있지 않은가.

──검고 두꺼운 책이, 알고 싶어 하는 자의 호기심을 끔찍스럽게 환영했다.

2

사람과 사람이 서로 이해하려면, 말을 주고받는 것만으로는 한계가 있다.

　어떤 인간관계여도 상대의 마음 전부를 속속들이 알 수는 없다. 사람은 사랑스러운 상대에게도 숨기는 게 있다. 거짓말을 한다. ──비밀을, 가진다.

　나츠키 스바루가 경애하는 아버지와 어머니에게 말 못하는 비밀을 숨기고 있던 것처럼.

　이는 사랑하는 것, 마음을 터놓는 것, 몸을 맡기는 것, 유대를 키우는 것, 그런 다양한 심신의 연결과 전혀 별개의 문제인 것이다.

　그렇기에 아무리 열망하더라도 누군가를 남김없이 이해할 수단은 존재하지 않는다.

　──아니, 존재하지 않아야 했다.

　"────."

　──메일리 포트루트.

　『사자의 서』를 읽음으로써 스바루는 그 생애를 하이라이트 영상처럼 맛보고, 몰래 접하는 모양새이긴 해도 소녀의 성장 내력을, 신념을, 철학을 알았다.

　위장도, 비밀도, 거짓말도 없다. '진짜'만이 있었다.

　『내』가 소중히 여기던 상대가 있었던 것. 그것을 빼앗겨 기댈 곳을 잃은 마음이 헤매고 있던 것. 그것을 빼앗은 스바루 쪽에 어떤 마음을 품으면 되는지 고심하던 것. 자신의 본심을 알고자 『사자의 서』를 찾던 것.

망설이던 모습을 들켜서 부끄러워하고 절망까지 했던 것도, 전부 알 수 있었다.

그것이 이『사자의 서』를 보유한 서고의 진짜 기능이다.

함께 있는 누군가의, 에밀리아의, 베아트리스의, 탑 안에 있는 동행자들의 의도를, 알고 싶다고 바란 본심을, 이들이『나츠키 스바루』를 믿는 이유를.

그들이 아군인가, 적인가. 스바루를 죽인 적인가, 살리는 아군인가.

사랑할 수 있는가, 사랑할 수 없는가. 미워할 수 있는가, 미워할 수 없는가.

──그것을 알 방법이 바로 이『사자의 서』가 아닌가.

"……스바루, 역시 상태가 안 좋은 것이야? 여기가 불편하다면 장소를 바꾸고 쉬는 편이 나아."

베아트리스가 생각에 골몰한 스바루의 어깨를 만지며 걱정스럽게 쳐다보았다.

스바루는 나비 같은 무늬가 떠오른 특징적인 파란 눈을 마주보며 조용히 숨을 죽였다. 소녀의 작디작은 손바닥과 가느다란 목. 어린아이같이 가녀린 체격.

"조그마네……."

"우, 갑자기 무슨 소리야. 이 미니멈도, 베티의 매력 포인트라고. 스바루도 평소부터 그렇게 말했을 것이야."

뾰로통해진 베아트리스의 모습에 스바루는 무심코 미소를 지을 뻔했다.

확실히, 멀쩡한 상태의 스바루라면 말할 법한 너스레다. 거기에 자신과 『나츠키 스바루』의 공통점이 있는 느낌이 들어 바로 씁쓸한 것이 가슴을 채웠다.

작다. 정말로, 베아트리스는 작은 아이다.

이 머리를 잡고 있는 힘껏 바닥에 찍으면 그것만으로도 확실하게 죽어 버릴 것이다.

──죽여 버리면, 그 『사자의 서』도 서고에 나타나는 걸까.

『나한테, 그랬던 것처럼.』

스바루 것일 수가 없는 목소리가 그 의도를 조소했다.

묘하게 '몸에 익은' 음색은 죽은 소녀의 달콤한 조롱이 되어 스바루를 헤집었다.

"──────."

그러나 스바루는 여태까지도 그랬듯이 그 목소리를 결코 상대하지 않았다.

다만, 달콤한 목소리가 찬동한 『수단』은 쉽게 버릴 수도 없을 것 같았다.

"일단 그 정령이 있는 방으로 돌아가겠어. 그편이 좋을 성싶은 것이야."

말수가 적은 스바루의 모습에서 베아트리스가 서고에서 이동할 것을 제안했다. 그 제안을 거절할 이유도 없어 스바루는 "그러게." 하고 짧게 수긍했다.

"그럼 책은 도로 꽂아 둬. ……베티가 보는 한, 책의 배치 순서도 그때마다 바뀌는 구조니까 여기에 둔 것도 그다지 못 믿겠지만 없는 것보다 나은 것이야."

　그렇게 말하면서 베아트리스가 메일리의 『사자의 서』를 받아 들어 계단 정면의 서가, 그 끝에 꾸욱 쑤셔 넣었다. 다시 찾기 쉬운 위치지만, 베아트리스의 말이 사실이라면 이 신기한 서고에서 같은 책과 만날 수 있을지 없을지.

　『뭐, 이젠 관계없지이. 그야아, 오빠가 나랑 얘기하고 싶으면 계속 오빠 머릿속에 있어 줄 건데에.』

　"——파트라슈가 있는 곳이지? 람도 있을 테니, 빨리 가자."

　"동감이지만 베티에게는 섭섭한 태도야. 참 내, 스바루의 파트너는 이 베티인 것이야. 그 점을 잊으면 안 돼."

　"미, 미안, 미안. 딱히 다른 뜻은 없어. 잊기는, 무슨."

　순간, 핵심이 찔린 스바루의 뺨이 경직되었다. 스바루는 그 경직을 얼버무리면서 아래층의 『녹색 방』을 의식했다.

　거기서 기다리는 검은 지룡. 파트라슈의 존재가 스바루의 마음에 주는 평온은 크다.

　실제로 목숨 걸고 스바루를 구하고자 뛰어다닌 파트라슈만은 속내나 본심을 의심하지 않고 전적으로 스바루가 믿을 수 있는 존재——.

　『정말로? 오빠가 정말 「나츠키 스바루」가 아니라고 알아도, 그 아이는 똑같이 오빠를 구해줄까아?』

　"————."

　『결국, 오빠 편은 아~무도 없는 거 아니야아?』

　자기 안에 똬리 튼 소녀의 조롱에 스바루는 아무 말도 하지 않았다. 그럴 리 없다는 말이든, 믿고 싶지 않다는 말이든, 아무 말도.

"자, 손을 빌리겠어, 스바루."

"어, 어어."

머릿속의 소녀에게 정신이 팔려 베아트리스의 부름에 대한 의식이 벗어났다. 그렇기에 손을 잡으려던 베아트리스의 커다란 눈이 동그래진 이유를 알아채는 게 늦어졌다.

베이트리스가 보고 있던 것은 스바루가 내민 손── 상처투성이가 된 손이다.

"……아, 이건."

보여선 안 될 것을 보였다. 그렇게 이해하자 스바루의 심장이 아픔을 호소했다.

지금 이 순간에 상처와 메일리를 결부 짓기는 불가능하다. 하지만 메일리의 시체를 발견했을 경우, 목을 졸려 죽었다고 알면 자그마한 증거도 부합한다.

『어쩔 거야아? 이제에, 여기서 시작하려고오?』

초조감에 쫓기는 스바루의 마음속을 비웃으며 소녀가 폭력의 예감에 설레는 목소리를 냈다. 스바루는 쿵쿵 맥박 치는 심장에 맞추어 피의 순환에 관자놀이가 쑤시는 감각을 느꼈다.

그러나 그런 스바루의 초조감과 정반대로, 베아트리스는 작게 한숨을 쉬고 말했다.

"──또 자기 손을 할퀸 것이야? 나쁜 버릇이야."

"……어?"

"이 위치는 좋지 않아. 에밀리아가 봤다간 뭐라고 변명할 셈인데. 베티도 너무 심한 몰골이면 눈감아 줄 수 없어져."

베아트리스가 스바루의 손목을 손가락으로 쓸며 애처로운 듯 눈을 내리깔았다.

그것은 마치 스바루의 팔에 상처가 있는 게 당연하다는, 익숙하게 봤다는 태도였다. 그것은 단련과 싸움에서 입은 상처에 대한 태도가 결코 아니었다.

스바루의 자해가 당연하다는 것 같은 태도였다.

"――――."

상처를 만지는 베아트리스의 손끝이 희미하게 빛나고, 서서히 열기가 팔을 감쌌다.

희미하게 느껴지는 간지러움은 아마도 마법으로 상처가 아물어가는 감각일 것이다. 판타지 세계에서는 정석인 마법, 이러쿵저러쿵 해도 제대로 구경하는 것은 처음이었다.

그와 동시에 스바루 안에 싹트던 공격적인 의식이 급속히 사라지기 시작했다.

『……재미없어.』

기대가 어긋났다는 듯 소녀가 언짢게 혀를 찼다. 그 오기 어린 소리를 들은 스바루는 자신이 빠질 뻔한 사고의 악순환을 의식했다.

아까, 하마터면 실행할 뻔한 선택지 같은 게 그 증거다. 완전히 정신이 나갔다.

별달리 솔선해서 『사자의 서』를 이용하겠다고 맹신에 빠질 필요라곤 없다. 하물며 이렇게 아무 준비도 하지 못한 단계에서 그러겠다니, 자살행위다.

목적은 죽이는 것이 아니다. 죽인 뒤에 나타날 책을 읽는 것이지——.

"아니야……."

『아니지 않아.』

"아니야——!"

스바루는 희롱하는 듯한 조소를 언성 높여 부정했다.

부정, 그렇다. 부정이다. 소녀의 달콤한 유혹을, 스바루는 단호히 거절한다. 왜냐면 당연하지 않나. 스바루는 이미 결단했다. 이미 선택한 것이다.

——샤울라에게, 메일리의 수색을 돕도록 부탁했다.

메일리의 시체 은폐는 방구석에 숨기고 천을 덮었을 뿐인 조잡한 것이다. 찾으려 마음먹으면 금방 찾는다. 진심으로 거부한다면 수색에 동의해서는 안 되었다.

물론 어떤 식으로 말하면 의심받지 않고 방침을 돌릴 수 있을지 모른다. 하지만 정녕 스바루가 사정을 은닉할 심산이라면 수색은 방해해야 했다.

그렇게 하지 않은 시점에서 스바루는 『나』의 바람에 굴복한 것이다.

"그러니까, 나는……!"

"스, 스바루…… 손, 아픈 것이야……."

"——아."

스바루는 내면의 목소리를 부정하는 기세로 치료해 주던 베아트리스의 작은 손목을 잡고 있었다. 소녀가 눈썹을 모으고 스바루의 난폭한 행동을 약하게 나무랐다.

　당황하며 손을 뗀 스바루가 "미안해!" 하고 사과했다. 그 말에 베아트리스는 고개를 가로저었다.

　"괜찮아. 끄떡없는 것이야. 스바루도 상처가 나아졌을걸."

　"……어, 어어, 괜찮아. 정말로 미안. 폐만 끼쳐서."

　"그런 소리는 안 하는 게 규칙이야."

　그거야말로 규칙과 같이 흔한 대꾸를 한 뒤에, 베아트리스는 잡힌 손을 내밀었다. 한순간 스바루는 그 손을 잡기 주저했지만 바로 망설임을 뿌리쳤다.

　부드럽게 베아트리스의 손을 잡는다. 뜨뜻한 감촉이 마주 잡아 왔다.

　"자, 가자. 지금은 몸과 마음을 쉬는 게 먼저인 것이야."

　가녀린 손을 잡은 소녀가 보내는 미소에 스바루도 가까스로 끄덕였다.

　괜찮다고, 제대로 할 수 있다고, 내면의 목소리에 결코 굴복하지 않게.

　"——괜찮아. 나는, 괜찮다고."

　거듭거듭 반복해서, 자기 자신에게 타일렀다.

　——만약 메일리가 발견되었으면 그때는 깨끗하게 체념하자.

　『사자의 서』를 읽기 전에 하려던 결단, 그에 따르겠다. 스바루는 베아트리스의 다정한 배려에 접하면서 그렇게 결의했다.

하지만 결과적으로 스바루의 결의가 결실을 보지는 못했다.

탑 안을 빠짐없이 수색했지만 메일리를 찾아낼 수는 없었다.

어린 소녀의 주검은 홀연히 연기처럼 플레아데스 감시탑에서 자취를 감추고 만 것이다.

3

"이 탑에 온 뒤로 헛발질이 계속되는걸."

거점 방에 모여 저녁 식사를 들던 중에 람이 나직이 중얼거렸다.

적나라한 그 한마디는 반론할 여지가 없을 만큼 일행의 현 상황을 가리키고 있었다. 하긴 람이 그렇게 푸념하고 싶어지는 심정도 이해한다.

애써 도착한 감시탑에서 일행은 연거푸 지독한 꼴을 보았다.

2층의 『시험』에 관련된 분쟁, 발각된 아나스타시아와 에키드나의 문제. 거기에 메일리의 생사가 추가되었고, 밝히지는 않았으나 스바루의 기억 상실도 포함된다.

아예 저주받은 여행길이라고 표현하는 편이 당당하다 싶을 감촉이라고 할 수 있을 것이다.

전원의 표정은 어둡고 피로의 기색이 짙다. 오후 예정을 변경해 메일리의 수색에 소비했음에도 불구하고 수확이 없다. 헛발질했다는 허무함은 생각 외로 괴롭다.

저녁밥인 싱거운 수프가 괜히 짜게 느껴지는 상황이었다.

"일단 레이드에게도 물어봤는데 못 봤다고 그러더라. 어제부터 아무도 오지 않아서 심심하다고……. 아마 거짓말이 아니었을 거야."

"방약무인한 남자지만 어린아이를 해치고 즐거워할 남자는 아니……라고도 단언할 수 없는 게 무서운 것이야. 하지만 베티는 에밀리아의 직감을 믿겠어."

2층의 파수꾼, 빨강 머리 안대 남자의 화제에 스바루의 몸이 본능 수준에서 겁먹었다.

스바루에게는 극악한 인상밖에 없는 남자지만, 다행히 청취하러 갔던 에밀리아는 무사히 돌아올 수 있었던 모양이다. 사람을 가린다고 생각하니 더욱 극악한 느낌도 든다.

어쨌든 에밀리아가 무사해서 천만다행── 그렇게 안도할 자격이 자신에게 있다고는 도저히 생각할 수 없었지만.

"오늘의 결과는 아쉽게 됐어. 하지만, 내일은……."

"미안하지만 내일 이후도 그 소녀를 수색할 셈이라면 나는 반대하도록 하지."

"에키드나……?!"

에밀리아가 마음을 다잡고 내일 이후의 이야기를 하려던 순간, 에키드나가 냉혹하다고도 할 수 있는 결단을 입에 올렸다. 그 의견에 에밀리아는 입술을 꾹 다물었다가 외쳤다.

"그런 건 안 돼! 메일리가 어떤 기분으로 있을지도 모르는데……."

"이미 그 소녀에게는 그런 감정적인 기능이 남아 있지 않아. 그건 나츠키가 확인한 『사자의 서』가 증명하고 있지. 더 이상 시간을 무의미하게 허비할 수 없어."

"……이야기를 꽤 급하게 몰잖아."

에키드나의 논리에 에밀리아는 감정적인 반론밖에 하지 못했다. 그런 에밀리아를 대신해 베아트리스가 에키드나를 조용히 노려보았다.

"그러면 조리 있는 말이라도 수긍하기 싫어져. 뭔가 이유가 있는 것이야?"

"──그렇게 이상한가? 식량에도 한도가 있고, 탑에 오래 머무를수록 양쪽 진영 모두에 부담을 강요하게 돼. 연락 수단도 없고 말이지."

"일리 있어. 에밀리아 님과 아나스타시아 님…… 지금은 내용물이 다르지만, 양쪽 다 왕선에 참가하신 지체 높은 분이신 걸. 이런 사막의 탑에 오래 계실 분들이 아니야."

베아트리스가 롤 머리에 손가락을 넣고 에키드나를 견제했지만, 거기서 같은 진영에 있는 람이 에키드나에 찬동했다.

이후 방침을 둘러싸고, 탑 공략에 관한 자세의 차이가 여실히 드러나고 있다.

"뭔─가 싫은 느낌이네요~. 싸울 거면 저랑 스승님하고 관계없는 데에서 해 주시죠. 저는 저대로 스승님이랑 행복한 가정을 만들 겁니다. 딸 하나 아들 하나 추가로 아무나 하나요."

"……지금은 조용히 있어."

찌릿찌릿한 분위기에 혀를 내민 샤울라가 엉덩이를 미끄러뜨려 옆에 붙었다. 본래 메일리가 상대하고 있을 때가 많았지만, 그 소녀가 빠진 만큼 맥락 없는 넉살의 방향은 스바루에게 집중되고 있었다.

그 넉살에 건성으로 대응한 스바루는 샤울라의 태도에 맺힌 바가 있었다. 논의를 어디 부는 바람이냐 여기는 태도가 아니라 서고에서 보인 태도에 대해서.

스바루를 스승님이라고 따르며 직접 지시를 바라던 샤울라. 그녀는 스바루가 무슨 말을 하기를 바랐는가. 스바루가 말하는 일이라면 어디까지 해 주는가.

──스바루가 『사자의 서』에 관한 발상을 그만두지 않았더라면, 어떻게 되었을까.

"말다툼은 그만하지."

율리우스의 말이 스바루의 사색과 험악한 분위기를 함께 갈라 냈다.

미간에 고뇌를 새긴 율리우스는 에키드나를 손으로 제지한 뒤에 베아트리스 쪽에 눈짓을 보냈다.

"오해를 살 발언을 사과하겠습니다. 다만 이해해 주시길 바랍니다. 그녀…… 에키드나도 아무 이유 없이 그런 제안을 한 것은 아닙니다."

"율리우스, 관둬. 그 이야기는……."

"이미, 에밀리아 님 진영은 동행한 소녀를 잃었을지도 몰라. 여기다 뭘 더 숨기는 건 바람직하지 않아. 우리 쪽도 성의를 표할 때야."

율리우스의 성실한 주장에 에키드나는 뒷말을 집어삼켰다. 그 모습을 보다가 율리우스는 다시 베아트리스 쪽을 돌아보았다.

"말씀하시던 대로, 지금 현재 아나스타시아 님의 육체 주도권은 에키드나에게 있습니다. 게다가 이 상태는 아나스타시아 님의 오드를 깎아 가며 유지되고 있지요."

"오드를 깎는다니…… 설마, 아나스타시아 씨가 잠든 뒤로, 계속?"

"……그렇구나. 탑의 공략을 서두르고 싶어질 만해."

율리우스가 밝힌 에키드나의 비밀에 에밀리아와 베아트리스가 놀란 기색을 드러냈다.

사실 오드라고 들어도 스바루는 그 뉘앙스밖에 파악할 수 없다. 오드 및 마나는 마법과 관련된 판타지 용어 중에서 자주 보는 단어다. 에밀리아의 반응을 보건대 잃어서는 안 될 종류의 중요한 것.

그 사정이 밝혀지자 에키드나는 탄식하며 어깨를 으쓱였다.

"이제 와서 속일 의미도 없지. 율리우스의 말이 맞아. 나는 이러고 있기만 해도 아나의 생명을 갉아먹고 있어. 그러니까 1초라도 빨리 아나에게 몸을 돌려주고 싶은 거야."

"자신이 자유롭게 쓸 수 있는 인간의 몸을 포기하고 말이야?"

"이 상황은 나도 뜻한 바가 아니야. 아나의 육체 주도권을 얻어도 내 마음은 부자유에 얽매여 있어. 이런 말을 인공정령이

하는 것도 이상한 얘기지만……."

거기서 에키드나는 잠깐 말을 끊었다가 마저 했다.

"그릇에는 맞는 존재가 들어가 있어야 하는 법이지. 껍데기만
빌려 봤자 알맹이가 따르지 않으면 밑천이 드러나. 부자연스러
워지지. ──그건, 끔찍한 일이야."

"──웃."

눈을 내리깔고 자기 몸을 저주하듯이 이어진 에키드나의 발
언. 그 말이 생각지 못하게 이야기를 듣던 스바루의 가슴까지
깊이 후벼 팠다.

껍데기를 빌린, 알맹이가 따르지 않는 존재. ──그것이 무섭
도록 무겁게 마음에 구멍을 냈다.

"이건 위안거리도 되지 않는 의견이지만, 이 탑에 전지하다는
말까지 듣던 『현자』의 지식이 잠들어 있다면 행방을 감춘 그 아
이가 어디 있는지도 알 수 있을지 몰라. 그런 의미로도 탑의 공
략을 우선하면 어떨까. ……비겁한 주장인 건 알고 있지만."

"아냐, 고마워. ──나에게도 메일리에게도 신경을 써 준 거
잖아?"

"……글쎄. 나 자신과, 아나의 몸을 아끼느라 그랬을 뿐일지
도 모르지?"

제안을 수용할 자세를 보인 에밀리아의 물음에 에키드나가 겸
연쩍은 기색으로 눈을 피했다. 그 모습에 에밀리아는 옅게 미소
지은 뒤, 표정을 다잡고 다시금 선언했다.

"메일리는 엄─청 걱정돼. 하지만 에키드나의 마음도 알겠

어. 그러니까 내일부터는 다시 탑 위에 꼭 가기 위해서 할 수 있는 일을 하자. 물론, 나는 되도록 메일리를 찾을 생각이지만……."

"그러느라 탑의 공략이 소홀해지면 본말전도예요, 에밀리아 님."

"알아. ──뭐가 가장 중요한지, 그건 자기 머리로 잘 생각해 볼 거야."

가슴에 손을 짚은 에밀리아가 굳센 의지를 눈에 드리우고 자신을 훈계했다.

그리고 에밀리아는 상황을 관망하던 스바루 쪽을 돌아보았다. 순간, 그 시선에 어린 힘에 압도당했지만, 에밀리아가 뒤이은 말은 규탄하는 것이 아니었다.

"스바루도, 이러면 좋을까?"

"──응, 좋다고 봐. 그편이 메일리도 분명히……. 그런데 왜 나한테?"

"그야, 스바루는 메일리의 책을 읽었잖아? 그렇게나 괴로워 했던걸. 아마 메일리를 가장 걱정하는 건 스바루일 테니까."

다짐하는 에밀리아의 말에 스바루는 숨을 죽였다.

둘러보니 스바루를 주목하는 사람은 에밀리아만이 아니다. 베아트리스도, 람도, 에키드나도 율리우스도 샤울라도, 모두가 스바루 쪽을 보고 있었다.

그것이 어떤 의도를 담은 시선인지, 짐작할 머리가 작동하지 않았다.

작동하지 않는 채로 스바루는 자기 안의 안이한 마음에 따라 입술을 움직였다.

　"──걱정은 하고 있어. 하지만 메일리도 우리가 멈춰 있기를 바라지 않을 거야."

　『와아, 오빠도 참 멋져어. ──자기도 전혀 믿지 않으면서어.』

　바로 뒤에서 대화를 지켜보고 있는 소녀가 세계 제일로 허울뿐인 말을 조소했다. 그걸 알면서도 스바루는 표정을 꾸며내며 필사적으로 사고했다.

　──무엇을 선택하고, 무엇을 버릴 것인가. 한시라도 빨리 자신의 입장을 정해야만 한다고.

　이것은 한 가지 여담이지만, 이런 말이 있다.

　──『살인은 습관이 된다』.

　그것은 그 유명한 명탐정 에르퀼 푸아로가 세상에 남긴 말 중 하나다.

　그 말은, 사람을 죽인 인간이 살인의 쾌락에 눈을 떠 자신의 욕구를 채우기 위해서 범행을 되풀이하게 된다……는 의미가 아니다.

　한 번 살인으로 문제 해결을 꾀한 자는, 다음 문제가 발생했을 때 또다시 살인으로 상황을 타파하려고 생각한다는 의미다.

　할 필요가 없는 살인을 선택지 중 하나로 생각하는 시점에서 이미 무언가 가장 최초의 중요한 부분에서 단추를 잘못 끼운 것이다.

실제로 자기 의지로 저지른 살인은 하나도 없더라도, 그 행위를 혐오하더라도, 그 행위가 해친 당사자의 기억을 엿보더라도, 습관에선 벗어날 수 없다.

 습관에선, 벗어날 수 없다.

 ──『살인은, 습관이 된다』.

4

 ──심야. 스바루는 간신히 생긴 단독 행동 기회에 활동을 개시했다.

 어두운 탑 안, 『녹색 방』에서 몰래 빠져나온 스바루는 복도를 살펴 인기척이 없음을 확인한 뒤에 살금살금 목적지로 향했다.

 『메일리도, 우리가 멈춰 있기를 바라지 않을 거야. ……배우가 따로 없네에.』

 "시끄러."

 『키득키득, 화내지 마아. 비꼬는 게 아니라, 정말로 그렇게 생각해서 그런 거라고오.』

 은밀 행동 중인데 놀리는 환청이 스바루의 귓가에 계속 들리고 있다.

 환청의 성가신 점은 귀를 막아도 효과가 없다는 것. 듣고 싶지 않아도 거부해도 달콤한 음색은 뇌수에 직접 울린다. 거부하려고 해도, 거부할 수 없다.

『좋으면서 틱틱대는 거지?』

　스바루는 노래하는 것 같은 조롱을 의식적으로 무시하고 어둠에 눈을 부라리며 발길을 옮겼다.

　저녁 식사 뒤, 일행은 내일의 탑 공략을 위해서 대화를 속행하다가 그대로 기운을 북돋고자 이른 휴식에 들어갔다. 메일리라는 전례가 있어서 일행은 한자리에 모여서 취침할 것을 제안. 문제의 스바루는『사자의 서』의 후유증을 구실로『녹색 방』에서 정양하겠다고 요청했다. 물론, 난색을 표시했지만――.

『오빠, 어지간히도 안색이 죽은 사람 같았는걸.』

“――――.”

『그래서, 같은 방의 파란 머리 언니는 뒤로 미룬 거구나아?』

　대답이 없는 스바루에 굴하지 않은 채 환청은『녹색 방』에서 잠자고 있는 소녀의 존재를 언급했다.

　환청의 목적은 스바루가『사자의 서』를 노리고 폭주를 일으키는 것. 그러기 위해서 손대기 쉬운『잠자는 공주』를 자주 화제에 올리지만, 무시한다.

『잠자는 공주』에게 손을 대는 건 우선순위가 전혀 높지 않다. 오히려 같은 방에 있던 파트라슈의 주의를 속이는 편이 힘들었을 정도다. 입술에 손가락을 대고 심야의 행동을 비밀로 해달라고 부탁했지만 말이 통하지 않는 숙녀에게 어디까지 전달되었을지.

　애초에 다른 사람들의『사자의 서』를 읽는 계획은 망상의 범주를 넘어서지 않았다. 가령 실행한다면, 기습하지 않는 이상실현이 불가능하다.

그렇기에 이날 밤 스바루의 단독행동이 가진 목적은 그쪽이 아니다.

『──내 시체, 어떻게 해 줄 거야아?』

"……어떻게 됐는지, 확인하지 않으면 서로 속이 안 풀릴 거 아니야."

『후훗, 그건 그렇지이. 나도 같은 기분이야아. 이심전심이구 나아.』

들뜬 목소리의 환청이 스바루의 행동이 얼마나 우스꽝스러운 지 설명하고 있었다.

숨긴 메일리의 시체가 발견되지 않은 것은 신의 안배라기보다 악마의 모략이다. 결국 자신의 소행이 공개되지 않은 것을 기회 로 스바루는 자신의 사정을 털어놓겠다는 결의를 어영부영 미 루고 급기야 본격적인 은폐 공작에 착수했다.

자기 자신을 저주하고 싶어질 만큼 즉흥적인 행동의 극치다.

다만 여기서 메일리의 시체를 끝까지 숨기지 못하면 수색을 포기하지 않은 에밀리아에게 발견될 우려가 크다. 그 마냥 긍정 적이고 고생도 모르는 소녀는 메일리의 주검을 발견될 때까지 결코 마음을 꺾지 않으리라.

따라서 스바루에게는 안심이 필요했다.

안심이 없으면 토대를 쌓을 수 없다. 토대를 쌓지 않으면, 그 위에 미래라는 성의 기초는 세우지 못한다. 기초를 세우지 못하 면, 미래는 완성되지 않는다.

나츠키 스바루의 안식이라는 성에, 메일리의 존재는 방해되는 것이다.

『말이 너무 심하네에.』

　지당한 악담을 무시하고 스바루는 문제의, 시체를 숨긴 방에 도착했다. 작게 숨을 들이마시고 각오를 다진 뒤에 방 입구를 지났다.

　솔직히 뒷맛은 좋지 않지만 시체는 사막으로 들고 나가 매장하는 게 최선일 것이다.

　"————."

　사각의 방 안쪽에, 돌로 된 받침대 같은 것이 놓여 있다. 메일리의 시체는 그 뒤쪽에 눕혀서 위에 하얀 천을 덮어두었다.

　스바루가 얼마나 혼란스러웠는지가 그 치졸한 은닉 방법에 명확하게 드러나고 있었다. 그 사실을 한심스럽게 통감하면서 스바루는 천천히 받침대 뒤로 돌아가——.

　"……뭐?"

　——메일리의 시체와 반나절만의 재회는 이루어지지 않았다.

　"————."

　말문을 잃고 스바루는 눈앞의 현실에 경악했다.

　받침대 뒤에는 아무것도 없다. 눕혀 둔 소녀도, 덮어 둔 천도, 전부 다 없었다.

　"어째서……. 분명히, 여기다 숨겼을 텐데……."

　뒤돌아서 방 중앙으로 나아가 바닥에 엎드렸다. 거기에 희미한 핏자국이 있다. 스바루의 팔에 난 상처에서 떨어진 피가 분명한 흔적으로 남아 있다.

여기가 메일리가 죽은 장소다. 아무리 스바루가 어리석어도 착각할 리 없다.

그렇다면, 있어야 할 메일리의 시체는 어디로——.

"——이렇게 밤늦게 살금살금, 뭐 찾는 거라도 있어? 바루스."

"——흡?!"

어깨를 들썩한 스바루가 즉시 목소리가 난 쪽으로 뒤돌아섰다. 얼굴이 파랗게 질린 스바루의 시야에 입구를 막듯이 선 인영이 있었다.

짧은 분홍색 머리카락, 날카롭고 이지적인 연홍빛 눈, 늠름하고도 예쁜 생김새가 싸늘하게 응시하고 있다. 자신의 팔을 안은 그 소녀의 자태는 장렬한 꽃이 연상되었다.

그런 생뚱맞은 감상을 품은 스바루에게, 소녀—— 람은 강한 적의를 내비치며 말했다.

"아니면, 가짜라고 해야 할까. 바루스의—— 나츠키 스바루의 실패작."

"뭣⋯⋯."

날카로운 시선과 목소리에 베인 스바루의 마음이 비명을 질렀다. 그 발언에는 스바루가 그녀와 접한 짧은 시간 동안에 품은 인상, 그것을 배신하는 열기가 서려 있었다.

스바루는 눈동자 색과 같은 열기에 타는 감각을 맛보고 신음하듯이 호흡을 헐떡였다.

"뭘 그렇게 당황해. 람의 질문은 전달했어. 대답하는 게 바루스…… 아니, 너의 역할이야."

"나, 나는 그냥……."

"그냥?"

창졸간에 답할 변명을 찾아 안 돌아가는 머리를 황급하게 굴리기 시작했다. 초동이 느린 뇌를 질타해 어떻게든 신들린 변호술로 이 자리를 극복해야만 한다.

하지만 간신히 움직이기 시작한 스바루의 뇌는 한 가지 사실에 집착하며 움직이지 않았다.

──나는 함정에 빠진 거냐고.

"＿＿＿＿."

메일리의 시체는 찾지 못했다는, 저녁 식사 자리에서 나온 대화 자체가 블러프. 그렇게 보고를 받았기에 스바루는 죄를 모면했다고 안도했다. 그렇기에 필사적인 수색도 헛되이 진부한 시체의 은폐 공작이 이겼다고 자기 편한 이야기를 믿은 것이다.

그 결과, 이렇게 진상이 밝혀지는 곳에서 꼴사납게 창백한 얼굴을 드러내고 있다.

스바루도 TV 드라마에서 여러 번 이런 장면을 봤다.

완벽한 계획을 짜낸 살인범이 결정적인 장면에서 탐정과 경찰이 잠복한 현장에 되돌아와서 마각을 드러낸다. 그리고 스스로 확고부동한 증거를 토해 내고 체포당하는 것이다.

그 마무리 작업의 실수를, 많은 시청자는 자신이라면 하지 않는다고 우습게 받아들인다. 그런데 실제로는 어떤가. 스바루의 이 꼬락서니는 그냥 희극 같지 않은가.

"──가짜 소리를 듣고도 반론이 없구나. 스스로도 자신의 수준 낮은 연기에 자각이 있었다는 증거일까. 상대의 사전 조사가 부족해. 공부를 안 했어."

"공부를, 안 했다는 건……."

"처음에 어색함을 느낀 건 에밀리아 님인걸. 아무리 못해도 한도가 있지."

경멸을 숨기지 못하는 람의 어조에 스바루는 생각지도 못한 의혹의 뒷면을 알았다.

가짜, 수준 낮은 연기, 『나츠키 스바루』에 대한 이해 부족을 지적당하고, 들킨 계기가 가장 속이기 쉽다고 여긴 에밀리아라고 알자 눈물이 나왔다.

끽소리도 못하는 걸 넘어, 밟혀 깨진 마음에서 피가 흐르며 아픔이 의식을 지배했다.

가짜, 가짜, 가짜라고, 마음의 아픔과 출혈이 나츠키 스바루를 규탄한다──.

"나츠키 스바루의, 가짜……."

수준 낮은 가짜라는 그 발상이 스바루의 깊은 내면에 거무칙칙한 감정을 부었다.

어두운 감정의 흙탕물로 변모한 그것이 마음속을 꽉 채우자 떨리는 무릎이 조용히 가라앉았다. 대신에 눈 속이 뜨거워지며 어두운 감정의 도화선에 불이 붙었다.

그것을, 그 도화선이 가닿는 곳을, 사람은 살의라고 부를지도 모른다.

"——밤중에 나들이 좀 했다고 아주 악당 취급인데 그래."

거무칙칙한 그것을 의식한 순간, 스바루는 사고를 전환해 람에게 응전했다.

일방적인 규탄에 대응해 스바루는 어깨를 으쓱이면서 방을 둘러보았다. 그리고 받침대 뒤에 아무것도 없음을 새삼 확인한 뒤에 말했다.

"상황이 이렇잖아. 끙끙 고민하다가도 산책하고 싶은 기분이 드는 건 알 거 아냐? 네 여동생…… 렘도 파트라슈도 없는 곳에서……."

"——누구도, 아무것도 보지 못한 줄 아나 봐? 아니야. '보고' 있었어."

"————."

"아무래도 그것도 공부를 못한 모양인걸. 더 얘기할 것도 없겠어."

수습하려던 스바루의 말을 입술에 손가락을 세운 람이 가로막았다. 무슨 우연인지, 그 몸짓이 『녹색 방』을 떠날 적에 스바루가 파트라슈에게 보인 것과 겹쳤다.

그때, '본다'는 말의 의미가 추측 이상으로 말 그대로일 가능성이 높아지고——.

"죄를 깨끗이 인정해, '실패작'——."

추궁받는 상황과, 그 용서하기 어려운 호칭이 결단의 등을 떠밀었다.

"——큭."

스바루는 자세를 낮추고 방 입구에 서 있는 람에게 돌진했다. 그대로 밀어 넘어뜨리고 메일리에게 했던 것과 똑같이 해 줄 심산이었다.

죽이겠다는 행위에 대한 저항감은 없다.

이미 메일리를 죽인 뒤다. 한 명이든 두 명이든 큰 차이는 없다. 그 이전에, 『나』는 시키는 대로 많은 생명을 앗아간 살인자다.

『──저 언니, 왼발의 중심이 안 좋아.』

믿음직한 선도자의 착안점에 따라 스바루는 무수한 선택지 중에서 최선의 수를 택한다. 살인의 지도는 칠흑의 살육자가 한 것── 여자를 죽이는 것쯤이야 가뿐하다.

"야만스럽고 지루한 결론이야."

"───────."

"──그렇게 야만스러운 남자한테, 가냘픈 람이 혼자서 덤빌 줄 알았어?"

조롱한다기보다 안쓰럽다는 듯한 람의 말과 공기에 금이 가는 소리가 겹쳤다.

대기 중의 수분이 급속히 응결되어 강제로 기체에서 고체로 다시 태어나는 공기의 단말마──. 그 순간, 충격이 스바루의 몸을 머리 위로 잡아챘다.

"뭐어……?!"

디딜 곳을 잃어 몸을 지탱하지 못하고 뒤로 뒤집혔다. 아픔에 깜빡이는 시야에 단말마를 지르고 있는 공기의 동결이 진행되다가 이윽고 스바루를 에워싸는 우리가 완성되었다.

환상적일 만큼 아름다운, 얼음으로 이루어진 우리── 거기에 스바루가 갇혔다.

"──전부 람의 착각이었으면 좋았을걸."

그렇게 사로잡힌 신세가 된 스바루를, 람의 뒤에서 나타난 에밀리아가 서글픈 남보라색 눈으로 바라보고 있었다.

5

──실패했다. 생각이 너무 짧았다. 혼자 올 리가 없었다.

당연한 결과에 스바루는 우리에 갇힌 원숭이처럼 아연실색했다.

람과 에밀리아의 협력은 당연한 이야기다. 스바루와 달리 두 사람에게는 협력한다는 선택지가 있다. 전제로 깔린 조건부터 다른 것이다.

"추궁 좀 받았다고 경박함도 가장하지 못하다니, 바루스라고 어디 내세울 수도 없겠네. 진짜 바루스라면, 생명의 위기라도 실없는 소리를 떠들었을걸."

"────."

"그러니까 에밀리아 님조차 못 속이지. 이류는 고사하고 삼류 이하야."

"그거 칭찬해 주는 거 맞지? 고마워."

"……천만의 말씀입니다."

우리에 갇힌 스바루를 바라보며 람과 에밀리아가 맥 빠지는 대화를 주고받았다.

　직전의 전개로 보건대, 이 얼음 감옥을 만들어낸 것은 에밀리아일 것이다. 자세히 들은 적은 없었지만 에밀리아는 마법사였다는 뜻이다.

　아름다운 은발 소녀와 얼음 마법. 그 신비적인 조합을 칭찬하고 싶지만.

　"나로선, 흉내도 못 낸다는 뜻이냐……."

　분한 마음에 스바루는 얼음 감옥을 발로 찼다. 꿈쩍도 하지 않는다. 스바루의 완력으로 얼음 감옥을 부수는 건 불가능하다. 삽이라도 없으면 이 구속에서 벗어날 수 없을 것이다.

　즉, 스바루를 살리는 거나 죽이는 거나 모두 에밀리아에게 달렸다.

　"……저기, 어떻게 된 거야, 스바루. 왜, 이런 일이."

　"그건……."

　이 상황인데 에밀리아는 여전히 스바루의 진의를 진지하게 물어봐 주고 있다. 그것은 다정함과 표리일체의 어리석음이다.

　물론 스바루에게도 할 말은 있다.

　이렇게 된 이유도 확실히 존재하는 것이다. 하지만 이제 와서 불가항력이었다고 호소해도 그런 종잡을 수 없는 이야기를 누가 믿어 주겠는가.

　"에밀리아 님, 물어봤자 소용없습니다. 저게 저희 질문에 제대로 대답할 거라고는 생각지 않습니다. 바루스로서 대하는 데에도 의문이 들고요."

"하지만 스바루는 스바루야. 람도 그건 알 수 있잖아?"

"어디까지나 겉모습만 같을 뿐인 불량품⋯⋯. 람은 그렇게 판단하고 있습니다."

수심에 빠진 에밀리아를 람이 타일렀다. 스바루의 속마음을 긍정하듯이.

다정한 것은 미덕이지만 상황을 분별하지 않으면 약점밖에 되지 못한다. 그 점에서 람은 스바루와 같은 의견일 것이다. 그렇기에 스바루에게 줄 자비도 없다.

"내가 이상하다고 눈치챈 건 에밀리아짱이잖아? 그런데 그런 식으로 나에게 희망을 갖는 이유가 뭐야? 애초에 뭐가 걸린 건데?"

"⋯⋯정말로 모르겠니? 지금도, 같은 부분이 걸렸는데."

"――?"

스바루와 『나츠키 스바루』를 분간한 이유, 그것이 스바루에게는 감도 잡히지 않는다. 다만 그녀들에게는 시시콜콜 친절히 설명해 줄 마음도 없는 모양이었다.

람은 연홍빛 눈을 날카롭게 뜨고 얼음 감옥 안의 스바루를 노려보았다.

"헛소리나 주고받을 마음은 없어. 아픈 맛을 좀 보면 속내를 토로할 생각이 들지 않을까?"

"고문이라도 하겠단 거냐? 그건 S끼만이 아니라 고도의 지식이 필요하다고."

"필요하다면 그러겠어. 그리고 아프게 하는 건 좋아하지 않지만──특기야.”

　몸 하나 뉠 정도의 공간밖에 없는 우리 속에서 스바루가 허세를 부리지만 람은 가차 없다.

　그 손가락은 하얗고 가느다랗지만 ‘아프게 하는 게 특기’ 라는 겸손한 주장이 스바루에게는 몹시 설득력 있게 느껴졌다.

　“──잠깐. 아프게 하면 안 돼. 내가 막을 거야.”

　그러나 그 과격한 결론을 실행하게 두지 않겠다고 에밀리아가 우리 앞에 두 팔을 펼치며 섰다. 람은 그런 에밀리아와 마주 서서 미간에 주름을 잡았다.

　“……에밀리아 님은 람에게 찬동해 주셨던 게 아닌지요?”

　“스바루가 이상하다 싶었으니까 얘기를 듣고 싶다는 의견에는 찬성했어. 그리고 이렇게 될지도 모르겠다 싶었고……. 그래서 내가 여기에 있어야 한다 생각했어.”

　“이렇게 되는 게 싫었으니까 베아트리스 님께는 율리우스 쪽 상대를 부탁했는데. 에밀리아 님까지 말귀가 어두우셔. ……생각이, 너무 물러 터졌어.”

　의견 충돌에 짜증을 숨기지도 않으며 람이 에밀리아 등 뒤의 스바루를 손가락으로 가리켰다. 람은 “잘 들으세요.” 하고 가시 돋친 말을 꺼냈다.

　“저건 바루스일 수가 없습니다. 수문도시…… 프리스텔라에서 있던 이야기는 들었습니다. 거기에, 자유자재로 모습을 바꾸어 타인으로 변신하는 대죄주교가 있었다던데요.”

　“……응. 그 대죄주교가 다른 모습으로 바꾼 사람들을 원래

대로 되돌리는 것도 우리가 이 탑에 온 이유인걸."

"그 대죄주교가 이 바루스로 변신했을 가능성은 어떻습니까?"

"그건……."

감정론으로 대항하는 에밀리아를 람이 논리정연하게 설득하려 들었다.

솔직히 스바루로서는 트집에 불과하지만 부정할 근거가 없다.

그리고 그 이상으로, 스바루는―― 아니, 『내』가 지금 화제에 거부감을 일으켰다.

"――큭."

플래시백하는 하얀 기억. ――그것은 나츠키 스바루의 것이 아니라 『사자의 서』 안에서 엿본 기억의 단편, 『내』가 『나』였을 적의 기억이다.

교육이라고 지칭하며 벌어진 『나』에 대한 수많은 처사.

그 중에서 가장 두려웠던 것은 자신의 몸을 무수한 '개구리'로 분열시켰을 때였다.

자신의 의식이 있는 것은 한 개체뿐인데, 분열한 자신들이 제 마음대로 뛰며 아무 데나 도망친다.

원래대로 돌아갈 수 없어진다는 공포와 『원본』을 잊어 가는 감각이 부르는 것은 자신이라는 생명이 가진 가치의 폭락. 원래대로 돌아왔을 때, 진심으로 『어머니』에게 감사했을 지경이다.

동시에 결코 『어머니』의 분부를 거역해서는 안 된다고 영혼이 굴복했다.

"――으."

그 공포를 자기 일로서 다이렉트로 떠올린 스바루는 현기증을 일으켰다.

자신의 형상이란 본인의 아이덴티티의 근간과 직결된다. 그것을 타인의 뜻대로 좌우된다는 것은 존재 그 자체의 모독이라고 해도 무방하다.

그것은 가장 혐오스러운 사악한 소행 중 하나로——.

"그런 극단적인 얘기, 람답지 않아! 그렇게 억지로 막아 버리는 말투!"

"그럴 리 없다고 단언할 수 있습니까? 그, 뒤에 있는 남자를 앞두고……."

위장이 뒤집히는 기분을 맛보는 스바루를 아랑곳하지 않은 채 두 사람의 말다툼은 이어졌다. 하지만 람의 주장은 '악마의 증명' 같은 것이다. 가능성이 있는 것은 증명할 수 있어도 가능성이 없는 것은 누구도 증명할 수 없다.

여기 있는 나츠키 스바루가 그녀들이 바라는 『나츠키 스바루』가 아닌 것.

그 논리를 설명하는 데에, 형상을 바꾸는 누군가의 힘은 유용하고 알기 쉬우며—— 그와 동시에 지금의 스바루에게는 진심으로 견디기 어려운 것이었다.

스바루는 반목하는 자기 내면의 감정을 감당하지 못해 괴로워하며 신음하다가——.

"당장 실토하게 해야 합니다! 진짜 바루스와, 메일리의 위치를."

"——아?"

기습 같은 람의 호소에 스바루의 의식이 다른 방향에 쏠렸다.

"_____."

고개를 든 스바루는 말다툼 중인 람과 에밀리아를 보았다. 에밀리아의 표정은 등 뒤에서는 보이지 않지만 대신에 람의 얼굴은 또렷하게 보였다.

분노에 타오르는 람의 눈에선 허언으로 스바루를 현혹할 의도가 느껴지지 않았다. 즉, 방금 발언은 본심이다. ——이들은 메일리의 주검을 발견하지 못했다.

이 자리에서 스바루를 규탄하려 대기했던 이유는, 어디까지나 『나츠키 스바루』를 연기하지 못한 스바루의 수상한 행동뿐.

람의 추궁이 왠지 뒤죽박죽이던 의미를 그로써 알 수 있었다. 하지만 동시에 알 수 없었다.

두 사람이 아니라면, 도대체 누가, 메일리의 주검을 옮긴 것인가.

스바루도, 람과 에밀리아도 아닌, 다른 의도가 움직이고 있다면——.

"진짜, 가짜라고 단정하면 안 돼! 왜냐면, 여기에 있는 스바루는……."

"——나는, 기억 상실이다!"

"뭐……?"

스바루는 얼음 창살을 잡고 두 사람의 말다툼에 정면으로 끼어들었다.

그 외침을 들은 람이 허를 찔린 표정으로 눈을 부릅떴다. 이것이 그녀의 의표를 찌르려는 의도라면 대성공이지만 그렇지 않다. 이건 진심으로 외친 소리였다.

이제 와서 이 사실을 밝혀 봤자 어쩌겠느냐고, 스바루 본인도 갈피를 잡지 못하는 호소였다.

"이 마당에 이르러, 무슨 같잖은 소리를……."

실제로 제정신을 되찾자마자 람의 표정은 분노로 물들었다.

그녀가 보기엔 방금 스바루의 발언은 궁색한 거짓말—— 그런 역할에도 못 미치는 단순한 헛소리에 불과하다.

하지만 람에게는 그렇더라도——.

"람! 스바루는 이렇게 말하잖아! 역시 이유가 있는 거야!"

"에밀리아 님, 진심이에요?! 이딴 소리, 믿을 가치도 없다고……!"

두 팔을 펼치고 람 앞을 막아선 에밀리아가 스바루의 말에 편들었다.

그것이 황당무계한 의견에 마침 잘됐다고 뛰어들었을 뿐이라면, 람 또한 일고도 하지 않고 쳐 냈으리라.

그러나 람의 고집스러운 부정에 에밀리아는 뺨에 굳게 힘을 주고 외쳤다.

"믿을 가치는 있어! 그게, 지금까지 우리가 지내 온 시간이잖아?!"

"음——."

에밀리아의 결사적인 호소로 람의 표정에 아픔이 번졌다.

한순간 연홍빛 눈에 생긴 미혹. 하지만 람은 그 망설임을 자신의 의사로 뿌리쳤다.

"──렘은, 어떻게 되는데?"

"아……."

한순간 람의 젖은 눈에 에밀리아의 기가 죽고, 상황이 움직였다.

제자리에서 몸을 낮춘 람의 발 후리기가 에밀리아를 노렸다. 그 공격을 크게 뒤로 뛰어 피한 에밀리아. 하지만 물러난 에밀리아의 손을 파고든 람이 잡았다.

그리고 에밀리아의 저항을 허용치 않으며 팔을 뒤트는 동작만으로 내던졌다.

"방해하지 마!"

"꺄아?!"

비명과 함께 반회전한 에밀리아가 창졸간에 긴 다리로 바닥을 디뎌 넘어지는 것을 모면하려 했다. 하지만 착지한 발이 람이 벗어던진 신발을 밟고 미끄러졌다.

자세가 무너져 에밀리아의 행동이 늦어졌다. 그 틈에 람이 지팡이를 뽑아 경악한 스바루의 콧잔등에 얼음 창살 너머로 들이댔다.

"잊었다고, 한 번 더 말해 봐."

"그…… 아니, 그게……."

"그 얼굴과, 목소리로, 렘을 잊었다고, 한 번만 더 말했다간……."

어금니를 앙다문 람. 그 떨리는 지팡이 머리의 공기가 일그러지는 게 보였다.

눈에 보이지 않는, 아마 마나가 마법의 발동 때문에 모이고 있다. 하지만 그 행동을 막을 말이―― 아니, 행동이 아니다.

람의, 눈앞에서 울어 버릴 것 같은 소녀의 눈물을 막을 말이 떠오르지 않았다.

――나츠키 스바루가 아니라, 『나츠키 스바루』라면 그게 가능했을까.

"안 돼, 람! 하지 마!"

자세를 회복한 에밀리아가 외치며 람을 막으려 했다.

하지만 늦었다.

"―――."

하얀빛이 얼음 창살 안에서 깜빡이다가 충격이 스바루를 집어삼켰다.

바로 몸이 뒤쪽으로 힘껏 창살에 부딪치고 뒤통수를 찧었다.

"――억."

머리가 휘청 흔들리고 의식이 흐려진다.

변명조차도 때를 놓친 채로 나츠키 스바루의 의식은 거기서 끊기고――.

　　　　　　×　　×　　×

"――으?"

희미한, 허약한 신음 소리를 흘리고 의식이 각성으로 인도받는다.

천천히, 천천히 진창 같은 암흑에서 부상하는 의식. 왠지 아득한 곳을 헤매는 감각. 그것이 서서히, 서서히 가속하며 현실감을 띠다가, 이윽고――.

"――윽, 아?! 아파?!"

각성한 순간, 의식이 억지로 목덜미를 잡혀 아픔과 함께 딸려 올라갔다. 찌르는 통증이 눈꺼풀 속에서 작렬하고, 스바루는 딱딱한 바닥 위에서 몸을 펄쩍 세우며 깨어났다.

"아파……. 아파, 아프다, 아파. 아파. 뭐야, 뭐야, 이거……?"

아픔의 원인을 찾아 스바루는 왼쪽 어깨에 손을 뻗었다. 건드린 순간, 격통이 시야를 새빨갛게 물들였다. 왼팔이 전혀 움직이지 않는다.

"이거, 설마 어깨가 빠진 건가……? 탈구라니, 겪어본 적도 없다고……."

어깨 아래가 덜렁거리며 의지를 반영하고 있지 않았다. 움직이려하거나 억지로 건드리면 격통이 번졌기에 스바루는 흔들지 않도록 주의하면서 일어섰다.

"여기는, 메일리가……."

최후를 맞이한 방. 즉, 의식이 끊기기 직전까지 있던 방이다.

그 증거로, 스바루의 등 뒤에는 에밀리아가 마법으로 만든 얼음 감옥이 그대로 남아 있었다. 신기한 것은 스바루가 감옥 밖에 쓰러져 있었다는 점이다. 보는 바로 감옥이 개방된 흔적은 없고, 얼음 창살을 빠져나올 수단은 없을 텐데――.

"……그래서 어깨인가?"

거기까지 생각하던 스바루는 어깨의 탈구와 얼음 감옥의 관련성을 알아챘다.

감옥의 얼음 창살 간격을 보면 억지로 빠져나가는 게 불가능할 리는 없다. 확실히 어깨라도 빼면 못 지나갈 건 없을 성싶다. 문제는, 그걸 무슨 수로 실행했는가.

그리고――.

"――에밀리아와, 람은 어디로 갔지?"

방 안에, 조금 전까지 말다툼하며, 혹은 죽고 죽이는 싸움으로까지 발전할 뻔하던 두 사람의 모습이 보이지 않았다. 그건 너무나도 부자연스러운 상황이었다.

――아니, 부자연스러운 것 이상으로, 두려운 상황이라고 해야 했다.

스바루의 의식이 날아가고, 어깨는 탈구되고, 있어야 할 에밀리아와 람의 모습이 없다. 도대체, 스바루의 의식이 없는 동안 무슨 일이 일어났느냐고 방 안을 둘러보다가――.

'나츠키 스바루 등장'

그렇게, 벽에 언젠가 본 문장이 새겨진 것을 발견했다.

돌벽을 깎으며 거칠게, 하얀 캔버스에 휘갈긴 것처럼 새겨진 문장.

시야 한구석에 깨진 돌 받침대가 있다. 벽의 글씨는 그걸 써서 새긴 것 같다. 단, 그뿐이라면 팔의 글씨 모양 상처만한 임팩트는 없었을 것이다.

시시한 재탕이라고 웃어 넘겼으리라.

그러나, 그렇지만——.

'나츠키 스바루 등장'

'나츠키 스바루 등장' '나츠키 스바루 등장'

'나츠키 스바루 등장' '나츠키 스바루 등장' '나츠키 스바루 등장'

'나츠키 스바루 등장' '나츠키 스바루 등장' '나츠키 스바루 등장' '나츠키 스바루 등장' '나츠키 스바루 등장' '나츠키 스바루 등장' '나츠키 스바루 등장' '나츠키 스바루 등장' '나츠키 스바루 등장' '나츠키 스바루 등장' '나츠키 스바루 등장'——.

글씨는 방 안의 벽을 모조리 메우듯 빼곡하게, 병적으로 새겨져 있었다.

처음에 스바루가 위화감을 알아채지 못한 것도 당연하다. 그건 이미 벽지의 디자인이 이렇다고 착각할 만큼 집요하게, 꼼꼼히 새겨진 것이었으니까.

방 전부에, 누가, 무엇 때문에, 이런 글씨를, 새기고——.

"——아앙? 뭐냐, 이거. 기분 나쁜 방이잖아, 야. 뭐 때문에 이따위로 기분 나쁘게 꾸며놨어, 인마."

"_____."

오싹. 우두커니 선 스바루는 뒤에서 나온 목소리에 소름이 끼쳤다.

기척을 느끼지 못했기 때문이 아니다. 애초에 스바루는 지금 벽의 글씨에 의식을 완전히 빼앗기고 있었다. 누가 접근하든 알아채지 못했을 것이다.

그렇기에 놀란 감정은 그 때문에 생긴 것이 아니다.

지금 스바루가 놀란 것은, 그 막되어 먹고 매몰찬 음색을 들은 기억이 있었기 때문이다.

"인마, 이런 데에서 멍 때리고 뭐 하고 자빠졌냐, 치어. 무리를 놓친 치어 따위, 큰 물고기의 먹이가 되는 게 기본이잖냐, 인마."

그렇게 말한 빨강 머리 남자가 뒤돌아보지 못하는 스바루의 등 뒤에서 상어처럼 웃었다.

──여기에 있을 리 없는 남자가, 분명하게 웃고 있었다.

제6장 『Re: 제로부터 시작하는 이세계 생활』

1

들은 적 있는 남자의 목소리에 스바루는 찰나 동안 왼쪽 어깨가 호소하는 아픔조차 잊었다.

뇌리를 지배한 것은 공포와 공황. 어두운 감정의 온퍼레이드와 '어째서' 라는 한마디가 사고를 덧칠하는 절망적인 감각의 폭풍이었다.

어째서 자신의 왼쪽 어깨가 빠졌는가. 어째서 온 방 안에 '나츠키 스바루 등장' 이라는 글씨가 이렇게까지 새겨졌는가. 어째서 스바루를 잡았던 에밀리아와 람의 모습이 이 자리에 없는가. 어째서 숨겼던 메일리의 주검이 어디에도 없는가. 어째서 나츠키 스바루의 기억은 사라졌는가. 어째서 나츠키 스바루는 이세계에 불렸는가. 어째서 나는 아버지에게, 어머니에게 솔직한 이야기를 하지 못하고 있었는가.

어째서, 어째서, 어째서, 어째서, 어째서, 어째서, 어째서——.

"뭘 쭈그려져 있냐, 인마. 입 좀 열어라. 자식이 밥맛이네, 인마."

──어째서 이곳에 내려오지 못할 남자가 여기에 서 있는가.

"하앙. 뭐냐, 인마. 그 낯짝은. 쫄았냐, 인마. 울고 싶냐, 인마. 이렇게 기분 나쁜 방에서 기분 더러워지는 놈이구만, 인마."

끝이 없는 의문에 지배당하며 스바루가 고개를 들었다. 비웃고 있는 것은 키나가시를 입은 남자.

빨간 장발, 왼쪽 눈을 가린 안대. 드러낸 몸통에는 하얀 천이 감겨 있고, 단련되어 다부진 강철의 육체로 가엾은 스바루를 내려다보고 있다.

플레아데스 감시탑, 2층 『엘렉트라』의 파수꾼── 레이드 아스트레아.

"뭐야, 인마. 어깨 빠졌잖아. 꼴이 흉하다 싶었지. 야."

"끼, 악……!"

그 인식 직후, 스바루는 느닷없는 충격에 뇌가 작열에 타서 비명을 질렀다.

쳐다보니 스바루의 빠진 왼쪽 어깨를 레이드가 아무렇게나 잡고 있었다. 그는 곧장 거칠게 팔을 틀어 빠진 어깨의 관절을 억지로 끼웠다.

어긋난 뼈가 교정되며 둔탁하고 생생한 소리가 울리더니 스바루의 왼팔에 자유가 돌아왔다. 하지만 한동안 소강 상태였던 통증이 복귀해서 세상을 저주하고 싶어질 고통에 눈물이 흘렀다.

"야, 웬 호들갑이야, 인마. 내가 괴롭히는 것처럼 보이잖냐. 실제로 널 괴롭힌 건 내가 아니라 그 새끈이 쪽일 텐데 말이야."

"새, 끈이……?"

"얼음 감옥이랑 네 빠진 어깨 보면 상상이 가지. 내분이라도 일으켰냐? 재미있군."

코웃음을 치고 방을 둘러보는 레이드. 그 설명으로 그가 말한 새끈이가 에밀리아를 가리키는 것을 이해했다. 동시에 한눈에 보고 이쪽 사정을 파악하는 빼어난 통찰력 또한.

"어, 어떻게, 그런 걸 알 수 있지……?"

"이따위 정떨어지는 탑에 있으면 사내랑 계집이 할 짓이야 괜히 친해지거나, 괜히 험악해지거나 둘 중 하나밖에 없어. 그게 뭐 대단한 얘기라고."

정론……이라기에는 너무나도 심한 폭론. 그 폭론에 아무 대꾸도 할 수 없는 스바루로부터 눈길을 뗀 레이드는 가볍게 자신의 팔다리를 움직이다가 바닥을 밟아 보더니 말했다.

"──뭐, 그럭저럭 움직이는 모양이군. 좋아, 아주 좋아."

그렇게 확인하듯이 중얼거리고, 천천히 방 밖으로 발길을 돌렸다. 우두커니 선 스바루 따위 이미 안중에도 없는 자세다. 스바루는 당황하며 그를 쫓아갔다.

"기다려! 너…… 너는 위층에서 내려올 수 없다고 그러지 않았어? 그런데 어떻게 당연한 것처럼 이 층을 어슬렁대고 있어?!"

당당히, 당연한 것처럼 4층을 돌아다니는 레이드. 스바루는 그 등을 노려보며 처음에 떠오른 의문을 쏟아냈다. 그 물음에 레이드는 등 너머로 손을 설렁설렁 흔들었다.

"내가 2층에서 나올 수 없다고 언제 그랬는데? ……그렇긴 하지만, 안심하셔. 내가 외출하지 못한다는 전제는 틀리지 않았다. 그냥 그 전체가 무너진 거야."

"전제가, 무너졌다고……. 어, 어째서?!"

"거기까지 친절하게 너한테 가르침을 내려 주실 맘은 없으시다. 나는 외출할 수 있다. 너는 쫄아서 질질 싼다. 이상, 끝이다.
——아니, 끝이 아니군."

발길을 멈추어 스바루가 따라붙게 놔둔 레이드의 억양이 바뀌었다. 노려보기만 해도 상대를 참살할 법한 눈빛. 그 눈빛을 퍼붓자 스바루는 숨을 집어삼켰다.

"마침 뭐 좀 찾는 중이라서. 너의, 내분 일으킨 패거리는 어디 갔어?"

그 생각지도 못한 물음에 스바루는 "허?" 하고 눈을 동그랗게 떴다. 레이드는 반응이 둔한 스바루를 보면서 "인마." 하고 머리를 거칠게 긁었다.

"알겠냐? 나는 여기서 나갈 작정이지만, 밥과 물, 술도 필요해. 덤으로 여자도 있으면 불만 없지. 네 패거리 중에는 새끈이랑 야한 복장의 여자가 표적이다. 새끈이는 꼬드기는 데 죄책감이 있으니까 그 야한 여자가 가장 유력하겠구만."

"나, 간다……? 이 탑을? 하지만, 그러면, 너……『시험』은, 아니, 이것저것 더 있잖아? 이 상황이라거나, 전부 어쩌려고?!"

"아니, 네 전부 같은 거 몰라. 네 식구 뒤치다꺼리는 네가 해라. 나하곤 아무런 관계도 없어. 아아, 잠깐. 딱 하나 기분 나쁜 미련이 있지."

"미련이라면…… 아윽?!"

물고 늘어지는 스바루의 이마를 손가락으로 튕긴 레이드가 "멍청아." 하고 짧게 욕했다.

"말했잖냐. 뭐든지 대답을 들을 수 있을 거라 여기지 말라고. 병아리냐, 인마. 치어인지 병아리인지, 좀 중심 좀 잡고 살아라, 인마."

"네가 어떻게 부를지 문제인데……."

"때마침 나온 나를 네 불안이니 의문이니 후회 같은 거에 방패막이로 삼지 마라. 네 일은 네가 책임져. 날 써서 위로하지 말라고."

"―――――."

그것은 짜증이라고도 할 수 없는 말이었다.

짜증을 내려면 감정이 필요하지만, 레이드는 스바루의 존재 따위 개의치도 않는다. 개의치도 않는 상대 때문에 감정은 움직이지 않는다. 따라서 목소리에는 짜증조차 없었다.

하지만 그냥 뱉어 버렸을 뿐인 말로 스바루의 마음은 충분하고도 남게 난도질을―――.

"――아아, 납셨군."

침묵하는 스바루를 제쳐 놓고, 레이드가 이를 딱 부딪치고 웃었다. 그는 짚신을 신은 발로 바닥을 밟고 망설임 없이 통로 정면을 향해 걷기 시작했다.

제정신으로 돌아온 스바루는 성큼 멀어지는 등짝을 황급히 쫓았다.

어깨에는 아픔이, 마음에는 망설임이 있어서 적극적이 아니라 소극적인 의무감에 떠밀린 스바루는 앞에 가는 등짝을 열심히 쫓아갈 수밖에 없었다.

――그 등짝이 멈춰 선 곳은, 나선 계단을 한눈에 내다볼 수 있는 통로로 끝이었다.

"＿＿＿＿＿."

레이드를 따라붙느라 필사적이어서 그 사실을 뒤늦게 알아챈 스바루는 눈을 부릅떴다.

중앙이 뚫린 나선 계단은, 기억을 잃은 나츠키 스바루가 두 번 밀쳐져 목숨을 잃은 인연이 얽힌 장소다. 내려다보려면 그야말로 목숨 건 용기가 필요할 장소.

생각지도 못하게 그곳에 끌려온 스바루. 그러나 눈 아래에 펼쳐진 그 광경을 보고 '죽음'에 대한 공포를 확실하게 잊었다.

――나선 계단이 화염을 두른 괴물로 가득 메워져 지옥으로 화했기 때문이다.

"……허?"

불긋불긋 꿈틀대는 화염과, 무수한 아기가 울어대는 것만 같은 불협화음. 그것은 요란하게 뛰는 심장 고동에 섞여 들리지 않았던 지옥이 일제히 넘쳐 나온 참상이었다.

"끼야아――――!"

머리 부분을 뿔로 갈아 끼운, 끔찍한 반인반마(半人半馬)의 괴물. 그것은 화염의 갈기와 타오르는 뼈의 창을 휘두르며 탑 안을 스무 마리 이상의 무리로 짓밟고 5층을 제 세상인 것처럼 뛰어다니고 있었다.

어마어마한 열량은 계단 위에 있는 스바루 쪽까지 닿는다. 안구가 한순간에 마르겠다 싶을 정도의 열풍에 스바루는 비명과 함께 몸을 젖혔다.

"이거, 무슨……! 진짜로, 무슨 일이 일어나고 있는 거야?!"

"섬뜩하게 생긴 마수가 다 있구만, 인마. 야, 저게 뭔지 아냐?"

"몰라! 나도 커다란 지렁이 외의 괴물…… 마수는 처음이라…… 아?!"

아래층을 바라보는 레이드 옆에서 같은 광경을 보던 스바루가 목울대를 떨었다.

인마일체의 그 마수를 편의상 켄타우로스라고 부르겠지만, 그것이 요란한 포효를 터트리면서 흉악한 화염의 창을 휘둘러 몰아붙이고 있는 존재를 알아챘기 때문이다.

"——쉭!"

그 인물은 날카로운 호흡을 뱉고, 마수 무리를 우아한 검격으로 요격했다.

피가 튀며 마수의 팔과 다리가 잘리고 한 박자 늦게 절규가 울린다. 그 소리를 등으로 들으면서 압도적 물량과 대치하고 있는 것은, 격전으로 하얀 제복을 더럽힌 한 기사——.

"다른 패거리가 안 보이지만…… 뭐, 하기 편하다면 편하겠어."

"——! 이봐, 어쩔 셈이야?!"

"너, 순 질문만 해대는구만."

반사적으로 소리를 지른 스바루를 레이드가 무관심한 눈빛으로 흘긋 보았다.

　레이드는 나선 계단 가장자리, 앞으로 반걸음만 더 내디디면 추락할지도 모를 위치에 있었다. ──아니, 추락할지도 모르는 게 아니다. 오히려 그 반대다.

　"묻지만 말고 가끔 예상을 깨는 행동이라도 해 보셔. 너랑 얘기해 봤자 재미가 없다. 보면서 즐거운 여자도 아니고. 너, 뭔 생각으로 나한테 말을 거냐?"

　"────."

　"네 쪽이 이상한 거라고. 한 식구가 밑에서 기분 나쁜 마수에게 둘러싸여 있는데 뻣뻣하게 서 있냐? 약한 놈은 선택지가 적구만. 변명하는 재주만 좋아지고."

　레이드의 말은 육식동물이 초식동물을 괴롭히듯 강자의 이치로 이루어졌다. 스바루에게는 적용될 수 없는 강자의 이치. 그것은 절대 공존할 수 없는 강자와 약자의 분단이다.

　"하앙."

　받아치지 않는 스바루의 모습에 콧방귀를 뀐 레이드의 몸이 마침내 앞으로 기울어졌다.

　말릴, 틈도 없다. 그대로 레이드는 주저 없이 그 몸을 공중에 던졌다. 스바루가 걸은 것과 똑같은, '죽음'으로 가는 직행편에 레이드도 뛰어들었다.

　나츠키 스바루라면 즉사를 면할 수 없는 속도와 높이를 실현하며 레이드는 머리부터 일직선으로 눈 아래의 광경에 빨려가듯이 떨어지고, 떨어지고, 떨어져서──.

"끼야악——!!"

수직으로 떨어진 짚신에 밟힌 켄타우로스의 몸통이 찌그러지며 부러졌다. 충격에 네 다리가 부서지고 거짓말처럼 찌부러진 마수는 거무튀튀한 바닥의 얼룩으로 변했다.

그 결과를 낳은 것은, 스바루라면 죽었을 높이에서 뛰어 내려 마수를 짚신으로 짓밟으면서도 팔팔한 레이드 아스트레아의 폭거였다.

"————."

지성이 없는 마수들조차 그 존재감에 위협을 느껴 경계를 드러냈다. 난입해 온 빨강 머리 검사를 앞두고 켄타우로스가 일제히 아기의 포효를 지웠다.

시선이 모인다. 그것은 탑을 불사르고자 하는 마수 무리만이 아니라, 그것들을 상대로 활극을 펼치던 기사——율리우스 유클리우스도 마찬가지였다.

"당신은…… 왜, 여기에."

"왜, 어째서, 어떻게, 묻는 게 다 똑같고 사이좋은 친구냐, 너네. 달리 또 있잖아. 여자한테 인기 있는 비결이라거나, 맛있는 술 이름이라거나, 어째서 그렇게 강하십니까, 같은 거."

눈을 부릅뜬 율리우스 앞에서 레이드가 짚신 뒤의 살점을 손가락으로 털었다. 레이드는 곧장 가까운 곳에 서 있던 다른 켄타우로스에게 손을 겨누었다.

그 손에, 웬 장난인지 가느다란 나무 막대기—— 젓가락과 많이 비슷한 것이 들려 있었다.

"여자에게 인기 있는 비결은 얼굴, 맛있는 술은 화주『그란힐테』. ──내가 어째서 세상에서 제일 강하냐, 그건 내가 나니까."

그렇게 말한 레이드가 내지른 젓가락을 까닥까닥 움직였다.

다음 순간, 움직임이 멈춰 있던 켄타우로스의 온몸에 균열이 가고 피가 터졌다. 마수는 자기 몸의 붕괴를 뒤늦게 깨닫고, '죽음'이 부른 고통에 절규했다.

그것이, 죽어가는 아기의 단말마로 들려서 최고로 악취미였다. 마수를 조형한 디자이너가 있다면 그 녀석의 감성은 죽었다고 보증을 내릴 수 있을 만큼.

그리고 그 결과를 초래한 남자는 웃음을 유지한 채로 그 젓가락을 율리우스에게 겨누었다. 그 끝부분을 보며 율리우스가 노란 눈을 부릅뜨자 레이드가 이를 드러내고 웃었다.

"──자, 하던『시험』마저 한다. 내가 질리기 전에 낚아채 보라고, 인마."

2

──끔찍한 검무가 중앙이 뻥 뚫린 5층을 무대로 펼쳐졌다.

긴 빨강 머리를 휘날리며 다부진 육체를 자유자재, 종횡무진, 천의무봉하게 다루는 레이드가 손에 든 짧고 약한 막대기를 구사해 믿기 어려운 광경을 연출, 전개한다.

포효하는 레이드에게 쇄도하는 것은 무시무시한 화염을 두른 인마일체의 마수, 켄타우로스. 마수들은 두 손으로 잡은 화염의 창을 쳐들고 가공할 화력으로 적을 도륙하고자 덮쳐들었다.

하지만 그것은 레이드가 휘두르는 막대기에 탄 자국 하나 남기지 못한 채 튕겨 나갔다. 약한 나무 막대기가 타오르는 열기에 타지 않는 이유는 명백. ——그저, 타는 것보다 더 빠르게 막대기를 휘두르고 있을 뿐.

"자자자자자자자! 왜 그래, 인마! 놀고 있는 거냐, 인마! 요전번과는 다른 상황이다, 기회라고, 인마! 주위의 친구들 이용해서 조금은 나한테 복수해 봐! 차차차차차차차!"

시끄럽게 떠들면서, 막대기가 밀어닥치는 마수의 몸을 치명적으로 토막 냈다. 하지만 그조차도 레이드에게는 덤으로 선보인 신기(神技)에 불과하다.

그가 관심이 있는 대상은, 이 인간 모양의 폭력에 저항하는 율리우스라는 기사뿐이다.

"당신은 도대체 무슨 생각을 하는 겁니까?! 이만한 마수가 지하에서 솟아 나왔어! 지금은 탑 전체의 중대사로, 힘을 합쳐서 대항해야 할 상황입니다!"

"항! 예의 바른 칼질하는 녀석은 생각하는 것까지 예의가 바르시군. 너, 그래 가지고 인생 즐길 수 있겠냐? 내 경험상, 하고 싶은 걸 참는 놈보다 하고 싶은 걸 하는 놈 쪽이 더 세고 즐거웠다고, 인마."

"무슨 말을……"

"애당초, 기분 나쁜 불쏘시개 말이 뛰어다니는 정도가 무슨 문제야? 비 오는 거랑 다를 것도 없어. 비가 더 귀찮지. 난 머리가 삐죽삐죽 서거든."

상식적인 시점의 정론을, 흉악한 시점의 폭론이 웃어넘겼다.

이해할 수 없는 철학이 쏟아지자 율리우스의 얼굴은 곤혹스러워하다가, 격정을 띠고——.

"캇! 그거야, 그거. 나쁘지 않군, 그 낯짝."

"——큭."

"하지만 아래가 비었어. 뭐, 내가 보면 어디든 다 비었다만."

잔학한 웃음을 띤 레이드의 발이 율리우스의 몸통을 정통으로 찼다.

마수와 적, 두 가지 장해에 대처해야만 하는 것은 율리우스나 레이드나 똑같지만, 양자 사이에 있는 커다란 의욕의 차이, 그것이 쌍방의 실력 차이를 더욱 벌렸다.

발차기의 위력에 날아간 율리우스가 5층 벽에 격돌했다. 충격이 탑 전체를 흔들고, 무릎을 꿇은 율리우스에게로 마수 무리가 침을 흘리며 쇄도했다.

"크, 아!"

그 '죽음'의 맹공을, 율리우스는 긴 다리를 휘두르는 움직임으로 억지로 회피. 밀어닥치는 마수의 몸을 발판 삼아 포위망을 돌파해 눈 아래의 마수들에게로 왼손을 겨누고——.

——아무 일도 일어나지 않는다. 내지른 왼손을 움켜쥐고, 율리우스의 표정이 고뇌로 일그러졌다.

"——이 마당인데 아직도 제대로 못하냐, 인마."

그때, 율리우스와 마수 사이에 끼어든 레이드가 두 자루 막대기로 폭풍을 일으켰다.

미친 듯이 부는 검풍이 십여 마리의 켄타우로스를 공중에 띄워 올리고 조각조각 내서 뿌리는 데에 불과 2초—— 그 위험한 마수 무리가 속수무책으로 전멸했다.

"꼴이 보아하니 놀아 줘도 수확이 없나. 그렇다면 나는 맘대로 나가련다, 야. 먹다 남긴 게 신경 쓰였었지만 여전히 풋풋해서야 그럴 맘도 가시거든."

"기다려. 나가겠다고?! 이 상황에서, 당신은 탑을 방치하겠다는 말인가?!"

"나간다는 결론을 또 묻지 마라. 비가 오는 정도로 놀러 나가는 걸 참는 녀석이 있냐? 여하튼 탑 안에는 심심한 녀석들밖에 없다고. 내 놀이 상대를 할 수 있는 게 새끈이 한 명…… 너희로는 지금의 내 놀이 상대도 못 맡아."

"——큭."

어금니를 앙다문 율리우스가 레이드의 태도에 격정을 품었지만, 막상 표현은 망설였다.

여기서 폭발하면 레이드를 만류할 실마리를 잃는다. 그리되면 이상 사태가 이어지는 탑의 평온은 되찾을 수 없다. 율리우스의 그 고뇌를 알아보고.

"답이 없구만, 그 성질머리."

진심에서 우러나온 실망. 그런 레이드의 중얼거림에 율리우스의 얼굴이 딱딱하게 굳었다.

율리우스의 눈에 스친 복잡한 감정은, 마치 목표로 삼은 산의 정상을 구름이 가린 어린아이처럼 애처로웠다. 그 마음의 아픔은, 다른 이는 결코 짐작할 수 없는 것이었다.

——그러나 그 직후에 아래층에서 터져 오른 업화가 멈춰 선 율리우스를 불사르고자 육박하는 상황은, 바로 위에서 전장을 내려다보던 '평범한 사람'에게는 훤히 보였다.

"——아."

5층의 싸움을 위에서 내려다보던 나츠키 스바루는, 이때에야 자신이 호흡을 잊을 만큼 아래층에 의식을 빼앗기고 있었음을 자각했다.

상식을 초월하는 레이드를 향한 경탄, 외경은 새삼스러운 것이다. 생략하겠다.

하지만 처음으로 그 싸우는 모습을 목격한 율리우스의 검술은, 스바루가 끼어들 틈이라곤 눈곱만큼도 없는, 꾸준한 단련 끝에 쟁취한 노력의 결실이었다.

만약 그와 맞상대하면, 스바루는 아무 흔적도 남기지 못한 채 꼴사납게 패배하리라. 그것이 목검 대련이라도, 담담한 표정도 무너뜨리지 못한 채 정신없이 두드려 맞을 것이다.

——스바루의 실력으로는 감히 율리우스의 『사자의 서』를 읽을 수 없다.

『그렇다면, 저 오빠를 죽게 하려면 지금이 절호의 기회지이?』

스바루 안에서 태어난 갈등이 소녀의 달콤한 음성으로 변해 뇌리에 울렸다.

한 번은 레이드의 손에 전멸한 마수가, 5층 아래에서 속속 보충된다. 그 한 마리가 가한 공격을, 우두커니 서 있는 율리우스는 깨닫지 못했다.

가만있으면, 율리우스는 마수의 화염에 불타 목숨을 잃는다. 그러면 서고에 추가된 율리우스의 『사자의 서』를 스바루가 읽을 수도 있을 터.

소녀의 말이 맞다. 이 우발적인 상황만이 그를 죽일 절호의——.

"——뒤쪽이다, 율리우스!"

"큭——!"

외침 소리에 율리우스의 몸이 반사적으로 경직을 풀고 회피 행동을 취했다. 그 몸을 스치며 배후에서 육박한 업화가 5층 바닥을 직격, 화염이 초열지옥의 화력을 더욱 높였다.

"끼야아——!"

기습에 실패해 5층에 날아 오른 켄타우로스가 요란하게 포효했다. 그 성난 한 마리에 뒤이어 속속 나타나는 마수 무리가 재차 5층을 점거했다.

상황은 교착 상태로 돌아갔다. 율리우스는 업화의 여파를 뒤집어쓴 망토를 벗어 던지고 홀가분한 모습이 되어 레이드를 돌아보——지 않는다.

율리우스의 시선은 머리 위, 궁지를 알려준 자세대로 굳어 있는 스바루 쪽을 보고 있었다.

——한순간, 길고 높은 거리를 두고 스바루와 율리우스의 시선이 교차했다.

"━━━━━━━."

멀찍이, 상대의 얼굴도 뚜렷하게 보이지 않는 거리지만 스바루는 그의 노란 두 눈에 의혹과 당혹, 다양한 감정이 스치는 것을 목격했다.

그리고 당장에라도 거기서 도망치고 싶어지는 스바루에게, 율리우스는━━.

"━━에키드나를, 아나스타시아 님을 부탁한다!"

기사검을 쳐들어 율리우스가 스바루를━━ 아니, 스바루의 배후, 아마도 탑 전체를 가리키며 그렇게 외쳤다.

금이 가고 흠집투성이인 신뢰. 율리우스가 매달린 것은 그런 미덥지 못한 감정이었다.

어쩌면 이 순간, 그렇게 외치는 것이 옳은 행위인지 율리우스 본인조차도 미혹을 끊어내지 못했으리라. 그런 와중에 외친 말이었다.

그것이 율리우스 유클리우스의 결단이라고 이해했기에━━.

"큭━━!"

튕기듯이 스바루는 무거운 발을 움직여 달리기 시작했다. 앞으로 고꾸라질 듯, 비틀거리면서 볼썽사납기 그지없는 자세로 나선 계단에 등을 돌리고 달렸다.

어디로 가는지는 모른다. 도망치는지 그렇지 않은지, 그조차도 모르겠다.

『어디로 갈 셈이야아?』

물음에 답변은 없다. 그런데도 발은 멈출 수 없었다.

율리우스를 아래층에, 마수 무리와 레이드가 있는 곳에 남기고 스바루는 쏜살같이 달린다.

"──하앙. 정말로, 답이 없구만. 그 성질머리."

멀리서 그런 대화를 방관하던 레이드가 중얼거렸다.

조금 전과 거의 다를 바 없는 내용이었다.

그것이 아주 약간 다른 감정을 띠고 있었는지, 그렇지 않은지, 알지 못한 채로.

3

──왜, 소리쳤나.

『죽게 내버려 두는 건, 자기가 죽이는 거랑 달라서 손에 감촉이 남지 않잖아?』

숨을 헐떡이며 달리면서 자문자답하는 스바루의 등에 달콤한 목소리가 불만스럽게 닿았다. 다가붙은 환청은 『내 목은 졸랐으면서.』하고 스바루의 몰염치를 저주하고 있었다.

이견은 없다. 스바루의 행동은 모순되고 앞뒤가 맞지 않았다.

진심으로 『사자의 서』를 갈망한다면, 스바루는 율리우스를 못 본 척해야 했다. 그런데 갈등한 결과, 스바루는 율리우스가 화염에서 벗어나게 이끌었다.

이 손에 죽은 소녀가, 그 선택을 용서하지 못하는 건 당연한 귀결──.

"──스바루!"

무아몽중으로 달리는 스바루를 갑자기 불러 세우는 목소리가 있었다. 목소리가 난 곳은 눈치채지 못한 채 지나간 모퉁이 너머── 그쪽에서 조그만 인영이 달려왔다.

　"찾아다녔어! 그쪽은 마수투성이니까 가면 위험한 것이야!"

　"베, 베아트리스……? 게다가……."

　드레스 옷자락을 휘날리며 애타는 표정으로 베아트리스가 달려오고 있었다. 율리우스에 이어서 두 번째로 보는 무사한 일행에 스바루는 안도감과 놀람을 동시에 느꼈다.

　그리고 놀람은 거기서 그치지 않았다.

　"……하필이면 여기서 너와 맞닥뜨리나, 나츠키."

　희미하게 흐트러진 숨결로 베아트리스와 동행하던 에키드나가 말했다.

　생각지도 못한 조합이었지만 그보다도 스바루의 마음을 매섭게 옥쥔 것은 에키드나의 연두색 눈에 떠오른, 스바루에 대한 강한 의심이었다.

　당연한 경계였다. 율리우스와 베아트리스의 태도가 이질적인 것이다.

　──메일리의 주검을 숨긴 방에서 스바루가 에밀리아와 람하고 나눈 대화 내용을 알고 있다면, 에키드나의 태도가 당연한 것이니까.

　"베아트리스, 너도 들었을 거잖아. 나는……."

　"──윽, 지금은 그 얘기나 할 때가 아니야! 이리로 오는 것이야!"

"진심이야, 베아트리스?! 그는 감옥 밖에 나와 있어! 이 상황에 말이야!"

고개 숙인 스바루의 팔을 잡고 끌어당기려는 베아트리스의 행동을 에키드나가 제지했다. 더욱 경계를 높인 에키드나는 그 오른손을 스바루의 머리에 겨누었다.

스바루는 그 손끝이 마치 총구처럼 느껴져서 침을 삼켰다. 그러나 베아트리스는 그런 스바루를 감싸듯이 에키드나와 정면으로 대치했다.

"비켜 있어, 베아트리스! 람의 말을 들었잖아. 그는, 네가 아는 그가 아니야!"

"그렇지 않아! 손을 잡으면…… 닿은 베티는 알 수 있는 것이야! 스바루와 베티의 계약은 살아 있어! 너라도 그 연결 고리는 부정하게 둘 수 없는 것이야!"

"……그렇다고 해도 신용할 수는 없어. 그도, 납득이 가는 설명은 할 수 없잖아?"

이를 꽉 다문 에키드나가 베아트리스의 호소를 강경하게 쳐냈다.

그 불안과 초조함이 부른 격정은 스바루에게 주었던 에키드나의 인상을 크게 배신하는 것이었다. 그녀는 필사적이다. 무언가를 지키기 위해서 필사적이었다.

그 격정의 원인이 자신에게 있음을 이해한 스바루는 문득 숨을 몰아쉬었다.

그리고──.

"······어쩔 셈이지?"

스바루가 베아트리스의 어깨를 누르고 무방비하게 앞으로 나서자 에키드나가 미심쩍어했다. 그러나 스바루는 아무 대비도 없이 에키드나의 물음에 느릿느릿 고개를 저었다.

"보는 대로, 항복이야. ······이 탑은, 이제 틀렸어."

이미 모든 게 다 스바루의 손에는 부친다고 판단했다.

허용량을 대폭 초과해 도무지 방법이 없는 사태가 지나치게 다발했다. 그런 상황에 대한 백기, 모든 것을 포기한 패배 선언.

하지만 에키드나는 그 패배 선언을 다른 의미로 받아들인 모양이다.

"이 탑은 이제······? 즉, 너는 이미 목적을 달성했다는 뜻인가?"

"······목적?"

"시치미 떼지 말아 주지그래! 너희의 목적은 사당의 『마녀』일 테지?! 그게 성사되었다. 그러니까 본성을 드러낸 거야. ······아 나의 직감에 따라야 했어. 이 장소에는, 다른 누구도 데려와서는 안 됐던 거야! 내, 실수야······!"

진한 자책과 회오의 마음을 담은 에키드나의 중얼거림에 스바루는 곤혹스러워했다.

그녀에게는 스바루에게 보이지 않는 무언가가 보이고 있다. 그리고 스바루가 그 무언가에 관여했다고 의심 중인 것이다.

"······아무래도 상관없어. 이제, 끝날 세계야."

"왜 그러는 거야, 스바루! 그런 말투, 스바루답지 않은 것이야!"

"나, 답다?"

베아트리스가 모든 것을 내던지려는 스바루의 소매를 끌고 호소했다. 그녀의 울 것만 같은 호소에 스바루는 베아트리스를 쳐다보았다.

"나답다는 게 대체 뭔데. 너희가 보는 나다운 게, 어디 있어."

"……기억을 잃었다는, 그런 수준 낮은 거짓말을 관철하겠다고? 여동생이 잊힌 람이나 자신을 잊힌 율리우스와 함께 있는데도 너는 아직 그런 잔혹한 연기를!"

"연기? 연기라고?! 너는 나의 이게 연기라고 말하는 거냐?!"

그때 격정에 덧칠된 스바루의 목소리가 에키드나의 노성을 덮어 썼다. 스바루는 그 기세에 압도당한 에키드나를 노려보며 이를 드러내고 울부짖었다.

"연기할 거라면 당연히 더 나은 놈을 택하지 않겠어?! 누가, 누가 좋다고 『나츠키 스바루』가 되자고 하겠냐고! 이런, 기분 나쁜 놈이!"

선택할 자유가 있다면 누가 『나츠키 스바루』가 되자는 생각을 할까 보냐. 이만큼 일그러지고 견디기 어려운 『나츠키 스바루』가 되고 싶다고, 누가, 소망할까, 보냐──.

"너희는 다들 몰려드는데 모르겠다고! 누군데! 모조리 다 잃어버렸어! 나는 편의점 갔다가 오는 길이야! 오늘 하루, 점원이랑 말한 기억밖에 없다고! 그런데 느닷없이 이세계? 모래탑? 시체? 『시험』! 가짜! 『나츠키 스바루』! 웃기지 마! 웃기지, 말라고!"

"───."

"그래! 어차피 내가 잘못했다! 여기가 아닌 어디로 가고 싶었어! 집에 돌아가고 싶지 않았어! 가짜 얼굴 꾸미면서 아빠랑 엄마한테 폐 끼치는 게 무서웠다고! 그러니까, 처음에는 두근두근하더라, 처음만은!"

베아트리스가, 에키드나가, 폭발한 스바루를 우두커니 응시했다.

의미를, 알 수 없으리라. 그녀들은 스바루가 품은 고뇌의 의미를 알 수 없다. ──거기에는 메워지지 않는 단절이 있었다.

스바루나 그녀들이나 서로 상대방을 구원할 수 없다. 그런 단절이 있었다.

"왜 지금 갑자기 열폭하냐고 생각했지? 나도 모른다고! 하지만 지금 갑자기 한계가 왔단 말이야! 나 따위 이까짓 수준이라고 뭐가 뚝 끊겼어! 바라 봤자 아무것도 못해! 할 수도 없어! 그러니까!"

"──────."

"그러니까…… 그만, 용서해 줘. 용서해 주세요. 나를, 집에 돌려보내 주세요……. 하느님이, 나한테 벌을 주겠다고 한 거라면, 알겠습니다……. 제가 잘못했어요."

어느덧 목은 갈라지고 콧속에 아플 만큼 쓴맛이 감돌았다. 스바루는 주저앉고 있었다.

머리를 통로 바닥에 박고 용서를 구걸한다. 누구에게 부탁하면 될지 모르겠으니까 신에게 빌었다. 알고 있는 모든 신의 이름을 떠올리며 기도했다.

이것이 나태한 자신에게 내린 벌이라면 제발 용서해 달라.

반성이든 후회든 틀림없이 인생이 바뀔 만큼 했으니까.

그러니까, 부탁이니까, 용서했으면 한다.

어리석은 나츠키 스바루에게 내리는 천벌에, 더 이상 아무도 휘말리지 않았으면 한다.

상처 입고 싶지도, 상처 입히고 싶지도 않단 말이다.

"_____."

주저앉은 스바루의 울먹이는 애원에 에키드나, 베아트리스가 침묵했다.

베아트리스는 스바루에게 다가와 웅크린 등을 다정하게 쓰다듬고 있다. 정나미 떨어질 줄도 모르는 손바닥의 감촉은, 왜, 이렇게 스바루를 저버려 주지 않는 것인가.

"……나는, 너를 믿지 않아."

베아트리스의 손바닥과 대조적으로, 에키드나의 목소리는 딱딱하고 차가운 것이었다.

"울고불고 매달리든 말든, 한 조각의 의심이 걷히지 않는다면 내 답은 똑같아. 나는 아나를 되찾는다. 그러기 위해서라면 누구에게 미움을 사든, 원망을 받든 상관없어."

"_____."

"……하지만 돌아온 아나의 낯을 볼 수 없게 되는 짓도 하고 싶지 않아."

그렇게 말한 에키드나가 스바루를 겨누던 손가락을 천천히 내렸다. 에키드나는 힘없이 고개를 가로젓고 말을 이었다.

"베아트리스, 너는 그와 같이 가도록 해. 나는 율리우스를 찾 겠어. 가능하다면 위에서 만나자."

"……알았어. 자, 스바루, 지금은 서는 것이야. 들어 메어서 라도 데려가겠어."

신용할 수 없지만 배제도 하지 않는다. 그러니까 헤어지는 것 이 에키드나 최대의 양보였다. 그 이별의 말을 들은 베아트리스 가 작은 어깨를 스바루에게 빌려주려 했다.

그 분투에 몸을 일으킨 스바루는 숨을 내뱉었다. 그리고——.

"——이건, 무슨 속셈일까?"

에키드나가 한쪽 눈을 감고 자신의 옷자락을 보았다. ——그 하얀 옷자락을 스바루의 손끝이 잡고 가지 못하게 막은 모습을.

왜 그런 짓을 했는가. 스바루는 무의식 속에서 답을 찾았다.

"나는 양보했다고 생각하는데. 그런데, 왜 이렇게 되지?"

"……율리우스에게, 부탁을 받아서."

"율리우스에게? 말도 안 돼. 율리우스가 그런 판단을…… 할 지도 모르는 건 알겠지만."

한순간 스바루의 울먹이는 소리에 망설이던 에키드나. 그녀 는 "그 이전에." 하고 말을 이었다.

"여기에 오기 전에 율리우스와 만난 건가? 그는 5층을 살펴보 러 갔을 텐데. 그런데 너와 만났다면…… 아니, 그보다 부탁받 았다고? 율리우스는 지금……."

"아, 어, 아니, 그게 아닌……."

연거푸 질문을 받은 스바루는 그 서슬에 압도당했다.

『오빠는 참 한심해라아. ……왜, 붙든 거야아?』

그리고 겁먹어 말을 못하는 스바루를 소녀의 망령이 실망한 눈으로 보고 있다. 그 눈초리에 마음이 삐걱거려 더더욱 말이 나오지 않았다.

소녀의 의문에 대한 답은, 스바루도 모른다. 왜 에키드나를 붙들었는지.

율리우스의, 약속이라고도 할 수 없는 외침을 떠올려서까지, 왜——.

"——아."

말문이 막힌 스바루는 소녀에게서 눈을 떼고 초조해하는 에키드나의 뒤를 봤다. 그 현실도피성 시선이 그것을 포착했다. ——통로 너머에 나타난 붉은 점이다.

그 붉은 광점을 보고, 스바루는 직감적으로 깨달았다. ——눈이 마주쳤다고.

어둠에 동화한 커다랗고 검은 몸, 붉은 광점, 기이하게 발달한 한 쌍의 날카로운 집게와 바싹 쳐들어 꿈틀거리는 꼬리에 달린 침이 하얗고 선명하게 빛나더니——.

"허."

——그 순간, 상상을 초월하는 거대한 전갈의 독침이 빛으로 변해 통로를 유린했다.

4

——날아오는 침이 통로를 부수어 연막을 일으키고 파괴가 만연한다.

　그런 광경을 슬로 모션으로 느끼면서 스바루는 눈앞에서 전개된 무시무시한 파괴의 소용돌이 중심에 드레스를 입은 소녀가 뛰어드는 모습을 보았다.

　"——『불완전 E · M · T』인 것이야!"

　스바루의 손을 잡고 다른 한쪽 손을 정면에 쳐든 베아트리스가 외쳤다.

　그 직후, 스바루는 자신의 몸에서 보이지 않는 무언가가 베아트리스에게 흘러드는 감각을 느꼈다. 송두리째 무언가가 빠져나가서 현기증 때문에 머리가 어지러웠다. 대신에 베아트리스의 손바닥은 밀어닥치는 하얀빛에 절대적인 효과를 발휘했다.

　"————."

　발생한 것은 보이지 않는 빛의 벽 같다. 그것은 석조 탑을 파괴하는 하얀빛을 막아서, 빛이 세 명을 피하듯이 앞에서 뒤로 빠져나갔다.

　꿍음에 고막을 얻어맞아 의식이 흔들리는 가운데 스바루는 자신이 무슨 지옥에 빠져들었느냐고 입을 열면서 절규했다.

　소녀의 등에 숨어 한 번은 내던지려던 생명에 집착하고, 왜 사는 것인가.

　"——으, 아!"

　자신의 불운을 저주하는 스바루의 의식을 희미한 비명이 다시 불러들였다. 그것은 적의 맹공에 자세가 무너져 무심코 뒤로 쓰러진 에키드나였다.

그러나 쓰러지는 방향에 그 몸을 받칠 바닥이 없다. 전갈의 침 공격에 부서진 통로가 붕괴되어 구멍이 크게 뚫려 있다. 그곳으로 에키드나의 몸이 빨려든다.

창졸간에 에키드나가 손을 뻗지만 잡을 것이 아무것도 없다. 아차 하며 그대로 아래층으로 추락해 목숨을 잃을 지경이 된다.

──그 손을, 스바루가 잡지 않았더라면.

"나츠키……?!"

"끄, 오오오오……!"

에키드나를 지탱한 왼팔은 레이드가 억지로 어깨를 도로 끼운 쪽의 팔이었다. 통증이 퍼져 어금니를 악물었다. 에키드나의 몸집은 작지만 정신을 똑바로 차리지 않으면 같이 낙하할 지경이다.

그런데 왜 이런 위험을 무릅쓴단 말인가.

"……너를 판단하기 어렵게 만드는 짓을 하지 말아 줘."

"알 게, 뭐야……! 반사적이었다고……!"

"그 대답은…… 나츠키답기도 하지만, 말이야!"

끝이 나지 않는 자문자답을 거듭하는 스바루에게 구조받은 에키드나가 얄미운 소리를 던졌다. 그 상황에서 에키드나는 스바루가 잡은 것과 반대쪽 팔을 천장에 겨누었다.

무슨 일인가 싶어 시선을 올린 스바루는 에키드나의 의도를 이해했다. ──충격에 시달리는 일행의 머리 위, 천장을 기듯이 접근해 오던 검은 그림자의 존재가 있었다.

거대 전갈이 옆으로 쓸 듯이 집게를 휘두르는 모습에 스바루의 사고가 천천히 가속했다.

일반적으로 전갈이라고 하면 독침을 떠올리지만, 천 종류를 넘는 전갈 중에 강력한 독을 가진 것은 사실 불과 수십 종류밖에 없다. 그렇다면 전갈은 독침 말고 무엇을 사용해 사냥을 하는가. ──그 답이, 흉악한 집게다.

저기에 걸리면 스바루나 베아트리스의 몸 따위 아주 쉽사리 ──.

"엘 지와르드──!"

에키드나의 다섯 손가락이 환하게 빛나며 다섯 줄기의 하얀 열선(熱線)이 전갈의 집게를, 안면을, 외골격을 태우면서 뿜어졌다. 그 위력에 견디다 못한 전갈이 즉시 후퇴했다.

쏜살같이 달아나듯이 소리와 함께 떨어진 집게도 그 자리에 놔두고 말이다.

"지와르드! 지와르드 지와르드 지와르드으!"

"잠깐, 진정해, 에키드나! 도망쳤어! 저 녀석은 도망쳤어! 도망쳤다고!"

구멍에 매달린 채로 쓸데없이 마구잡이로 공격을 펼치는 에키드나. 스바루는 폭주하는 에키드나의 몸을 끌어 올리며 필사적으로 이름을 불렀다. 흥분해서 착란 상태였지만, 이윽고 힘이 탁 풀리며 그 몸을 스바루에게 맡겼다.

"하아, 하아, 하아…… 해, 해치웠어……?"

"……해치우진, 못했어. 아마 도망쳤어."

성취감이 넘치는 에키드나에게는 미안하지만 전갈은 연막 너머로 도망쳤을 것이다. 1초 뒤에 연막을 뚫고 반격이 날아오지 않을까 전전긍긍했다.

"근데, 그건 없……나? 아까 그 녀석은……."

"──마수야. 갑자기 이 4층에 나타난 버릇없는 놈인 것이야. 문제는 그뿐만이 아니고, 아래층과 위층에도 이변이 일어난 것 같아."

"위, 아래, 한중간, 모든 층에서 문제가 일어났다는 거냐?"

심각한 표정의 베아트리스가 건넨 보고에 스바루는 무심코 입술을 깨물었다.

확실히 5층에서는 율리우스가 마수와 교전하고 있으며, 4층에서는 방금 전갈과 조우했다. 위층의 이변도 레이드가 내려온 것과 무관하지 않으리라.

"……그 문제 중 하나가 너지만, 자각이 없나 보군."

스바루의 가슴에서 떨어져 일어난 에키드나가 가차 없이 중얼거렸다. 그녀는 이마에 솟은 땀을 닦으면서, 털어내지 못한 경계를 눈에 드리우고 스바루를 내려다보았다.

"너는…… 도대체 뭐지? 뭘 하고 싶고, 누구 편을 드는 거야?"

"나도 모르겠다고. 영문을 모르겠는 건 나도 마찬가지다. 왜냐면 나는……."

"──기억 상실."

스바루와 에키드나의 대화, 그 마지막을 베아트리스가 받았다. 기억 상실은 두 사람 앞에서 밝힌 정보가 아니니까 에밀리아와 람에게서 들었을 것이다.

알면서도 베아트리스는 스바루를 지키고, 에키드나도 최대한 대화를 나누려 했다.

그 점을 뒷받침하듯이, 에키드나는 생각에 잠겼다가 망설이듯이 입을 열었다.

"……어째서 지금 나를 구한 거지?"

스바루에게 묻는 질문이었다.

"네가 손을 뻗지 않았으면 나는 그대로 추락사했었어. 아나의 몸째로 몹시 원통한 죽음을 맞이했겠지."

"……반사적이었어. 나도 몰라."

율리우스의 부탁이 뇌리에 스친 것은 사실이다. 그러나 그건 에키드나가 구멍에 떨어지기 전, 별도의 행동에 나서려던 순간이었고 그 상황에서 손을 뻗은 행동은 반사적인 것이었다.

"모든 일에 다 이유가 있는 건 아니잖아? 갑작스럽고, 다 그러니까, 나는……."

"──그게, 너라는 인간의 본질일지도 모르겠군."

"뭐……?"

불현듯 어깨 힘을 뺀 에키드나가 중얼거렸다.

그 말에 스바루가 아연해하자 에키드나는 한숨지으면서 어깨를 으쓱였다.

"여기서 말로 실랑이를 벌여 봤자 소용없어. 오래 있다가 마수에게 다시 습격할 기회를 주는 것도 미련한 얘기야. 이동하지. 율리우스와 합류하고 싶어."

"동감인 것이야. 일단 여기서 벗어나겠어. 서두르자."

"아, 어, 어……?"

당황하는 스바루를 내버려 두고, 에키드나와 베아트리스는 재빠르게 방침을 정했다. 그리고 베아트리스의 작은 손이 확인하듯이 스바루의 손을 잡았다.

그 조그만 감촉에 숨을 집어삼키니, 베아트리스는 스바루를 파란 눈으로 응시하고 말했다.

"베티를, 데리고 나와 준 것도 기억하지 못하는 것이야?"

"……미, 안해. 네가, 무슨 말을 하는지, 나는."

"──괜찮아."

베아트리스의 목소리에 섞인 아주 애틋하고 쓸쓸한 감정을 듣자, 스바루는 자신이 이 세상에서 가장 무서운 죄를 저지른 기분을 맛보았다.

그런 정체 모를 죄책감을 품은 스바루에게 베아트리스는 당당하게 미소 지었다.

"스바루가 잊었어도 베티 안에 남아 있어. 스바루가 새겨 준 것이, 베티 안에 빛바랠 일은 없는 것이야. 그러니까, 지금은 괜찮아."

"베아트리스……."

"비록 스바루가 잊더라도 베티가 잊지 않아. 계속 기억할 거야. 그리고, 떠올리게 해 줄 것이야. 그러기 위해서 할 수 있는 일은 뭐든지 해내겠어."

홀로 선 나츠키 스바루에게 그것은 너무나도 눈부시기 그지없는 답이었다.

　대체 어느 정도의 곤경을 극복해 마음을 강철로 단련하면 이만큼 어린 소녀가 이렇게까지 고상한 의지를 가질 수 있게 되는 것인가.

　"——아."

　압도당한 스바루는 무심코 눈 안에 치미는 열기를 참느라 애먹었다. 그런 스바루의 분투에 베아트리스는 아무 말도 하지 않고 잡은 손의 감촉만으로 버팀목이 되었다.

　손을 잡는 것만으로도 버팀목이 되어 준다.

　"이동하지. 온 길은 돌아갈 수 없으니 마수가 도망친 쪽으로 갈 수밖에 없군."

　"에키드나, 너는……."

　"용서할지 말지, 의심할지 말지는 나중에 얘기하지. 네 의혹은 풀리지 않았어. 하지만 상황에는 우선순위가 있지. 상인에게 필수인 사고야. 그 모습을, 나는 언제나 가까이서 봐 왔어."

　그렇기에 더 이상의 입씨름은 하지 않겠다. 그것이 에키드나의 결론이었다.

　스바루도 거부감과 타협해 준 에키드나의 뜻을 존중해 그 이상은 문제 삼지 않았다.

　"바닥이 약해졌으니까 조심해. 그 전갈이 떨어뜨린 집게도 주의하고."

　추락사할 뻔했던 에키드나가 발밑을 주의하면서 조금 전의 일에 보답했다. 그 손이 가리키는 방향에 구르고 있는 건 열선에 절단된 전갈의 거대한 집게였다.

살벌한 겉모습이 어우러져 현실감을 해치는 예술품으로도 보였다. 스바루는 베아트리스의 가벼운 몸을 안아 들고 그 집게 위로 훌쩍 넘어갔다.

베아트리스의 몸은 정말 가볍다. 열한두 살로 보이지만 그 나이 또래의 소녀와 비교해도 지나치게 가볍다. 그것은 기억에 없는 1년 동안 단련한 몸과는 무관한 가벼움━━.

"베아━━."

그 위화감을 의문으로서 혀에 실으려던 순간, 이변이 발생했다.

발밑에서 전갈의 집게가 움찔 떨린 직후, 빛이 터졌다.

5

━━자절(自切)이라는 기능이 있다.

주로 절지동물이나 도마뱀에게서 찾아볼 수 있는 현상으로, 흔히 말하는 '도마뱀 꼬리 자르기'처럼 외적으로부터 도망치기 위해서 신체 일부를 스스로 잘라내는 행동을 말한다.

게의 집게 등에서도 찾아볼 수 있는 행동이며, 요컨대 그와 비슷한 행위를 전갈 모양의 마수가 했다는 것이리라.

자절된 부위는 상대의 주의를 끄는 미끼 역할이라고 한다.

그렇다면 다른 역할을 하는 자절이 있어도 이상하지는 않다.

━━사냥감의 접근을 감지하면 파열해서 '지뢰'처럼 대상을

찢어발기는 자절 부위가 있다고 해도.

——팔이, 다리가, 타는 것처럼 아픔을 호소하고 있었다.

"으으, 끄, 으윽⋯⋯."

스바루는 신음성을 흘리면서 피투성이 상태로 발을 질질 끌고 있었다.

——아니, 끌고 있는 것은 발만이 아니다. 더, 다른 것도 끌고 있다.

"⋯⋯그만, 됐어. 두고, 가."

그렇게 말한 것은, 발을 끄는 스바루에게 끌려가고 있는 것은 축 늘어진 에키드나였다. 스바루는 그녀의 두 팔에 아래로 팔을 넣어 잡아당기는 상태로 통로를 나아갔다.

그 선물을 두고 간 마수로부터 조금이라도 먼 곳으로 달아나기 위해서, 필사적으로.

"——젠장, 젠장, 젠장, 젠장!"

방심했다. 방심하고 있었다. 완전히 넋을 놓고 있었다.

직전에 들은 베아트리스의 말에 구원받고, 에키드나의 태도가 다소나마 부드러워졌기에 그 사실에 마음이 풀어졌다가 고스란히 이 꼴이다.

한심하고 한심해서, 자신이 더없이 한심해서 눈물이 난다.

어째서 이만큼 곤경에 처하고도 자신은 성장하지 못하는가. 변하지 못한다. 영웅이란, 시련이란, 난국이란, 신이 성장할 기회로서 내리는 것이 아니었나.

맞을 대로 맞고, 피를 흘리고 뼈가 부러지고, 영혼이 깨지고 생명을 빼앗긴다. 고난이 주는 게 그것밖에 없다면, 사람은 대체 무엇 때문에 괴로워한단 말인가.

"나츠키…… 이제, 충분, 해……."

"충분하긴 뭘! 아무것도, 충분한 것 없어!"

"……나보다, 베아트리스, 잖아?"

눈을 감은 에키드나가 더듬더듬 중얼거린 말에 스바루의 숨이 턱 막혔다.

에키드나의 말은 서글픈 정론이다. 스바루에게 베아트리스와 에키드나 중 어느 쪽이 중요하냐고 묻는다면, 슬프지만 스바루는 베아트리스를 택한다.

──하지만 베아트리스는 없다. 없었다. 없어지고 말았다.

빛이 작렬하는 순간, 베아트리스는 스바루의 품, 가슴 및 머리를 감쌀 수 있는 위치에 있었기에.

"……그래. 그 아이는, 정말, 손해 보는, 아이야."

침묵의 의미를 이해한 에키드나는 그렇게 중얼거리고, 스바루는 아무 말도 하지 못했다.

피를 흘리고 고통에 신음하던 스바루는 녹아내리듯이 사라지는 소녀와 마지막 말을 나누지도 못했다. ──단지 마지막 표정만이 기억에 남았다.

안도한 듯한, 스바루를 아끼는 듯한, 그런 표정만이.

"＿＿＿＿＿."

스바루에게 너무나 형편 좋은 그런 표정이, 베아트리스의 최후라는 말인가.

그렇다면 사라지는 소녀에게 그런 표정을 짓게 하는 『나츠키 스바루』 따위 이 세상에서 흔적도 없이 사라져 버려라. 그렇게 『나츠키 스바루』를 저주하면서, 스바루는 소거법으로 남은 에키드나를 끌고서 도망치고 있다.

마치 속죄처럼, 남의 죄를 대신하여 벌을 받는 것처럼, 혹은 죄인이 벌을 원하듯이.

그런 스바루의 행위를 가쁘게 숨쉬는 에키드나가 제지했다. 이런 짓을 해 봤자 헛수고라고. 아나스타시아에게 몸을 돌려주겠다고 그토록 기세등등했던 에키드나가.

그것도 당연했다. ──그 몸은, 두 다리가 골반 아래부터 날아간 상태다.

"────."

이미 거의 피도 흐르지 않고 있다.

거의 응급처치도 하지 않은 상태로, 가볍다고 느끼던 베아트리스 이상으로 가벼운 몸을 끌고 있는데 어떤 미래가 기다린다는 말인가.

"아파……. 아아, 아픈, 데. 정말로, 사람의 몸은, 아파……."

"미안, 미안해……. 아니, 그런 게 아니고, 나는……."

"일일이, 사과할 것, 없어, 나츠키. 그리고…… 이미, 아나를 볼 낯이 하나도 없는 나지만…… 이 아픔은, 유일하게, 아나에게 은혜를 갚은 거야."

"은혜를, 갚아……?"

너무나 이 자리에 어울리지 않는 말에 스바루는 이해하지 못해 눈을 깜빡였다. 스바루의 반응에 에키드나는 "그야, 그렇잖아?" 하고 입 끝에 웃음기를 띠고 말했다.

 "지금, 아나에게 몸을 돌려주면…… 아나는, 이 세상의 끝인가 싶을 정도의 아픔과, 죽음의 공포를 맛보게, 돼. ……이런 건, 지옥이야. 맛보는 건, 내가 나아."

 "아. 으……."

 "아나를 위해서 몸도 돌려주지 못하고, 율리우스를 도와주지도 못해. ……나는, 이렇게 지옥에 떨어져야 마땅해."

 자조와 자책의 마음이 에키드나의 마음을 조용히, 무자비하게 태우고 있었다.

 그 생기 없는 눈이 천천히 다가오고 있는 '죽음'의 존재를 이해시켰다. '죽음'의 초읽기를 앞두고 스바루는 아무것도 할 수 없다는 무력감에 거꾸러졌다.

 무지무능, 무력무모. 그 대가로 잃어버리는 생명을 오직 보고만 있을 수밖에 없다.

 무력함을 후회하며 에키드나는 죽어간다. ——스바루를 두고, 죽어간다.

 "편하게, 해 주자는…… 생각은, 말아 줘? 나는, 응, 이걸로 됐어……."

 "————."

 흐릿해지는 의식 끄트머리에서 에키드나가 흘린 말이 스바루 안에 새로운 선택지를 싹트게 했다. ——편하게 한다. 그것은

'죽음' 이 임박한 자에게 해 줄 수 있는, 유일한.

『저기, 방금 말 들었어? 이거, 딱 좋은 기회지이?』

 가냘픈 호흡을 반복하는 에키드나 옆에서 소녀가 스바루를 쳐다보았다. 그 미소가 의미하는 것은, 스바루에게 주어진 '죽음' 의 대의명분에 대한 환희였다.

 "＿＿＿＿."

 스바루는 아픈 몸을 움직여 무너진 통로 일부, 주먹 크기의 파편을 손에 쥐었다. 미덥지 못한 무게지만 죽어가는 소녀의 머리를 부수는 것쯤은 이걸로 충분할 터다.

『이건 안락사니까아, 오빠.』

 안락사. 그것은 누군가를 위해서 편안한 '죽음' 을 내리는 선량한 소원. 생명은 존엄하고 무엇과도 바꿀 수 없다. 그렇기에 누군가에게 그것을 빼앗을 권리가 있다면, 그 소원만이 가장 바람직하다.

 그것이 유일하게 이 자리에 있으며, 아무것도 할 수 없었던 스바루의 유일한 속죄 기회.

 유일한 기회인데――.

 "＿＿＿＿."

 손이, 떨린다. 눈이 고통을 호소하고 목이 호흡을 잊고 공허하게 헐떡였다.

 쳐들고 내리친다. 그게 다인 간단한 동작이 지금의 스바루에게는 불가능하다. 몸을 어떻게 움직이는지도 잊어버린 것처럼 손발이 움직이지 않는다.

"……아."

갈라진 숨결이 흘러나오고, 소리를 내며 파편이 통로 바닥에 떨어졌다.

그 소리와 힘이 빠지는 무릎에 패배해 스바루는 제자리에서 허물어졌다.

"……이런."

간단한 일도 못하는 건가, 나츠키 스바루.

괴로워하며 죽어가는 사람을 편하게 한다. 그런 기만조차 해줄 수 없다.

입만 산 속죄, 방편에 불과한 죄책감. 그게 아니면 이게 뭐냐.

"……나츠키."

"나, 는……."

"고통을, 덜어 주기, 위해서도 너는…… 돌을, 쥘 수 없구나……."

살며시 눈꺼풀을 들어 힘없는 연두색 눈이 무릎 꿇은 스바루를 비추고 있었다. 그 숨결처럼 허약한 목소리가 비참한 스바루를 규탄하는 것처럼 느껴져서 숨이 막혔다.

그러나 몸을 움츠린 스바루에게 에키드나는 생뚱맞게 미소를 짓고 말했다.

"……의심해서, 미안해."

그렇게, 한숨짓듯이 사과받았다.

에키드나에게, 사과받았다. 나츠키 스바루를 의심해서 미안하다고 사과받았다.

──그리고 그 진의를 확인할 새도 없이 죽었다.

메일리를 죽이고, 그 시체를 숨기고, 기억을 잃어버린 사실을 속이며 거짓말을 거듭했다. 맡겨진 소원을 배신했다. 마음을 구원해 주고자 하던 소녀를 죽게 했다. 급기야 죽음을 앞둔 여성을 위해서 손을 더럽히지도 못한 채 자기연민에 빠진 스바루에게 사과하고 에키드나는 죽었다.

『죽어 버리지그래애?』

말할 필요도 없이, 죽고 싶었다.

지금 일어난 일이든 뭐든 다 잊고 죽어 버리고 싶었다.

나츠키 스바루는 죽어야 마땅하다고, 온 세상 사람들에게 손가락질당하며 사형을 선고받고 싶었다. 그럴 죄를 지었다고, 나츠키 스바루는 자기 자신에게 절망했다.

절망, 했다.

6

──세계를 어둠이 물들이고 있었다.

"────."

주저앉아 움직이지 못하는 스바루에게로 무수히 뻗쳐오는 검은 손, 칠흑의 마수(魔手).

나선처럼 소용돌이치는 것이 나츠키 스바루를 영혼째로 노획해 함께 녹으려 한다. 자신의 존재가 천천히 공허해지는 감각을 맛보는 와중이지만, 신기하게도 스바루는 그 과정을 전혀 싫다고 느끼지 않았다.

──영혼을 더럽히며 존재를 덮어쓴다.

생명에 대한 최대의 모독을 당하면서도 스바루의 마음은 평온함으로 가득했다. 그야 그렇지 않은가. 그 모독이라면 다름 아닌 나츠키 스바루가 먼저 했었다.

『나츠키 스바루』의 영혼을 더럽히고 존재를 덮어쓴 결과가, 이 꼬락서니니까.

"_____."

죽고 싶다. 사라지고 싶다. 무너지고 짓밟혀서 흔적도 남지 않고 싶다.

되살아난다면 몇 번이라도, 그 몸을 재로 만들어 없애 다오.

──사랑해.

절실하게 바라는 스바루에게 종언을 부르는 검은 마수가 사랑을 속삭였다.

귀를 막아도, 마음을 닫으려 해도, 그것은 단단히 닫힌 마음의 틈새에 손가락을 넣고 벌린 틈으로 파고들어 스바루에게 사랑을 속삭이는 것이다.

──사랑해. 사랑해. 사랑해.

그만둬, 지긋지긋해. 이러면 그 소녀의 원망이 훨씬 낫다.

아무리 반복해 봤자 알 바냐. 나는 사랑하지 않는다. 나는 나를 사랑하지 않는다. 사랑받는다는 건 알았다. 알고 있었다고.

우리 부모님이다. 아버지도 어머니도, 스바루를 진심으로 사랑해 주고 있었다.

알고 있었다고. 모를 리가 없다. 그러니까, 스바루는 사라지고 싶었다.

부모님에게 사랑받았는데, 사랑받을 가치가 없는 자신을 사랑할 수 있을 턱이 없었다.

──사랑해. 사랑해. 사랑해. 사랑해. 사랑해.

그만해. 좀 봐줘. 이제 충분하잖아.

진즉부터 내 안에선 결론이 나왔던 거다. 알고 있었다. 알고 있었는데 외면하고 있었을 뿐이다. 보지 않으려고 했었을 뿐이었다.

그렇게나 필사적으로, 애타게 스바루를 걱정하는 사람들이 나쁜 사람들일 리가 없다.

알고 있었다. 알지 못할 리가 없다. 그렇기에 스바루는 죽었어야 했다.

스바루의 존재를 감싸 안으려는 사람들의 자비를 피하도록 노력했어야 했다.

이 고통을 버텨 낸다면 내 소원을 들어줄 건가. 삼키고 부수고 으깨어서, 다시는 타인과 섞이지 않아도 되는 무(無)의 저편으로 지워 줄 건가.

그렇다면, 그렇다면 받아들이겠다. 받아들이고 싶다. 이번을 마지막으로 할 수 있다면.

이번을 마지막으로 할 수 있다면, 나츠키 스바루는 사라져 버려도──.

———사랑해. 사랑해. 사랑해. 사랑해. 사랑해. 사랑해. 사랑
해. 사랑해. 사랑해. 사랑해. 사랑해. 사랑해. 사랑해. 사랑해.
사랑해.

"———그만해."

사랑해. 사랑해. 사랑해. 사랑해. 사랑해. 사
랑해. 사랑해. 사랑해. 사랑해. 사랑해. 사랑해. 사랑해. 사랑
해. 사랑해. 사랑해. 사랑해. 사랑해. 사랑해. 사랑해. 사랑해.
사랑해. 사랑해. 사랑해. 사랑해. 사랑해. 사랑해———.

목소리가, 들렸다.

귓전에 속삭이는, 끝나지 않는 사랑 고백.

세계째로 나츠키 스바루의 존재를 덧칠하려는 듯한 노도 같은
사랑의 고백을, 은방울 같은 목소리가 꿰뚫듯이 단칼에 가르며
스바루에게로 곧게 다다랐다.

"———."

빛이, 터졌다.

그것이, 스바루와 함께 녹으려던 칠흑의 마수에게 꽂혔다. 빛
이 작렬하고 직격을 받은 마수가 터져 날아갔다. 하지만 그것은
무수한 그림자 중 하나에 지나지 않는다.

천 분의 일을 깎은 대신에 얻은 것이 그 방대한 기세의 그림자
가 일으킨 적의여서는 수지가 맞지 않는다. 그러나 그 일격을
쏜 목소리는 과감하게 발을 내디디며 밀어닥치는 그림자의 마수

를 심상치 않은 몸놀림으로 회피, 회피, 회피한다.

그리고——.

"——스바루!"

은방울 같은 목소리가 주저앉은 스바루의 손을 힘차게 잡고 있었다.

바로 몸을 휙 끌어올려 힘으로 그 자리에서 데리고 나왔다. 일심불란하게 앞을 바라보며 길고 반짝이는 은발을 나부끼는 소녀—— 에밀리아가 열심히 달렸다.

에밀리아의 생존을 확인했다. 하지만 마음은 끓어오르지 않는다. 당연한 바다.

율리우스도, 베아트리스도, 에키드나도, 스바루는 전원을 죽게 내버려 뒀다.

나츠키 스바루는 불행을 부르는 화근이다. 자신의 '죽음'을 청산하는 대신에 주위 사람에게 그 대가를 치르게 하고 있다. 그런 숙명을 받았다고 들어도 수긍할 만큼.

"——이제, 충분해."

"응?"

"더 이상, 발버둥 쳐 봤자 별수 없다는, 말이야."

스바루는 팔을 당기려는 에밀리아에게 저항해 발을 멈추었다. 여전히 에밀리아는 스바루를 데리고 나가려 하지만, 이번에는 단호한 의지로 그에 따르지 않았다.

"———."

스바루와 에밀리아. 두 사람이 정면으로 마주 보고 섰다.

검은 그림자에 삼켜져 끝나 가는 세계에서 스바루는 자신을 응시하는 에밀리아를 노려보고 말했다.

"왜 구하려고 그래? 그런 건 이상하잖아. 너도 내가 가짜라고 생각했으니까 얼음 감옥에 가두고 죽이려 했을 텐데."

기만의 말로 사실을 왜곡하고 악의적인 비난으로 에밀리아를 상처 입힌다.

스바루의 손을 잡겠다는 생각을 우연이라도 두 번 다시 못하게끔.

하지만 그런 스바루의 의도쯤 눈부실 만큼 올곧은 에밀리아에게는 통하지 않는다.

"죽인다니, 그런 뒤숭숭한 짓 안 해! 나는 스바루한테 이야기를 제대로 듣고 싶었을 뿐. 스바루는 이야기해 주었잖아. 기억이 없다고. 그러니까……."

"그딴 건! 그냥 둘러댄 말일지도 모르잖아! 선뜻 믿은 거야?! 어처구니없어. 돌았다고! 너도, 율리우스도, 베아트리스도!"

얼음 감옥에 갇혀서 궁색한 거짓말처럼 기억을 잃었다는 사실을 털어놓았다.

하지만 정상적인 사고력이 있다면 그런 이야기를 순순히 믿지는 않는다. 람과 에키드나의 태도가 정답이다. 그런데 에밀리아는, 그들은, 절반 이상이 바보였다.

"아니지, 아니야……. 다들 바보야! 마지막에는…… 그런 상태로, 마지막에는 에키드나까지 나한테 사과나 하고…… 뭐하는 건지, 모르겠어."

"에키드나가, 마지막……? 스바루, 무슨 일이 있었어? 에키드나는……."

"죽었어! 에키드나는 죽었다고! 두 다리가 날아가서, 아프고 피가 부족하다면서…… 아무튼 괴로워하며 죽었어! 베아트리스도 그래!"

"──아."

"그 아이도 나를 감싸고…… 자절 같은, 바보 같은 수법…… 내가 눈치챘으면 될걸. 그러지 못해서, 죽었어. 나를, 잊지 않겠다고, 그래……."

스바루가 잊어도 베아트리스는 잊지 않는다.

반드시 스바루의 기억을 되찾겠노라고 베아트리스는 당차게 단언했다.

하지만 잃었다. 그 발언 직후에.

이런 걸 보고 입만 살았다고 한다. 말뿐인 야망. 그것을 입에 올리고 얼마나 됐다고.

스바루를 '죽음'에서 떼어놓고, 안도한 표정으로 이 세상에서 소멸했다.

"그런 식으로 사라질 바에는 그러지 않는 게 좋았어. 데리고 나온다? 데리고 나왔다? 어느 쪽이든 상관없지. 관계없어. 아무튼, 여기가 아닌 어디서…… 어디서 끌려 나오지 않았다면 좋았던 거야. 그러면……."

그런 표정으로 사라지는 꼴을 겪지 않아도 되었다.

"율리우스 녀석도 그래. 아마 지금쯤, 이미……. 그렇게 무서운 마수가 많이 있는 곳에서 레이드의 훼방까지 들어왔는데, 그 랬는데, 가라니, 부탁한다니……. 바보야."

다들 바보다. 도대체 뭘 기대한단 말인가.

부탁한다니, 되찾겠다니, 의심해서 미안하다니, 무슨 소리를 한단 말인가.

부탁해서 어쨌다고. 되찾아서 무슨 의미가 있다고. 의심하는 게 당연하지 않은가.

부탁받은 것을 모조리 배신했기에 나츠키 스바루는 이곳에 있다.

혼자만 팔자 좋게 살아남고, 그 사실을 견디기 어려우니까 사라지기를 바란다.

제일 바보에다 어리석고, 어떻게 구제할 도리가 없는 그것이——.

그것이 나츠키 스바루가 아니면, 뭐라고——.

"——나랑 스바루가 처음 만난 곳은, 왕도의, 장물 창고라는 장소였어."

——.

————.

——————.

"————."

자문과 자책의 바닥없는 늪에서 움직이지도 못하던 스바루.

그런 스바루의 고막을 울린 것은 갑작스러운 에밀리아의 고백. ——그립고도 사랑스러운 기억을 일깨우는 듯한, 그런 분위기의 추억담이었다.

"······하."

힘없는 숨이 흘러나온다.

무슨 말을 꺼내는 거냐고 그 발언을 조롱하거나 우습게 치부하는 뉘앙스는 없다. 스바루의 의식은 거기까지 따라잡지 못했다. 진심으로, 그저 아연해졌다.

그런 스바루의 반응을 아랑곳하지 않은 채 에밀리아는 손가락을 꼽아 가며 기억을 되새겼다.

"그때 나는 엄─청 소중한 휘장을 펠트에게 도둑맞았거든. 그걸 되찾아야 한다고 팩이랑 같이 허둥거렸어. ······그래서, 쫓아간 곳에서 메일리의 언니랑 싸우게 됐는데, 위험해졌거든. 하지만 라인하르트가 도와줬고. 그래서, 안심하고 있을 때 메일리의 언니가 노려서······ 그걸, 스바루가 구해줬어."

"_____."

"그게, 스바루랑 나의 첫 만남이야. ······기억나니?"

물음에 스바루는 고개를 가로저었다.

자세하게 설명해 준 기억이지만 그 내용에 한 점도 짚이는 구석이 없다.

당연하다. 그것은 에밀리아와 『나츠키 스바루』의 기억이다. 도저히 그럴 것 같지가 않은 행동을 반복하는, 『나츠키 스바루』가 엮어낸 기억의 한 조각──.

"하지만 스바루는 나를 감싼 바람에 크게 다쳤어. 그래서 로즈월의 저택에 같이 데려갔어. 거기서 베아트리스가 불평하며 치료해 줬고, 람하고⋯⋯ 아마 렘하고도 스바루는 친해진 거야."

"_____."

"그랬더니 이번엔 언니가 아니라 메일리가 마수를 몰아서 나쁜 짓 했거든. 그걸 스바루랑 람이 막고 로즈월이 마수를 해치웠어. 나는 집에 있었고⋯⋯ 『데트』 약속을 한 것도 이때야. ⋯⋯기억나니?"

"_____."

고개를 가로저었다.

기억하지 못한다. 그런 짓은, 하지 않았다. ──나는, 하지 않았다.

"저택에선 많은 일이 있었지 뭐야. 마요네즈를 만들거나, 다 같이 술을 마시거나, 팩이 눈을 내리거나, 『왕 게임』을 하고⋯⋯ 그다음에 왕선 때문에 왕도로 불려서, 말이야."

"_____."

"스바루랑 처음으로 크게 싸운 것도 이때야. 나는 스바루가 무리하다가 또 다치는 게 싫어서, 왜 그렇게 다정하게 대해 주는지 알 수 없어서 무서웠어. 그래서, 싸웠을 때 전부 끝내자고 마음먹었는데⋯⋯."

추억을 이야기하는 에밀리아의 목소리가 희미하게 떨린다.

그것은 기쁨과 슬픔, 불안과 기대, 상반되는 다양한 감정이 뒤섞인 것이었다. 목이 타는 감각이 스바루를 엄습했다.

탄다. 탄다. 타고 있다. 가슴이 타오르는 열기에 타고 있다.

에밀리아가, 이런 표정을 짓게 한 모든 것에── 아니, 단 하나의 요인에 타고 있다.

"무슨 일이 일어났는지 알 수 없어서 불안한 상황에 떠밀려 갈 뿐이었을 때, 제일 마음이 갑갑할 때, 스바루가 달려와 줘서, 그래서……."

"_____."

"그래서, 뭐라고 말해 줬는지. ……기억나니?"

"기억……."

──기억나지 않는다.

나지 않는다. 날 리가 없다.

에밀리아의 떨리는 목소리가, 부름이, 매달리는 여운이 그것을 명백히 드러낸다.

스바루는, 여기에 있는 자신은 그녀가 바라는 『나츠키 스바루』가 아니라고.

알고 있던 사실을 적시당한 스바루는 다시금 선망과 질투에 영혼을 태웠다.

왜 너냐 말이다, 『나츠키 스바루』.

나랑 네가 왜 그렇게까지 다른 거냐, 『나츠키 스바루』.

에밀리아도, 모두가 다 생각하고 있단 말이다.

──진짜 『나츠키 스바루』를 돌려줘.

──너 같은 건, 나츠키 스바루 같은 건 죽어 버리라고.

이 자리에 있는 게 너였으면, 얼마나.

그런 생각에 상처받고 괴로워하며 한탄하고 싶은 기분에 젖었을 텐데.

그런데도——.

"——하지만 나는 전부 기억해. 스바루가 해 준 말, 해 준 일, 하자고 약속해 준 것. 전부 기억해."

슬픔도 불안도, 전부 다 없었던 것이 되듯이 기쁨과 기대가 미소에 깃든다.

에밀리아의 미소를 보고서 스바루의 입술이 떨렸다.

아무것도, 없다. 어디에도, 없다.

해 준 말도, 해 준 일도, 하자고 약속한 것도, 전부.

이 몸의 내부에선, 머릿속에선, 마음 깊은 곳에선, 영혼의 끝에선, 아무것도 찾을 수 없다.

그러니까——.

"기억이, 없어. 떠오르지도, 않아. 너는…… 너는! 너희는! 누구 얘기를 하는 거야?!"

에밀리아가, 그 포효에 남보라색 눈을 크게 떴다.

그 모습을 응시하면서도 스바루는 눈을 깜빡여 뜨겁게 치솟는 물방울을 내쫓고, 거친 말로, 가능한 한 악의를 담아 울부짖었다.

"다른 누군가를 위해 목숨을 바치고! 다른 누군가를 위해 반사적으로 움직이고! 다른 누군가를 위해 힘내려고 달리고! 다른 누군가를 위해 목숨 걸고 무언가를 이루어 낸다! 그런 게 있겠냐?! 그런 짓, 할 수 있냐고?!"

기억한다는 말에, 떠올릴 수 없다 대답하고.

베아트리스가 해 준 말에 대답하지 못한 채, 그 소녀는 사라졌다. 그 후회를 씻어내지 못한 채로 에밀리아의 다정하게 타이르는 듯한 추억 이야기를 들었다.

율리우스가 맡기고, 베아트리스가 믿고, 에키드나가 용서하고, 에밀리아가 소망한다.

그것이 『나츠키 스바루』. 이세계에 불린, 진짜——.

"——웃기지 마! 그런 놈이, 나츠키 스바루일 리 없어!"

다른 누군가가 나츠키 스바루에게 희망을 맡기는 사태가 있다니 말이 되는가.

"나는 알아! 나츠키 스바루가 얼마나 한심하고 얼마나 쓰레기에 얼마나 막장이고 얼마나 썩어빠진 자식인지!"

다른 누군가가 나츠키 스바루의 마음을 믿는 사태가 있다니 말이 되는가.

"누구를 보고 있는 거야?! 무슨 얘기를 해?! 그딴 녀석, 어디에도 없다고! 순 거짓말이야! 그 녀석이 보여준 것, 그 녀석이 한 얘기, 모조리 다! 그때만 때워 넘기려는 허풍이야! 믿을 가치도 없어!"

다른 누군가가 나츠키 스바루의 죄를 용서하는 사태가 있다니 말이 되는가.

"나츠키 스바루에게 그런 가치가 있을까 보냐! 나츠키 스바루는 쓰레기야! 구제할 길이 없는 망할 자식이라고! 내가 누구보다 그 사실을 잘 알아!"

다른 누군가가 나츠키 스바루와 함께 있기를 소망하는 사태가 있다니 말이 되는가.

"_____."

그런 가치는 없다. 그렇게 소망할 가치라곤 어디에도 없다.

나츠키 스바루는 불행을 부르는 화근이다. 누군가와 같이 있어도 상처 입히고, 잃어버리며, 죽게 할 뿐이다.

그러니까, 그만두자.

그런 남자를 위해서 에밀리아나 다른 사람들이 다칠 필요는 없다.

다칠 필요는, 없단 말이다. 그러니까——.

"……내가 아니어도, 되잖아."

나직이 중얼거렸다.

그것이 스바루의 거짓 없는 본심이었다.

"————."

내가 아니어도—— 아니, 나츠키 스바루가 아닌 게 훨씬 낫다.

아무것도 할 수 없는 남자에게 어째서 맡기지? 어째서 믿지? 어째서 용서하지? 어째서 소망하지?

더 잘해 볼 방법이 있을 것이다. 더 잘할 수 있는 누군가가 있을 것이다.

그것이 모두가 바라는 『나츠키 스바루』라면, 그건 이미 어디에도 없을 것이다.

처음부터 없었다. 허상이다. 허영의 존재, 있을 수 없는 환상.

『나츠키 스바루』는, 나츠키 스바루의 IF 같은 게 아니라 환상의 존재인 것이다.

"그러니까, 나 같은 건 무시하고 버려 줘. 더 강한 누군가나, 똑똑한 누군가가 와 줄 거야. 나는, 나에겐……."

나에겐 무리라고. 무력감만이 나츠키 스바루를 때려눕혔다.

　사람에게는 자기 그릇이 있다. 자기 분수가 있다. 그것을 알아주길 바라는 것이다. 스바루에게는 에밀리아와 모두의 곁에서 걸을 자격이 없다. 그들의 소망을 받을 자격도 없다.

　강하지도 영리하지도 않다. 그런 스바루를 소망하지 않아도 된다.

　그러니까——.

　"——내 이름은 에밀리아. 그냥 에밀리아야."

　"——아?"

　무력감을 토해내고, 토해냈을 무력감에 마음이 지배당해 허깨비처럼 있으려던 스바루는 기습적인 고운 목소리에 목울대를 울렸다.

　"＿＿＿＿＿."

　말의, 의미를 모르겠다. ——아니, 의미가 아니다. 의도를 모르겠다.

　스바루는 고개를 들어 정면의, 자신의 이름을 밝힌 에밀리아를 바라보았다. 자신의 풍만한 가슴에 손을 짚고, 크고 둥그런 남보라색 눈동자에 스바루의 모습을 비추고 있었다.

　"＿＿＿＿＿."

　빛나는 그 눈동자에 숨을 삼켰다. 그런 스바루 앞에서 에밀리아는 말을 이었다.

　진지한 눈으로 그 가슴에 가득 담긴 추억을 힘으로 바꾸듯이
——.

"해야만 하는 얘기도, 꼭 물어봐야 할 얘기도 많이 있어. 아주 아주 많이 있어. 하지만 지금은 딱 하나만 말해 줘."

"＿＿＿＿＿."

"율리우스가, 베아트리스가, 에키드나가. 그리고 지금 내가 손을 끌고, 같이 달리고, 꼭 지켜주고 싶어서, 죽게 하고 싶지 않아서, 그렇게 행동하게 한⋯⋯."

에밀리아가 만감을 담아 눈을 감았다.

몇 초 동안 말을 멈춘다. 그 작은 침묵의 시간에 그 가슴에서 갖가지 마음이 오가는 것을 알 수 있다. 이 자리에 없는, 동료들을 염려하는 감정도 전해진다.

그 마음들을 가슴에 안은 채로 에밀리아는 분홍빛 입술을 달싹여 말했다.

"우리가 그런 마음을 갖게 해 준 당신은, 누구야?"

"＿＿＿＿＿."

"부탁해. ——당신의 이름을, 말해 줘."

에밀리아의 물음에 가슴의 심장이 떨렸다.

그것은 눈앞에 있는 나츠키 스바루를 부정하고 과거의 스바루를 되찾겠다는, 그런 의도의 표현이 아니었다.

——그것은 나츠키 스바루를 긍정하는 말이었다.

"＿＿＿＿＿."

눈앞의 당신은 가짜라고, 진짜 나츠키 스바루를 돌려줬으면 좋겠다고, 그렇게 말하는 편이, 그렇게 소망하는 편이, 그렇게 욕먹는 편이 그나마 나았다.

왜냐면 그건 다름 아닌 스바루 본인이 바라던 일이니까.

그들이 바라는 『나츠키 스바루』는 될 수 없다고, 부정하고 지우며 없었던 일로 해 달라며 소망하던 것은 스바루 본인이기 때문이다.

하지만 에밀리아가—— 아니, 에밀리아만이 아니다.

여기에 이르기까지, 나츠키 스바루에게 말을 건넨 전원이 같은 소망을 빌었다.

강한 것도 약한 것도 관계없이.

이렇게 모든 것을 잊어 구제불능으로 추태를 드러내도, 여전히 변함없이.

나츠키 스바루가 필요하다고, 그들은 태도로, 말로, 목숨으로 드러냈다——.

"……왜야?"

"————."

"왜 여기서, 나츠키 스바루야? 그 녀석이, 뭘 할 수 있어? 그 녀석에게 뭘 기대하는 건데……."

의미를 모르겠다.

이 절망적인 상황에, 속절없는 열세에 나츠키 스바루가 있으면 뭐가 어떻게 된다는 말인가. 어떻게 사태가 호전되나. 타개할 수 있나.

모든 기대를 배신하는 남자, 나츠키 스바루에게 어떻게 기대할 수 있느냐는 말이다.

"약하고, 무식하고, 한심하고, 깡도 없는 녀석에게, 뭘."

"——네 말이 맞을지도 몰라."

도리질 치는 스바루의, 부정이 아닌 애원에 에밀리아가 눈을 내리깔았다.

긴 속눈썹으로 꾸며진 남보라색 눈. 마음을 직접 간질이는 것만 같은 은방울 목소리. 에밀리아는 존재 모든 것이 나츠키 스바루를 이 세상에 잡아 두는 미련이었다.

지금 당장 사라지고 싶다는 충동을, 대답을 알고 싶다는 욕구가 쳐부순다. 그것은 흡사 쐐기다. ——에밀리아는 나츠키 스바루를 세계에 붙잡아 두는 쐐기였다.

그 쐐기에 마음이 붙들린 스바루에게 에밀리아는 말을 이었다.

"스바루보다 더 강한 사람이 있고, 더 똑똑한 사람도 많이 있을 거야. 그래도 나는 어떨 때라도 함께 있는 사람은 스바루가 좋아. 스바루가 그래 줄 거라 믿고, 소망해. 왜냐면……."

"＿＿＿＿＿."

"할 수 있다고, 마침 거기 있었다고, 그런 이유로 구해주는 사람보다—— 좋아하는 사람이 구해주는 편이 훨씬, 훨씬 더 기쁜걸."

에밀리아는 미소와 함께 그렇게 말했다.

미소와 함께, 아주 살짝 뺨을 붉히고 말했다.

"＿＿＿＿＿."

숨이 꺼질 듯이 스바루는 호흡했다.

에밀리아의 말에 한순간 확실하게 자기 안의 모든 시간이 멈췄다.

심장이 쿵쿵 뛰는 것을 느낀다.

그와 동시에 내면에서 솟구치는 것은 『나츠키 스바루』에게 보내는 조소였다.

"――하."

이해했다.

어이가 없을 만큼, 딱하다 싶을 만큼 이해했다.

『나츠키 스바루』에게 있고, 나츠키 스바루에게 없었던 한계를 모를 힘의 원천. 그것이 도대체 무엇이었는지 스바루는 마침내 밝혀내서 웃고 말았다.

――그렇구나, 『나츠키 스바루』. 넌 저런 미소녀에게 반했던 거냐.

"――――."

이해하고 나니 뭔 바보 같은 이유란 말인가. 믿기 어렵다. 구제하기 어렵다. 용서하기 어렵다.

분수에 맞지 않는 것도 정도가 있지 않나. 저런 아이가 호감을 주기나 하겠냐.

그렇게 멋있는 기사가, 그렇게 영리한 여자가, 그렇게 귀여운 소녀가.

그리고 눈앞에 있는, 저런 미소녀가.

너에게 맡기고, 너를 믿고, 너를 용서하고, 너이기를 소망하며.

구원을 바라는 것이 아니라, 희망에 매달리는 것이 아니라, 직·

면한 벽을 함께 넘을 거라면── 함께할 상대는 그게 가능한 누군가가 아니라 네가 좋겠다니.

대체 무슨 수로 그런 희망을 받는 존재가 될 수 있었던 건데.

"──내 이름은 에밀리아. 그냥 에밀리아야."

입을 다문 스바루에게 다시 한번 에밀리아가 자신의 이름을 밝혔다.

남보라색 눈이 바라본다. 그 눈을, 스바루의 검은 눈이 정면으로 마주 보았다.

그리고──.

"──부탁해. 당신의 이름을, 말해 줘."

"_____."

에밀리아의 거듭된 물음에 말을 머뭇거렸다.

실컷 부정하고 부정했다.

그렇게는 할 수 없다. 그렇게는 될 수 없다. 그렇지는 않다고, 부정을 거듭해 왔다.

그렇기에 이건 필시 형편 좋은 말장난에 지나지 않는다.

──맡기고, 믿고, 용서하고, 소망한다.

이 사막의 탑에서 에밀리아와 모두가 그래 줄 자격이 있다면.

이 사막의 탑에서 에밀리아와 모두를 구할 누군가 있다면.

그것이 『나츠키 스바루』라면, 그 『나츠키 스바루』가 어디에도 없다면.

"──내 이름은 나츠키 스바루."

"_____."

"율리우스가 맡기고, 베아트리스가 믿고, 에키드나가 용서하고, 에밀리아…… 네가 소망하는, 그 남자의 이름이 나츠키 스바루라면."

남보라색 눈을 검은 눈으로 응시하며, 은발을 빛내는 소녀에게 흑발의 소년이 대답했다.

분홍빛의 떨리는 입술에서 나온 물음에, 피로 검붉게 더러워진 입술이 답을 돌려주었다.

"──내가, 나츠키 스바루야."

──이 순간, 절망이 좀먹어 나약하고 무력한 몸과 마음이지만 선언하겠다.

에밀리아와 모두가 무사하고 평안하기를 바라고 빌겠노라고 선언하겠다.

그것이 스바루에게 맡기고, 스바루를 믿고, 스바루를 용서하고, 스바루에게 소망한 그들에게 나츠키 스바루가 할 수 있는 최대한의── 아니, 그게 아니다.

은혜를 갚는다는, 그런 기특한 마음가짐이 아니다. 이것은 볼썽사나운 애원이었다.

그들이 구원받기를 바란다. 그걸 위해 자신의 모든 것을 써 버리고 싶었다.

"───."

자기 자신을 나츠키 스바루라고 굳게 단언했다.

속내에 품은 『나츠키 스바루』에 대한 불신감은 한 점도 씻어
내지 못했다.

 지금도 스바루의 내면에 새겨져서 떨어지지 않는 『나』——
메일리를 죽게 한, 사악한 남자의 얼굴과 목소리. 그것을 씻어
낼 수 있는 때는 찾아오지 않을지도 모른다.

 하지만 괜찮다. 그래도 괜찮다.

 구원받고 싶은 게 아니다. 구해 달라며 매달리는 짓도 하지 않
는다.

 구하게 해 달라고 생각했다.

 구하고 싶다고 마음이 부르짖었다.

 ——『나츠키 스바루』라면 가능하다. 그렇다면 내가 하겠다.

 달리기 시작한 계기여. 이 길 끝에 목표로 삼게 된 것이여. 바
라건대 같은 것이어라.

 머리에 그린 여정이 같다면 같은 배에 탄 몸. 너는 싫어하지만
불만은 없으니까. 피차 얼굴도 보기 싫은 관계여도 참고서 극복
해 보자.

 그러니까 부탁한다. 『나츠키 스바루』여. ——내가, 에밀리아
와 모두를 구원하게 해 다오.

 "고마워, 에밀리아. ——내가 그런 마음을 먹게 해 줘서."

 "——스바루, 나는."

 스바루의 대답에 에밀리아의 남보라색 눈에 파문이 일었다.

 감정의 변화. 그 변화가 기쁨과 슬픔, 플러스와 마이너스 어느
쪽인지 판단하고 싶지 않아서 스바루는 약한 모습임을 알면서

도 눈을 내리깔았다.

그런 약한 자신에게 저항하겠다고 결심한 스바루에게 에밀리아가 입술을 달싹거렸다.

무슨 말을 하고자. ──그 직후였다.

"──아."

그때까지, 마치 두 사람이 대화하는데 방해하지 않겠다고 세계가 몽땅 마음을 써 주던 것처럼 고요하던 상황에 급격하게 균열이 생겼다.

"──에밀리아!"

주위의, 두 사람이 대화를 나누던 통로를 방대한 그림자가 눈 깜짝할 새에 찌부러뜨렸다.

바닥이 형상을 잃어 발 디딜 곳을 잃은 에밀리아의 균형이 크게 무너졌다. 아직 가까스로 발판이 남은 스바루가 세계 바닥을 박차 손을 뻗었다.

그 순간, 탑이 산산이 부스러졌다. 모래 냄새를 두른 해묵은 돌덩어리로 전락하면서.

"──────."

스바루는 그 안에서 떨어지는 에밀리아를 애타게 쫓아갔다. 거리가 줄어들고 마침내 나부끼는 은발을 따라잡아 그 가녀린 몸을 껴안았다.

"스바루……."

부드럽고 뜨거운 몸을 끌어안자 에밀리아가 스바루의 이름을 부르며 꿈지럭거렸다. 아마 품속에서 위치를 바꾸고 자신이 밑에 깔릴 의도다.

그래서는 구하는 쪽과 구해지는 쪽이 뒤죽박죽이라 난처했다.

에밀리아도, 다른 모두도, 정말 정신이 나갔다. 하지만 서글 픈 노릇. 에밀리아의 그 마음씨도 이 상황에서는 아쉽지만 도움 이 되지 않는다.

지면을 등져서 떨어지는 곳이 보이지 않는 에밀리아는 알 수 없으리라.

두 사람은 단단한 탑의 바닥에 떨어지는 것이 아니고, 모래밭 으로 내던져지는 것도 아니며, 이 탑을 휩싸고 모든 것을 모조 리 종말로 이끄는 칠흑의 그림자 속으로 삼켜지고 있으니까.

"_____."

저항할 방도가 없다. 두 사람은 이대로 얼싸안은 채로 그림자 에 삼켜져 끝난다.

──하지만, 끝이 아니다. 필시 이것이, 지금부터가 시작이 된다.

한번 시작했던 것을 여기서 다시 한번, 끝에서부터 새롭게 시 작한다.

그러기 위한 약속을 하자.

여기서, 이 세계에서 에밀리아와 나눈 말을 진짜로 만들겠다.

구원받은 것, 구원하고 싶다고 소망한 것.

전부 다 떠안고 이 끝에서부터 시작하자. 제자리에서 맴돌던 시간은 끝났다.

저주 같은 집착, 좋지 않나. 바라는 바다.

──나츠키 스바루에게 사랑받을 자격이 있는지는 모르겠다.

──하지만 에밀리아는, 모두는 사랑받을 자격이 있으니까.

"_____."

이 종말의 세계에서, 이 시작의 세계에서 너희가 나에게 해 준 말을, 너희가 기억하지 못하고 잊더라도.

이 종말의 세계에서, 이 시작의 세계에서 너희에게 내가 쏟아낸 말을, 너희가 기억하지 못하고 잊더라도.

내가 기억한다.

전부 기억한다.

이번에야말로, 붙들고 늘어져서라도 잊지 않을 테니까. 무슨 일이 있더라도 잊지 않을 테니까.

이 기억만은 설사 '죽는다'고 해도 잊지 않을 테니까.

"비록 네가 잊더라도── 내가 너희를 잊지 않아."

──계속 기억하고 있어라, 나츠키 스바루.

그림자가 다가오고, 스바루와 에밀리아를 칠흑이 집어삼킨다.

껴안은 팔에 힘을 담아 진짜 마지막까지 이 온기만은 잊지 않게끔.

나츠키 스바루와 에밀리아는 그림자 속으로, 안으로, 한없이 가라앉고.

돌고 돌아서, 전부 사라지고, 뭐든지 다 제로가 되어, 생각한 대로 끝이 온다.

그리고 모든 것이 제로가 된 곳에서 시작하는 것이다.

　──나츠키 스바루를 죽이고, 『나츠키 스바루』를 되찾기 위한 싸움이.

《끝》

후기

 네, 안녕하세요! 또다시 보기 힘들게 나가츠키 탓페이입니다! 네즈미이로네코입니다!

 지난번에는 오랜만에 글씨 크기가 정상적인 후기가 나왔다 싶었더니 전체적인 페이지 배분에서 헤맨 결과, 또다시 이 상태로 뵙게 됐습니다. 실눈 뜨고 읽어 주세요!

 그렇게 되어서, 본편 23권을 함께해 주셔서 감사합니다. 지난번 라스트의 전개를 이어서 신선한 나츠키 스바루로 보내드렸습니다! 요새 살짝 여러 가지 곤경 때문에 터프해졌기에 이쯤에서 한 번 기분을 새롭게 한 느낌이죠.

 이것이 진짜배기, 『Re: 제로부터 시작하는 이세계 생활』!

 어쩐지 엄청나게 사악한 느낌이 되고 말았습니다만 작가로서는 읽어 주시는 독자 여러분께서 즐기실 수 있게 항상 전력전개라고요!

 즉, 스바루가 괴로워하며 우는 건 작가와 독자의 공동 작업──!

 궤변으로 죄책감을 나눈 참에 지면 한계가 왔으니, 늘 하는 인사의 말로 넘어가겠습니다!

 담당자 I님, 이번에도 세상에 큰일이 난 상황 속에서 서로 재택하면서 하는 진행, 감사했습니다. 이러니저러니 몇 개월 얼굴을 보지 못했습니다만 다음에 만났을 때 전처럼 머리카락이 빨갛지 않기를 빌겠습니다!

 일러스트의 오츠카 선생님, 이번에는 특히나 더 표지 일러스트에 나온 레이드가 박력 있었죠! 감사합니다. 작중의 배경으로는 돋보이지 않기에 표지에서 레이드 씨의 전성기 이미지 일러스트로 보내드렸습니다. 용을 깔고 앉은 임팩트가 끝내주죠. 레이드 느낌이 폭발합니다.

 디자인의 쿠사노 선생님, 이쪽도 레이드의 기합이 들어간 한 장을 박력만점으로 오려내 주셔서 감사합니다! 박력이 전부인 캐릭터인데 덕분에 맛이 살아납니다!

 만화판 관계로도, 「월간 코믹 얼라이브」에서 아토리 선생님＆아이카와 선생님의 4장 만화판과, 노자키 츠바타 선생님의 『검귀연가』가 연재 중! 그리고 「망가 UP!」에서도 츠카하라 미노리 선생님의 『빙결의 인연』이 시작했습니다! 어느 작품이나 기세와 멋이 있는 필치로 이야기를 그려 주시고 있으므로, 여러분, 그쪽도 꼭 좀 잘 부탁드리겠습니다!

 그리고 MF문고J 편집부 여러분, 교열 담당자님과 각 서점의 담당자님, 영업 담당자님과 많은 분들께 신세 지고 있습니다. 앞으로도 부디 잘 부탁드립니다!

 그리고 끝으로, 늘 응원해 주시는 독자 여러분께 최대급의 감사를.

 방송 연기를 당한 TV 애니메이션 제2기도 드디어! 이번에야말로! 방송이 눈앞입니다! 자가 격리 기간에 1기를 다시 보기도 하고 서적을 다시 읽기도 하는 등 준비는 완벽하리라 생각합니다. 그 기세와 기대를 발산해 주시길!

 그럼, 이다음의 이야기와 TV 애니메이션에서 펼쳐지는 이야기, 양쪽 리제로 모두 눈을 비비고 즐겨 주세요! 고마워요! 또 다음 권에서 만나 뵙죠!

 2020년 5월 《다가오는 기대에 가슴이 뛰면서――》

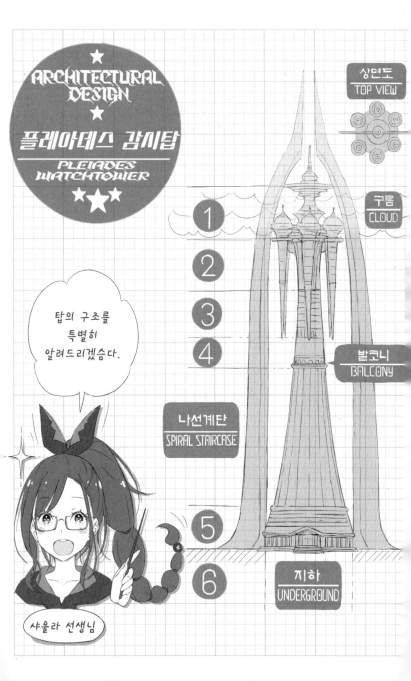

율리우스

Julius

"본편 23권, 함께해 주어 감사한다. 여기는 다음 권을 예고하는 자리로서, 이 작품에 관한 다양한 정보를 고지하는 곳인데——."

"이봐, 이봐. 그딴 귀찮은 자리에 부르지 말라고, 인마. 애초에 나랑 같이 하겠다니, 너, 아픈 거 좋아하냐? 봐주셔, 괴롭히고 싶어지잖아?"

"안타깝게도 그런 취미는 없다. 이전까지는 몰라도 지금의 나는 당신과 적대 관계에 있다고 해도 돼. 여기선 담담히 소식만 고지해 줘야겠어."

"네이네이, 네 맘대로 해라. 나는 일 따위 할 맘은 없거들랑."

"굳이 말할 필요도 없다. ——우선, 원작 정보다. 오는 7월, 단편집 6권이 발매된다. 이번 권의 속편인 24권은 9월 발매 예정이다."

"너, 꽤 급하게 살잖아. 조금 느슨하게 살라고. 약한 놈은 그런 것도 못하나! 너희 기분은 모르겠구만, 코딱지만큼도."

"그 친구더러 약하다니, 흘려들을 수 없겠군. 그 선입관을 뒤집는 내용, TV 애니메이션 제2기의 ○월 방송, 이쪽도 확정됐다."

"'어찌어찌 하니 치어가 헤엄치게 되었습니다'라는 얘기잖아? 성장해도 치어라면 애니 나오는 중에는 알인 거 아니냐? 언제 태어나려 그러냐, 기다리다 늘어 죽겠다."

"그 밖에도! 이미 발표된 콘솔 게임의 발매도 있다. 이쪽은 일러스트의 오츠카 신이치로 선생님이 캐릭터를 디자인하고 원작자 나가츠키 탓페이 선생님도 감수한, 오리지널 이야기…… 제목은"

Re: Life in a different world from zero

Raid

레이드

Raid

『Re: 제로부터 시작하는 이세계 생활 −거짓된 왕선 후보−』.

"애니 1기 내용에서 분기한 이야기라. 너, 왕선이라며 주절주절 떠들긴 하는데, 누가 머리인 게 그렇게 중요하냐. 네 머리는 너한테 붙어 있잖냐."

"윽……."

"원작에 애니에 게임까지 있는데, 치어가 헤엄치다 지쳐서 익사나 안 하면 좋겠다만. 뭐, 그러거나 말거나 나하곤 아무 관계도 없지. 와하하하하!"

"당신이, 아무리 말로 희롱해도……!"

"그래서, 만화판 제4장, 『성역과 탐욕의 마녀』 2권도 요거랑 같은 7월 발매라고. 이크, 할 맘도 없었는데 얼떨결에 말해 버렸네."

"당신은……! 도대체 무슨 생각을 하고 있지?! 여기 얘기만이 아냐. 『시험』 도중에도, 탑 안에서의 행동거지도!"

"너, 그걸 꼭 알고 싶다면 말이다. 그거야말로 내가 입을 열게 해야지 않겠어? 할 수 있겠냐, 네가."

"내가…… 나, 에겐……."

"그 꼬라지로는 내게서 듣고 싶은 얘기는 못 듣지. 너도, 네가 아닌 놈도, 네가 약한 탓에 어떻게 할 수도 없어. ──아아, 구제불능이군, 넌."

※일본어판 발매 당시 내용입니다.

Re:제로부터 시작하는 이세계 생활 23

2020년 10월 25일 제1판 인쇄
2024년 11월 27일 제4쇄 발행

지음 나가츠키 탓페이 | **일러스트** 오츠카 신이치로

옮김 정홍식

발행 데이즈엔터(주)
등록번호 제 2023–000035호
주소 07551 서울특별시 강서구 양천로 570 NH서울타워 19층
대표전화 02–2013–5665

ISBN 979–11–6625–239–6
ISBN 979–11–319–0097–0 (세트)

Re : ZERO KARA HAJIMERU ISEKAI SEIKATSU volume 23
ⓒTappei Nagatsuki 2020
First published in Japan in 2020 by KADOKAWA CORPORATION, Tokyo.
Korean translation rights arranged with KADOKAWA CORPORATION, Tokyo.

구매 시 파손된 도서는 구매처에서 교환하실 수 있습니다.
기타 불편사항, 문의사항이 있으신 독자님께서는 노블엔진 홈페이지 [http://novelengine.com] 에서
Q&A 게시판을 이용해 주시기 바랍니다.

나가츠키 탓페이
관련작 리스트

◆

Re : 제로부터 시작하는 이세계 생활 1~23

Re : 제로부터 시작하는 이세계 생활 단편집 1~5

Re : 제로부터 시작하는 이세계 생활 Ex 1~4

Re : 제로부터 시작하는 이세계 생활 Re:zeropedia

[코믹스]

Re : 제로부터 시작하는 이세계 생활 제1장 왕도의 하루 1~2 (완)
· 만화 : 마츠세 다이치 (원작 :나가츠키 탓페이/캐릭터 원안 : 오츠카 신이치로)

Re : 제로부터 시작하는 이세계 생활 제2장 저택의 일주일 1~5(완)
· 만화 : 후게츠 마코토 (원작 :나가츠키 탓페이/캐릭터 원안 : 오츠카 신이치로)

Re : 제로부터 시작하는 이세계 생활 제3장 Truth of Zero 1~6
· 만화 : 마츠세 다이치 (원작 :나가츠키 탓페이/캐릭터 원안 : 오츠카 신이치로)

Re : 제로부터 시작하는 이세계 생활 공식 앤솔로지 코믹 1
· 만화 : 카와카미 미사키 외 (원작 :나가츠키 탓페이)

[단행본]

Re : 제로부터 시작하는 이세계 생활

오츠카 신이치로 Art Works Re:BOX
· 오츠카 신이치로 (원작 :나가츠키 탓페이 / KADOKAWA)

인기 애니메이션 방영작, 소녀들의 일상을 담은 사이드스토리 2탄!

어새신즈 프라이드
~Secret Garden~

2

◆

영애들이 마나를 갈고닦는 모습을 지켜보는 암살교사 쿠퍼. 그 교사 생활은 레슨이 없는 나날도 떠들썩한 모양인데…….

메리다의 성장 상태를 확인하기 위해 그림 모델이란 구실로 옷을 벗기기도 하고── 로제티의 몸에 빙의하여 속옷 차림의 엘리제와 수행하기도 하고── 살라샤와 뮬의 메이드 기량을 심사하기도 하고──.

마디아와의 도둑 찾기 & 공작 가문이 모두 모인 파티를 그린 특별 에피소드 2편도 더해, 다시 한번 비밀의 화원 속 일상을 보여드리겠습니다.

 아마기 케이 지음 │ 니노모토 니노 일러스트 │ 2020년 11월 출간
청춘의 상상, 시동을 걸어라!

이세계 고문공주

7

언젠가 멀고 먼 옛날이야기라고 불리게 될 지 어떨지도 알 수 없는 추악한 이야기.

종언을 극복한 세계에, 아무런 징후도 없이 이세계에서 온【환생자】이자【이세계 고문공주】를 자칭하는 금단의 존재, 앨리스 캐럴이 나타난다.

그녀는【아버지】인 루이스와 함께 엘리자베트에게 가혹한 선택을 제시하는데──.

"만나게 해 줄게! 엘리자베트. 내가! 만나게 해 줄 거야, 소중한 사람과!"

이리하여, 새로운 무대의 막이 오른다──
출연자들이 바라든 바라지 않든 관계없이.

©Keishi Ayasato 2018
Illustration : Saki Ukai
KADOKAWA CORPORATION

 아야사토 케이시 지음 │ **우카이 사키** 일러스트 │ **2020년 11월** 출간
청춘의 상상,시동을 걸어라!

소마가 마주친 '영웅', 찾아오는 새 생명, 시리즈 제9권!

현실주의 용사의 왕국 재건기

9

마물이 대량으로 발생해서 밀려드는 마나미 현상에 위협받는 동방 제국 연합을 지원하러 가는 엘프리덴–아미도니아 연합왕국 잠정 국왕 소마.

연합의 일국인 치마 공국을 지원하러 간 자리에서, 초원을 재패한 말름키탄의 젊은 '영웅' 후우가와 만난다. 난세가 부르는 영웅 앞에서, 소마는 무엇을 생각하는가——!

애니메이션 제작 결정!
내정을 벗어나 세계를 보는 시리즈 제9권!

 도조마루 지음 │ 후유유키 일러스트 │ 2020년 11월 출간
청춘의 상상, 시동을 걸어라!